하라간

주논 판타지 장편소설

ORIGINAL FANTASY STORY & ADVENTURE

dream
books
드림북스

하라간 9 토브은 정벌

초판 1쇄 인쇄 2018년 4월 6일
초판 1쇄 발행 2018년 4월 16일

지은이 쥬논
발행인 오영배
기획 박성인
책임편집 이대용
일러스트 유진
표지 · 본문 디자인 권지연
제작 조하늬

펴낸곳 (주)삼양출판사 · 드림북스
주소 서울시 강북구 도봉로 173
대표 전화 02-980-2112 팩스 02-983-0660
편집부 전화 02-980-2116 팩스 02-983-8201
블로그 blog.naver.com/dreambookss
출판등록 1999년 3월 11일 제9-00046호

© 쥬논, 2018

ISBN 979-11-283-9206-1 (04810) / 979-11-313-0654-3 (세트)

드림북스는 (주)삼양출판사의 판타지 · 무협 문학 브랜드입니다.

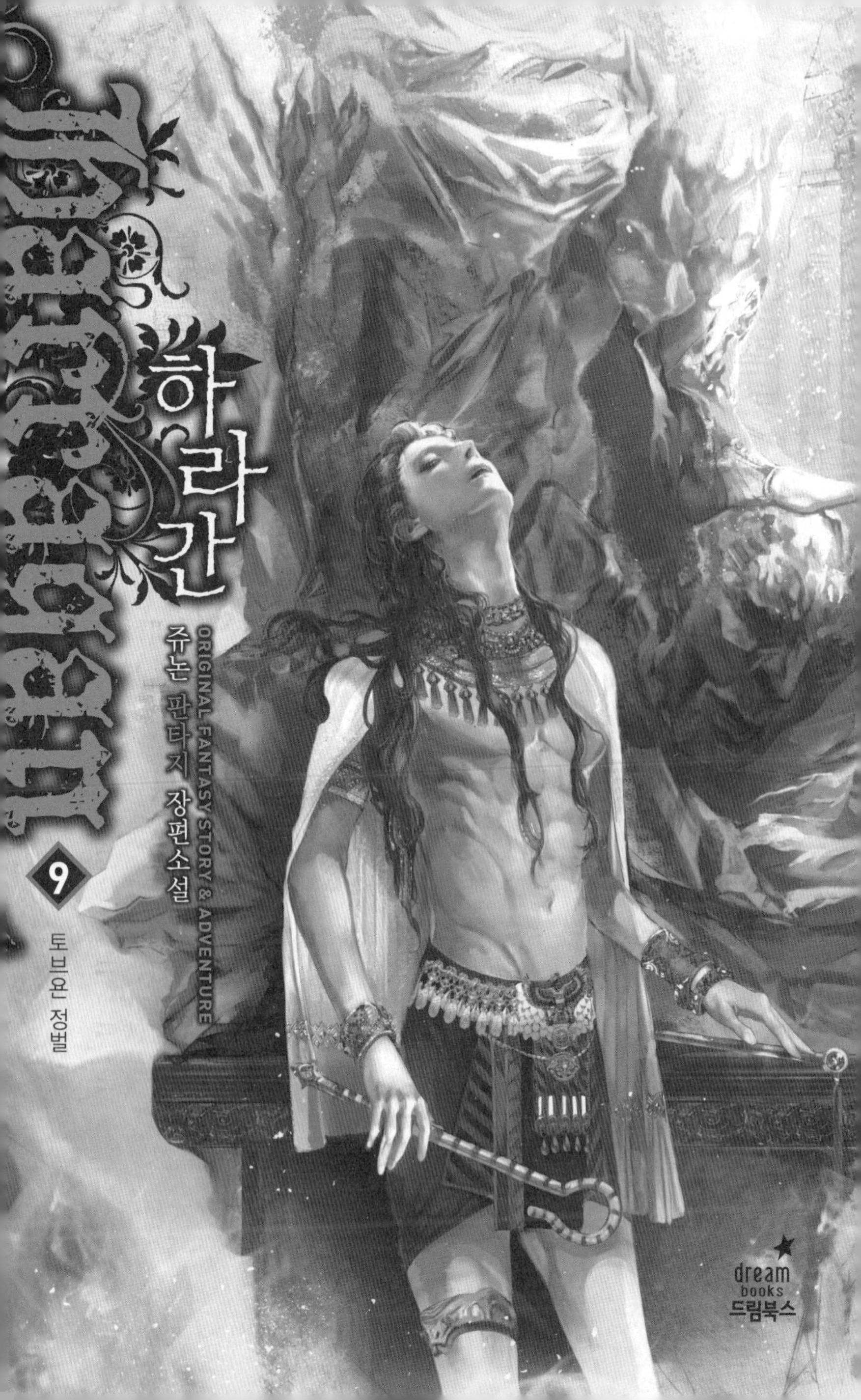

하라간
쥬논 판타지 장편소설
ORIGINAL FANTASY STORY & ADVENTURE
9
토브욘 정벌
dream books
드림북스

목차

사대신수

『성혈의 바하문트』
—신수: 날개 달린 사자
—상징: 공포
—속성: 흙(土), 피(血)

『둠 블러드 이탄』
—신수: 냉혹의 뱀
—상징: 파멸
—속성: 금속(金), 빛(光)

『불과 어둠의 지배자 샤피로』
—신수: 광기의 매
—상징: 탐욕
—속성: 불(火), 어둠(暗), 나무(木)

『포식자 하라간』
—신수: 투명 마수
—상징: 타락, 나태
—속성: 얼음(氷), 균(菌), 물(水)

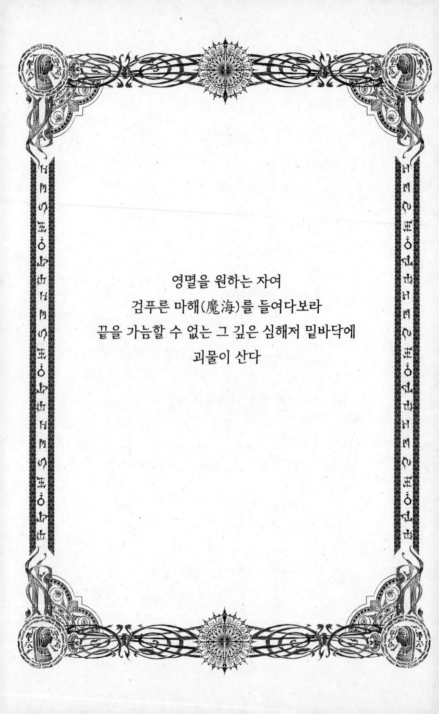

영멸을 원하는 자여

검푸른 마해(魔海)를 들여다보라

끝을 가늠할 수 없는 그 깊은 심해저 밑바닥에

괴물이 산다

제1화

신혼 첫날밤

Chapter 1

광활한 하늘은 온통 잿빛 천지였다. 노인 한 명이 고개를 들어 짓무른 눈으로 하늘을 살폈다. 구불구불한 수염을 발 등까지 기른 노인이었다.

노인의 머리 위에는 양털 구름이 수십 겹의 층을 이루며 겹겹이 쌓여 있었다. 노인은 구름을 밟고 서서 그 아득한 상공을 우러러보았다.

"하아! 오늘도 천신의 은혜가 뿌려지지 않는구나."

노인의 입에서 안타까운 탄식이 흘렀다.

노인은 힘없이 고개를 떨어뜨리고는 새하얀 날개를 퍼덕 여 아래로 내려왔다. 노인의 등에는 눈부시게 하얀 날개 여덟 쌍이 보였다.

노인이 착지한 곳은 돌탑을 높게 쌓아서 만든 제단 위였다. 놀랍게도 제단은 구름 위에 설치되었다. 그런 제단이 하나가 아니고, 하늘에 둥둥 떠 있는 구름마다 제단이 하나씩 자리했다.

노인이 하늘에서 내려오자 2명의 사내가 부랴부랴 마중을 나왔다. 각자의 등에 여섯 쌍의 날개가 달린 사내들이었다.

"대원사님, 어떻습니까?"

까만 옷을 입고 검은 수염을 기른 좌원사가 노인에게 물었다.

"오늘도 천신의 은혜가 뿌려질 기미가 보이지 않습니까?"

좌원사와 대비되게 하얀 옷을 입고 하얀 수염을 기른 우원사도 노인의 대답을 재촉했다.

노인, 즉 대원사가 힘없이 고개를 가로저었다.

"오늘도 어렵겠네."

"어어어어."

"크어. 이걸 어쩐담!"

좌원사와 우원사가 동시에 손으로 얼굴을 감쌌다.

이곳은 천계.

지극정성으로 천신을 섬기는 날개 달린 천족들은 매일같이 하늘에서 뿌려지는 천신의 은혜를 온몸으로 흡수하며 살아왔다.

그런데 그 중요한 천신의 은혜가 벌써 4년이 넘게 중단되었다. 에너지 공급원을 잃은 천족들은 힘을 잃고 말라죽을 처지가 되었다.

그나마 에너지 덩어리 형태로 비축해 놓았던 은혜를 공급하여 하루하루 버티고는 있지만, 이제 그 비축분도 바닥을 보이는 상황이었다. 이 상태로 은혜의 공급이 6개월만 더 중단되면 천족들은 모두 죽을 수밖에 없었다.

구름 위에 제단을 쌓아 천신께 기원을 올리는 대원사와 좌원사, 우원사는 속이 새까맣게 타들어 갔다. 특히 대원사는 이대로 제단에 머리를 들이받고 콱 죽어 버리고 싶은 심정이었다.

"어쩌다가 나의 대에서 이런 참담한 일이 발생했단 말인가? 어찌하여 우리 천족들이 천신의 버림을 받았더란 말인가? 으어어어어."

대원사는 2초 뒤에 픽 쓰려져 죽을 것 같은 목소리로 신세 한탄을 했다.

"크어어, 선조 대원사님들을 뵐 면목이 없구나. 저 높은 구름 위로 올라가 천신의 옆에 머물고 계신 그분들을 뵐 낯이 없어."

대원사는 손으로 이마를 짚으며 그 자리에 주저앉았다.

"대원사님."

"정신 차리십시오."

"이럴 때일수록 대원사님께서 정신을 바짝 차리셔야 합니다. 수천만 천족들이 대원사님만 바라보고 있습니다."

좌원사와 우원사가 황급히 대원사를 부축했다.

대원사는 힘없이 날개를 퍼덕였다.

"아닐세. 난 이미 틀린 것 같으이. 내가 부족하여 천신께서 진노하신 것 같아."

"아닙니다. 이건 대원사님의 탓이 아닙니다."

"천신께서 진노하신 흔적은 전혀 없습니다. 은혜가 중단된 데는 분명 다른 이유가 있습니다."

좌원사와 우원사는 어떻게든 대원사의 기운을 북돋우려고 애썼다.

대원사의 짓무른 노안에 물기가 어렸다.

"으흐흑! 그렇지 않아. 자네들이 나를 응원하는 마음은 잘 알겠으나, 무려 4년간 은혜가 중단된 것은 분명 대원사인 나의 잘못이야. 돌아가신 선대왕 폐하와 선대여왕 폐하를 어찌 뵙는단 말인가! 크흐흐흑!"

마침내 대원사의 눈에서 닭똥 같은 눈물이 떨어졌다.

"대원사님."

"크흡!"

좌원사와 우원사가 함께 울음을 터뜨렸다. 3명의 고위 천족은 그렇게 제단 앞에 주저앉아 서로를 부둥켜안고 흐느꼈다.

한참 만에 대원사가 다시 정신을 추슬렀다.

"그나저나 하계에 내려가신 여왕 폐하로부터 무슨 소식이 왔던가?"

대원사가 말한 하계란, 인간 세상을 의미했다.

좌원사가 먼저 대답했다.

"여왕 폐하의 강림이 무사히 이루어졌다는 소식입니다. 인간들의 대륙 남쪽에 있는 조그만 왕국에 강림하셨답니다."

이어서 우원사가 설명을 덧붙였다.

"강림 직후 여왕 폐하의 요청이 천계로 전달되었습니다. 천신께서 하사하신 세 가지 신기, 즉 힘과, 지혜, 용기를 내려보내 달라는 요청이셨습니다."

"허어, 곧바로 삼신기를 청하신 것을 보니 강림하신 육체가 제법 괜찮았나 보군. 만약 그 육체가 형편없었다면 삼신기를 청하시기 전에 우선 육체의 재구성부터 돌입하셨을 것 아닌가?"

대원사가 기쁜 기색을 띠었다.

우원사가 동의했다.

"대원사님의 말씀이 옳습니다. 여왕 폐하께서 육체의 재구성 없이 곧바로 삼신기를 요청하신 것을 보니 지금 폐하께서 얻으신 육체가 동화율도 높고 제법 쓸 만한 것 같습니다."

"이거 모처럼 중 반가운 소식이군. 어허허!"

대원사가 오랜만에 활짝 웃었다.

이번엔 좌원사가 육대신장의 안부를 전했다.

"대원사님, 여왕 폐하의 강림에 앞서 육대신장들이 하계에 내려갔지 않습니까?"

"그랬지."

"그들도 얼추 인간 세상에 자리를 잡은 것 같습니다. 하지만 여왕 폐하처럼 좋은 육체를 구하지는 못했는지, 몇몇 신장들은 육체의 재구성에 돌입했습니다."

"그게 누구누구인가?"

대원사가 관심을 보였다.

좌원사는 손가락 4개를 꼽았다.

"빛의 신장 플라비우스, 동신장 브렌누스, 남신장 바투스, 북신장 수키우스가 지금 육체를 재구성 중입니다."

"4명이나? 게다가 육대신장 가운데 가장 중요한 플라비우스까지?"

대원사가 눈을 찌푸렸다.

Chapter 2

좌원사가 대원사를 위로해 주었다.

"그래도 어둠의 신장 막센이 있지 않습니까."

"막센?"

"네, 대원사님. 어둠의 신장은 다행히 동화율이 높은 육체를 구해서 곧바로 권능 발휘가 가능했습니다. 지금 그가 여왕 폐하의 안위를 지켜드리는 중입니다."

"오오오, 그거 다행이군."

대원사는 그제야 안도의 한숨을 내쉬었다.

우원사가 한 가지 희소식을 덧붙였다.

"어둠의 신장뿐 아니라 서신장 도릭스도 권능 발현에 성공했습니다. 지금 도릭스를 중심으로 솔샤르들과 대적할 준비가 한창입니다."

그 말에 대원사의 표정이 한결 밝아졌다.

"막센과 도릭스가 잘 정착했단 말이지? 이 모두가 천신께서 보우하심이야. 육대신장 가운데 그 2명이라도 쓸 만한 육체를 얻어서 다행이야. 어허허, 여왕 폐하께 큰 힘이 되겠어. 어허허허."

"그렇습니다. 막센과 도릭스가 폐하를 보필하는 동안 나머지 사대신장들도 차례로 육체를 가다듬어 힘을 되찾을 것입니다."

좌원사는 꼭 그렇게 될 것이라고 자신했다.

대원사가 또다시 울음을 터뜨렸다.

"크흐흡!"

손으로 입을 막으며 흐느끼는 대원사 때문에 나머지 두 원사가 화들짝 놀랐다.

"대원사님, 또 왜 그러십니까?"

"무슨 일이 있으십니까?"

대원사는 고개를 가로저었다.

"아니. 아무것도 아닐세. 크흡!"

"아무것도 아니라니요?"

"대원사님께서 이렇게 갑자기 슬퍼하시는 데는 그만한 이유가 있을 것 아닙니까?"

두 원사들의 질문에 대원사가 넋두리하듯 대답했다.

"그냥, 갑자기 선대왕 폐하와 선대여왕 폐하가 생각나서 그러네."

"아아!"

"그러시군요."

"그분들께서 갑자기 천신의 부름을 받아 높은 곳으로 올라가 버리신 후, 어린 여왕 폐하께서 얼마나 마음고생을 하셨던가? 결국엔 그 어린 분께서 우리 천족의 멸망을 막기 위해 마해와의 싸움에 앞장서시게 되었지. 어린 여왕 폐하를 최전방 전쟁터로 내몰다니, 나는 얼마나 불충한 신하란 말인가? 이러니 내가 죽어서 선대왕 폐하와 선대여왕 폐하를 어찌 뵌단 말인가? 크으흐흑!"

대원사의 뺨으로 닭똥 같은 눈물이 흘러내렸다.

넋두리를 들은 좌원사와 우원사도 펑펑 울기 시작했다.

"대원사님의 말씀을 듣고 보니 정말 가슴이 아픕니다. 으허헝!"

"모두가 저희의 잘못입니다. 으흐흐흑!"

요새 들어 천계의 세 원사들은 이게 하루의 일상이었다. 아침에 일어나 제단 위쪽 까마득한 구름을 살펴 천신의 은혜가 뿌려질지 한 번 보고, 그다음 원사들끼리 서로를 부둥켜안고 서럽게 울고, 종일 대책 회의만 반복하고.

3명의 원사들이 그렇게 수동적으로 근심 걱정만 늘어놓는 동안, 천계의 여왕과 육대신장은 인간 세상에 내려와 마해와의 전쟁 준비에 온 힘을 쏟았다.

잉그리드가 하라간을 곁눈질하며 배시시 웃었다. 군나르 왕국의 거추장스러운 예복도 더 이상 잉그리드의 마음에 거슬리지 않았다. 옆에 하라간이 있기 때문이었다.

'어쩜 이렇게 아름다우실까? 어쩜 이렇게 내가 용암성에

새겨 놓은 조각상과 똑같이 생기셨을까? 과거의 기억이 유
황 연기처럼 뿌옇게 흐려져서 명확하지는 않지만, 나는 분
명 이분을 무척 사모했던 것 같아. 그러니까 용암성의 모든
기둥마다 이분의 얼굴을 조각해 놓았겠지. 헤헷!'

잉그리드는 사랑에 푹 빠진 눈으로 하라간을 바라보았다.

그 모습을 본 시노브는 열불이 터졌다.

[아이고, 열녀 나셨네.]

시노브의 불경한 발언에 오스트란드가 따끔하게 일침을
놓았다.

[큰언니, 죽고 싶어?]

[뭐?]

[지금 중얼거린 말을 퀸께 전해 올릴까?]

[허걱! 너 미쳤어? 그럼 난 그 즉시 퀸의 손에 목이 뽑혀
버릴 거라고.]

시노브가 펄쩍 뛰었다.

오스트란드가 시노브에게 눈을 흘겼다.

[그러게 왜 그런 불손한 말을 해? 그러다 용암성 무녀들
의 귀에 들어가면 큰언니는 끝장이라고. 평소에 입조심을
하는 습관을 좀 들여.]

[알았어, 알았어. 내가 앞으로는 입에 자물쇠를 꽉 채울
게.]

시노브가 손으로 입을 꿰매는 시늉을 했다.

오스트란드가 피식 웃었다.

시노브가 아이다에게 시선을 돌렸다.

[아이다, 넌 왜 아무 말이 없어? 평소라면 너도 내게 핀잔을 줬을 것 아냐?]

룬드 왕국의 세 공주들 가운데 시노브가 입이 가장 거칠고, 그다음이 아이다였다. 평소의 아이다라면 시노브의 말실수를 꼬투리 잡아 한마디 했을 것이 뻔했다. 그런데 지금은 너무나 조용해서 오히려 이상했다.

[아이다, 너어?]

아이다를 본 시노브가 눈을 동그랗게 떴다.

자매들과 뇌파를 공유하던 오스트란드도 아이다를 보고는 눈을 빠르게 깜빡였다. 동생의 볼에 눈물 자국이 선명했기 때문이다.

시노브가 물었다.

[아이다, 너 울어?]

[응? 아니. 울긴 누가 운다고 그래.]

아이다가 손등으로 눈물 흔적을 닦았다.

오스트란드가 동생의 등을 손으로 쓰다듬었다.

[아이다.]

[아니라니까. 난 울지 않았단 말이야.]

아이다가 입술을 삐쭉거리며 강하게 부정했다.

시노브가 동생을 다그쳤다.

[아이다, 혹시 퀸이 걱정되어서 그러니?]

[뭐?]

[오랜 세월 유황 연기를 흡입하셔서 판단이 흐려지신 퀸께서 결혼 생활을 잘하실 수 있을까 걱정하는 거야? 야! 그런 걱정 마라. 퀸께선 위대한 키르샤셔. 하라간 님의 배필들 가운데 그 누구도 퀸의 상대가 될 수 없다고. 만약 군나르 왕국의 누군가가 퀸을 업신여기고 이용하려 든다면 그 즉시 이 시노브의 분노를 직면하게 될 거야.]

[아니야. 그런 게 아니라니까.]

아이다가 뇌파로 소리를 빽 질렀다.

시노브도 마주 발끈했다.

[아니, 이년이 어디서 짜증질이야? 귀청 떨어지는 줄 알았잖아. 너 이 좋은 날 언니에게 한번 처맞아 봐야 직성이 풀리겠니? 앙?]

[아, 퀸을 걱정하긴 누가 걱정한다고 그래? 저렇게 배시시 웃으시면서 행복해하시는데 내가 왜 퀸을 걱정해?]

아이다의 말처럼 퀸 잉그리드는 더없이 행복한 하루를 만끽하는 중이었다.

시노브가 고개를 갸웃했다.

[그럼 왜 울었어?]

[그냥…….]

아이다가 말꼬리를 흐렸다.

이번엔 오스트란드가 끼어들었다.

[그냥 왜? 퀸께서 너무 행복해 보이셔서 그냥 눈물이 난 거야?]

[그것도 있지. 퀸께서 오랜 세월 용암성에 틀어박혀 고통을 받으셨는데, 저렇게 행복해하시는 모습을 보니 가슴이 울컥하더라고.]

아이다가 순순히 시인했다.

Chapter 3

오스트란드가 한 가지 이유를 더 지적했다.

[그리고 또 다른 이유도 있지? 우리 막내가 퀸께 서운한 점이 있지? 그래서 눈물이 난 거지?]

아이다가 뭐라고 대답하기도 전에 시노브가 오스트란드에게 물었다.

[뭐? 우리 막내가 퀸께 서운했다고? 왜? 여기 군나르 왕국에 인질로 보내서? 그건 퀸이 아니라 우리가 보낸 거잖아.]

쓸데없는 소리를 하는 큰언니를 향해 오스트란드가 눈을 흘겼다.

[큰언니, 그렇게 막내의 마음을 모르겠어?]

[모르긴 뭘 몰라?]

[퀸께서 우리 딸내미들에게 저렇게 사랑이 듬뿍 담긴 눈길을 주신 적이 단 한 번이라도 있어?]

[그건!]

[없잖아. 우리 자매들에게 퀸은 늘 어렵고, 두렵고, 우리의 목숨 줄을 움켜쥔 경외의 대상이었잖아. 그러던 퀸께서 하라간 님을 대하는 표정 좀 봐. 퀸께서 어디 우리에게 저런 표정을 보여 주신 적이 있어? 단 한 번도 없다고. 아이다는 바로 그 점이 서운했던 거야.]

오스트란드의 말이 맞았다. 정확하게 속마음을 들키자 아이다는 갑자기 가슴이 울컥했다.

[큽!]

아이다가 손으로 입을 막았다. 그러곤 후다닥 눈물을 훔쳤다.

시노브는 멍한 표정으로 퀸을 바라보았다.

지금의 퀸은 너무나도 행복해 보였다. 하라간의 옆에 딱 달라붙어 연인의 옆얼굴을 힐끗거리는 퀸 잉그리드는 누가 봐도 사랑에 빠진 10대 소녀의 모습이었다.

[쳇!]

시노브가 검지로 콧방울을 슥슥 비볐다.

강철의 시노브답게 눈물을 흘리지는 않았다. 하지만 어쩐지 그녀도 코끝이 찡하고 마음이 싱숭생숭했다.

하라간과 잉그리드의 결혼은 외부에 공표되지 않았다. 예식에 참석한 사람들 모두 입을 꾹 다물었다. 그들은 왜 이 결혼이 비밀리에 치러졌는지 이유를 알지 못했다. 누군가에게 그 이유를 물을 수도 없었다.

"웃전의 명령이시다."

이 한마디가 모든 궁금증을 수면 아래로 가라앉혔다. 환관들도, 마마님들도, 대신들도, 모두 입에 자물쇠를 채웠다.

하라간은 친전에서 첫날밤을 보냈다.

비돔에서 최선을 다해 아름답게 꾸며놓은 신방이 잉그리드의 마음에 쏙 들었다.

하긴, 잉그리드는 노상에서 신혼 첫날밤을 보내도 만족했을 것이다. 이 정숙한 숙녀는 하라간과 함께라면 어디든 상관없었다.

다만, 그 신방에 클레이아가 함께 있는 것이 좀 어색했다.

클레이아도 쑥스럽기는 마찬가지였다.

"저기…… 저는 제 방으로 갈까요?"

클레이아가 쭈뼛거리며 물었다.

잉그리드는 그러기를 바라는 표정으로 클레이아를 보았다.

하라간이 고개를 가로저었다.

"그건 법도에 어긋난다더군. 군주의 후계자가 새 배필을 맞을 경우, 첫날밤을 모든 아내들과 함께 보내는 것이 군나르 왕실의 전통이라고 하오. 아마도 내궁의 화합을 위해 이런 예법을 만든 모양이오. 만약 클레이아가 신방을 나가면 할아버님께서 실망하실 거요."

하라간은 효성이 지극했다. 군나르의 눈 밖에 난다는 것은, 곧 하라간의 마음에서도 멀어진다는 소리였다. 클레이아는 맹한 구석이 있었지만, 남편의 사랑을 받으려면 군나르에게도 잘 보여야 한다는 사실만큼은 확실히 인지했다.

그게 아니더라도 클레이아는 감히 군나르의 뜻을 거스를 용기가 없었다.

"왕실의 예법이라면 따라야겠지요. 그럼 저는 어떻게……?"

클레이아가 갈피를 잡지 못하고 어정쩡한 태도를 보였다. 정숙한 잉그리드도 어떻게 해야 좋을지 알지 못해 하라간만 바라보았다.

"일단 목욕부터 합시다."

하라간이 줄을 잡아당겼다.

딸랑딸랑.

"하라간 님, 찾으셨사옵니까?"

종소리가 울리자 비돔의 총수 티티이가 달려왔다. 원래 하라간의 목욕 시중을 드는 시녀들은 따로 있었다. 하지만 하라간의 결혼 사실을 숨기려다 보니 총수인 티티이가 직접 시중을 들 수밖에 없었다.

"목욕을 하겠다."

"알겠사옵니다. 하면, 아이들을 부를까요?"

티티이가 조심스레 여쭀다. 왕족 3명의 목욕 시중을 제대로 들려면 최소한 9명의 시녀가 필요했다. 그런데 오늘 이 신혼 첫날 밤은 외부에 알려져서는 곤란했다. 웃전에서 그렇게 하라고 엄명을 내린 탓이었다. 티티이는 '만약 하라간 님께서 원하신다면 아이들을 몇 명 불러서 목욕 시중을 들고, 그다음 그 아이들을 제거하여 입을 막는 수밖에 없겠구나.'라고 각오했다.

다행히 하라간이 앞뒤 사정을 이해해 주었다.

"간단히 할 것이니 그냥 총수가 욕조 밖에서 시중만 들어. 괜히 아랫사람들 피 보게 만들지 말고."

"오오오! 하라간 님의 자비로우심에 감사드리옵니다. 그럼 부족하나마 제가 혼자서 시중을 들겠나이다."

티티이가 속으로 가슴을 쓸어내렸다. 솔직히 티티이는 비돔의 시녀들을 딸처럼 여겼다. 그런 시녀들이 비밀 유지를 위해 허무하게 희생을 당한다면 마음이 너무 아플 것 같았다.

"그럼 갑시다."

하라간이 잉그리드와 클레이아의 손목을 잡아끌었다.

잉그리드가 움찔 몸을 떨었다.

"가, 같이요?"

"그렇소. 이상하오?"

하라간이 당연한 것 아니냐는 식으로 되물었다. 잉그리드는 당황하여 얼굴이 홍당무가 되었다. 반면 클레이아는 하라간과 함께 목욕하는 것이 익숙한 듯 아무렇지도 않게 옷을 벗었다. 그런 클레이아의 태도가 잉그리드에게 자극이 되었다.

"죄송해요. 제가 이곳 예법에 익숙하지 않아서 어리석어 보이죠?"

잉그리드가 걱정스러운 얼굴로 하라간에게 물었다.

하라간이 고개를 가로저었다.

"괜찮소. 클레이아도 익숙해지는 데 시간이 좀 걸렸다오."

"정말이에요. 저도 처음엔 무척 당황했어요. 아마도 시중을 드는 시녀들이 저를 비웃었을 거예요."

클레이아가 자신의 실수를 빗대어 잉그리드를 위로해 주었다.

"그랬군요."

잉그리드가 미소로 화답했다.

'이런!'

한편 티티이는 하라간과 클레이아가 벗어 놓은 옷을 정리하다 말고 가슴이 철렁했다. 클레이아를 우습게 여겼던 시녀가 어떤 말로를 겪었는지 잘 아는 탓이었다.

'역시 귀하신 분들의 시중을 드는 일은 목숨을 걸고 해야 해. 이분들이 무심코 내뱉는 한마디에 나와 우리 아이들의 목숨이 달렸어.'

티티이는 정신이 번쩍 드는 기분이었다.

그러는 사이 잉그리드도 옷을 모두 벗었다. 타인 앞에서 발가벗는 일이 부끄러운 듯 잉그리드가 수줍게 얼굴을 붉혔다.

Chapter 4

"와아! 정말 몸이 예뻐요."

클레이아가 순수하게 감탄했다.

"진짜요?"

잉그리드가 클레이아를 힐끗 곁눈질했다.

잉그리드가 미끈하게 빠진 우아한 몸매라면, 클레이아는 눈이 튀어나올 만큼 굴곡진 글래머였다. 잉그리드는 클레이아의 가슴을 훔쳐보면서 기가 살짝 죽었다.

반면 클레이아는 클레이아대로 잉그리드의 우아한 몸매에 주눅이 들었다. 클레이아는 글래머인 자신의 몸이 은근히 콤플렉스였다. 그에 비해 잉그리드는 정말 과하지도, 부족하지도 않은 여성미를 갖추었다. 클레이아는 그 점이 부러웠다.

그렇게 서로가 서로를 의식하는 가운데 목욕이 시작되었다. 하라간과 두 여인은 뜨거운 물에 몸을 푹 담그고 이런저런 대화를 나눴다.

시간이 흐르자 어색함도 조금씩 희석되었다.

잉그리드가 용기를 내었다.

"저기, 언니. 언니라고 불러도 되죠?"

애써 말을 꺼내 놓고 잉그리드는 고개를 푹 숙였다.

뜻밖의 호칭에 클레이아가 깜짝 놀랐다.

'나더러 언니라고?'

클레이아는 잉그리드의 정확한 나이를 알지 못했다. 잉

그리드가 얼마나 무서운 존재인지도 짐작하지 못했다. 일반 솔샤르들이 잉그리드를 마주 대하면 그 즉시 벌벌 떨면서 본능적인 공포를 느끼게 마련인데, 하라간 때문에 잉그리드의 무시무시한 기세가 클레이아에게 전달되지 않았다. 영악하지 못하고 눈치가 별로 없는 클레이아는 잉그리드의 말을 곧이곧대로 믿었다.

'잉그리드가 나보다 어린가? 진짜로? 난, 나보다 연상인 줄 알았는데? 에이! 뭐 괜히 언니라고 부르겠어? 나보다 한 살이라도 어리니까 언니라고 부르겠지.'

상대가 동생이라고 생각하자 클레이아는 갑자기 짠한 생각이 들었다.

'나도 갑자기 왕실에 시집을 와서 모든 것이 당황스럽고 무서웠는데, 나보다 어린 잉그리드가 지금 얼마나 가슴이 조마조마할까? 난생처음 타국으로 시집와서 더욱 두려울 거야. 나만 해도 군나르 님을 뵈면 다리가 후들거리는데, 잉그리드는 오죽하겠어. 앞으로 잉그리드를 친동생처럼 여기고 잘해 줘야겠다.'

이렇게 결심한 클레이아는 잉그리드에게 손을 뻗었다. 황당하게도 클레이아는 잉그리드의 머리를 쓱쓱 쓰다듬어 주었다.

잉그리드는 다소 어이가 없었다. 잉그리드의 눈에는 클

레이아의 수준이 빤히 보였다.

'연해 레벨…… 잘해야 연해 2층? 아니면 3층?'

잉그리드는 클레이아가 어떤 마물과 결합했는지 정확히 꿰뚫어 볼 수는 없었다. 하지만 상대의 수준을 짐작하는 것은 그리 어렵지 않았다.

잉그리드가 클레이아에게 언니라고 부른 것은 나분히 하라간을 의식한 행동이었다. 하라간의 첫 번째 배필이기 때문에 언니라고 높여서 불러 준 것.

그런데 클레이아는 진짜로 잉그리드를 동생 취급했다.

쓱쓱.

클레이아가 다정하게 잉그리드의 머리를 쓰다듬어 주었다. 그 따뜻한 손길에 잉그리드가 고개를 갸웃했다.

'진짜로 나보다 언니인가?'

잉그리드는 문득 이런 생각을 품었다.

오랜 세월 유황에 노출된 탓에 잉그리드의 정신은 약간 오락가락했다. 하라간을 만나기 이전의 일들은 모두 뿌옇게 흐려져 제대로 기억나는 것이 없었다. 그러다 보니 잉그리드는 본인의 나이도 까먹었다.

'가만! 내가 몇 살이지? 내가 어렸던가?'

수증기 속에서 고개를 갸웃거리던 잉그리드가 하라간과 눈이 마주쳤다.

하라간이 빙그레 웃었다. 클레이아와 잉그리드의 사이가 괜찮아 보여 하라간은 마음이 흡족했다.

'할아버님께서 우려하지 않으셔도 되겠군. 장차 내궁이 시끄러워지지는 않겠어.'

하라간은 속으로 이렇게 중얼거렸다.

"아!"

하라간의 매혹적인 미소를 보자 잉그리드는 가슴이 콩닥콩닥 뛰었다.

'하라간 님께서 흡족해하시는구나. 클레이아가, 아니 클레이아 언니가 내 머리를 쓰다듬어 주는 것을 하라간 님께서 좋아하셔. 역시 클레이아가 나보다 언니인가 봐. 헤헤헤.'

용암성에서 올라온 이후로 잉그리드는 갓난아이처럼 세상을 새로 파악해 가는 중이었다. 그리고 그 기준은 어디까지나 하라간이었다.

목욕이 끝나고 하라간이 먼저 욕조에서 나갔다.

티티이가 다가와 하라간의 몸에 묻은 물기를 정성스럽게 닦아 주었다. 그다음 클레이아가 티티이의 시중을 받았다.

마지막은 잉그리드의 차례였다. 잉그리드가 몸을 말리는 동안 하라간과 클레이아는 먼저 욕실에서 나갔다. 넓은 욕실엔 잉그리드와 티티이만 남았다.

티티이는 이 기회를 놓쳐선 안 된다고 생각했다.

'잉그리드 님이 장차 내궁의 실세가 되실 거야. 위대하시고 또 위대하신 분께서 클레이아 님보다 잉그리드 님을 더 총애하셔.'

이렇게 판단한 티티이는 보드라운 천으로 잉그리드의 등을 닦아 주면서 말을 걸었다.

"어쩜, 너무 아름다우세요. 이렇게 선이 빼어난 뒷모습은 처음입니다. 하라간 님께서 무척 좋아하시겠어요."

티티이는 달콤한 말로 잉그리드의 환심을 살 요량이었다.

"진짜?"

잉그리드가 반색했다. 잉그리드는 기쁜 얼굴로 티티이를 돌아보았다. 덕분에 잉그리드와 티티이의 눈이 허공에서 마주쳤다.

"진짜이고말고요. 제가 왜 잉그리드 님께 거짓말을 고하겠…… 컥!"

말을 하다 말고 티티이의 온몸이 굳었다. 손이 벌벌벌 떨렸다. 두 다리가 후들거려서 제대로 서 있을 수도 없었다. 티티이의 머리는 아득했고, 세상 분간이 되지 않았다.

잉그리드의 눈 때문이었다.

그 눈!

무한히 광포하고, 파괴적이며, 세상 모든 것을 다 무릎 꿇릴 것 같은 그 압도적인 눈!

티티이는 이 무시무시한 눈이 무엇을 의미하는지 본능적으로 깨달았다.

'위대하시고 또 위대하신 분이시다!'

오직 그분만이 이런 눈빛을 지녔다. 티티이가 느끼기에 하라간의 눈도 이토록 무섭지는 않았다. 이런 눈빛을 가진 존재는 군나르 왕국 내에서 단 한 명뿐이었다.

"아으으으으."

티티이는 온몸을 와들와들 떨었다. 그것만으로 부족하여 티티이는 바닥에 납죽 엎드렸다. 키르샤 앞에서 티티이는 감히 고개도 들지 못했다.

"갑자기 왜 그러느냐?"

잉그리드가 미간을 찌푸렸다.

표정뿐 아니라 잉그리드의 말투도 바뀌었다. 클레이아에게 언니라고 부를 때는 어수룩한 10대 소녀 같았는데, 지금은 어마어마한 위압감이 풍겨 나왔다.

"아으으. 아으으으."

티티이는 살려 달라고 말하고 싶었다. 군나르를 대할 때처럼 납죽 엎드려 설설 기었어야 했는데, 함부로 말을 걸어서도 안 되는 위대한 분이신데, 그렇게 극진하게 모시지 못해 죄송하다고, 다시는 그러지 않을 테니 제발 목숨만 살려 달라고 용서를 빌고 싶었다.

그런데 도저히 입이 떨어지지 않았다. 잉그리드의 눈빛을 떠올리는 것만으로도 티티이의 혀가 딱딱하게 굳었다. 뇌세포도 활동을 멈추었다. 티티이가 느끼기에 잉그리드는 그만큼 두려운 존재였다.

그때였다.

"무슨 일이오?"

하라간이 다시 욕실에 들어왔다.

위엄이 넘치던 잉그리드의 얼굴이 한순간에 만개한 벚꽃처럼 화사하게 폈다.

"하라간 님."

티티이를 짓누르던 잉그리드의 기세도 씻은 듯이 사라졌다. 잉그리드가 기세를 거둔 것이 아니었다. 하라간이 등장과 함께 그녀의 기세가 자연스럽게 차단되었을 뿐이다.

"허억, 허억, 헉."

티티이가 진땀을 흘리며 자리에서 일어났다.

"너는 또 왜 그래?"

하라간이 물었다.

티티이는 학질이라도 걸린 사람처럼 부르르 몸서리를 치

고는, 고개를 가로저었다.

"아무것도 아니옵니다. 죄송하옵니다."

"그래? 그럼 그만 나가 봐. 욕실 뒷정리는 나중에 시녀들에게 맡기고."

하라간이 엄지로 밖을 가리켰다.

"네넷. 알겠사옵니다."

죽다 살아난 티티이가 후다닥 욕실에서 벗어났다.

하라간이 잉그리드의 손목을 잡아끌었다.

"갑시다."

"아잉, 하라간 님."

잉그리드는 수줍게 도리질을 치면서도 하라간이 이끄는 대로 순순히 끌려왔다.

널찍한 침대 주변엔 은은하게 향초가 타올랐다. 침대 위에는 얇은 천으로 몸을 가린 클레이아가 복숭앗빛 얼굴로 기다리는 중이었다.

클레이아와 잉그리드의 눈이 허공에서 서로 얽혔다. 눈빛이 끈적끈적해서 떼려야 뗄 수가 없었다. 두 사람 모두 동시에 침을 꿀꺽 삼켰다. 하늘거리는 침대 휘장이 분위기를 더욱 야릇하게 만들었다. 잉그리드는 가슴이 두근두근 뛰었다.

클레이아도 마찬가지였다.

군나르 왕국에서 맞이한 잉그리드의 첫날밤은 그렇게 시
작되었다.

Chapter 5

"여긴 우리가 처음으로 함께 밤을 보낸 장소잖아?"

실비아가 분홍빛 입술을 달싹여 독백했다.

"오빠도 참 로맨틱하네. 이 추억의 장소에서 다시 만나
자고 하다니 말이야."

실비아는 눈을 살짝 감고 추억에 잠겼다. 그녀의 기다란
속눈썹이 나비의 날갯짓처럼 파르르 떨렸다. 실비아의 머
릿속에는 사랑하는 연인과의 밀애가 좌라락 펼쳐졌다. 그
렇게 과거의 추억을 더듬다 보니 최근 실비아가 줄리앙에
게 느꼈던 실망감이 조금씩 희석되었다.

"하아, 이제 오빠를 용서해 줘야지. 오빠도 그동안 힘들
었을 거야. 선왕께서 갑자기 승하하시고 국정이 어지러우
니 왕비를 가까이하고 나를 멀리할 수밖에 없었겠지."

실비아는 스텐실 유리에 비친 자신의 모습을 보면서 애
인이 오기를 기다렸다. 그러다 머리 모양을 바꿔보려는 생
각에 부드럽게 웨이브가 진 금발 머리를 뒤로 쓸어 올려 예

쁘게 묶었다.

아기자기하게 꾸며진 이 별장은 실비아의 어머니, 즉 미아 드뷔시가 개인적으로 소유한 곳이었다. 한때 미아는 남편인 카일과 냉전을 벌이면서 수도 외곽에 위치한 이 조용한 별장에 머물곤 했다. 그러다 어느 순간부터 별장을 이용하는 발길이 줄어들었다.

그렇게 잊혀졌던 별장을 다시 활용한 사람은 실비아였다.

당시 실비아는 사교계의 꽃이었다. 늑대의 마음을 가진 귀족 사내들은 카롤 왕국 최고의 미인인 실비아를 그냥 내버려 두지 않았다. 여기저기서 은밀한 유혹이 날아왔다.

물론 대놓고 실비아에게 접근하는 사람은 없었다. 귀족들은 실비아의 남편 루잉을 두려워했다. 루잉은 왕국의 삼대검수 가운데 한 명이자 왕국 최고의 무장이 아닌가. 그러니 실비아에게 함부로 치근덕거릴 수는 없었다.

대신 루잉은 북방의 전쟁터에 출격해 있는 시간이 많았다. 어쩌다 수도에 돌아와도 기사들을 훈련시키고 연무장에 틀어박혀 스스로를 단련하기에 여념이 없었다.

"들키지만 않으면 되지."

간이 부은 사교계의 귀족들은 생과부나 다름없는 실비아에게 끈질긴 구애를 보냈다.

실비아는 그 유혹들을 거들떠보지도 않았다. 실비아는 결코 헤픈 여자가 아니었다. 그녀는 절벽 위에 핀 난초처럼 고고했고, 우아했으며, 사람들의 손에 닿지 않았다.

그렇다고 실비아가 정조 관념이 투철한 열부는 아니었다. 실비아는 사교계의 화려한 행사를 즐길 줄 알았다. 그러면서도 그녀는 쿨(Cool)한 관계를 좋아했다. 집착하고, 너저분하게 구는 남자들에게 실비아는 눈길 한 번 주지 않았다.

"남자를 골라도 내가 고를 거야. 내 삶은 내가 좌우해."

이것이 실비아의 신념이었다.

그런 실비아의 눈에 줄리앙 왕세자가 들어왔다. 줄리앙은 무도회장을 드나들며 귀부인을 유혹할 생각에 골몰한 여느 귀족들과는 달랐다. 그는 쉽지 않은 남자였다.

그렇다고 줄리앙이 즐길 줄 모르는 것은 또 아니었다.

실비아의 남편 루잉은 무도회장 자체를 싫어했다.

반면 줄리앙은 탄성이 나올 정도로 춤을 잘 췄다. 사교계의 수많은 귀부인들이 줄리앙 왕세자와 춤을 한 번 추기 위해 줄을 섰다. 일부 귀부인들은 춤을 추다 말고 줄리앙에게 몸을 밀착하며 과감한 추파를 던졌다. 줄리앙은 그녀들을 적당히 상대하면서 매너를 잃지 않았다. 헤프게 이 여자 저 여자와 염문을 뿌리지도 않았다.

실비아는 그런 줄리앙을 쿨하다고 여겼다.

한번 줄리앙이 눈에 들어오자 줄리앙의 모든 것이 다 남편과 비교되었다. 무뚝뚝한 루잉에 비해 줄리앙은 부드러웠다. 오로지 검만 아는 루잉에 비해 줄리앙은 시를 낭송하고, 악기를 연주하며, 무엇보다 여자의 마음을 헤아릴 줄 알았다.

게다가 줄리앙과 실비아는 어려서부터 서로를 잘 아는 사이였다.

성인이 되어 다시 만난 두 사람은 약간 썸을 타는 느낌으로 대화를 나누고 차를 마셨다. 무도회가 열릴 때면 한두 곡씩 춤도 추었다.

이때까지만 해도 실비아는 굳이 줄리앙과 바람을 피울 마음은 없었다.

그러다 루잉이 줄리앙의 검술 스승이 되었다. 나중에 알고 보니 줄리앙이 루잉에게 검술을 가르쳐 달라고 졸랐다고 했다.

사실 줄리앙은 루잉에게 검을 배우고 싶은 마음보다는, 실비아와 연결고리를 만들기 위한 응큼한 속셈이 더 컸다.

루잉은 그것도 모르고 황송해하면서 왕세자 줄리앙의 검술 스승이 되었다.

그때부터 줄리앙은 수시로 드뷔시 백작가에 드나들었다.

루잉과 검을 대련하고 나면 줄리앙은 꼭 실비아까지 함께 불러 다과 시간을 가졌다.

루잉은 차를 마시는 시간에도 종종 다른 생각에 골똘히 잠기곤 했다. 검이 공간을 긋고 지나가는 경로라든가, 새로운 단련 방법이라든가, 이런 것들이 루잉의 뇌를 온통 사로잡았다. 그사이 줄리앙와 실비아가 많은 이야기를 나누었다.

어느 순간 실비아는 자신의 마음이 줄리앙에게 많이 기울었음을 느꼈다. 원래부터 실비아는 남편을 사랑하지 않았다. 그저 카일의 엄명에 의해 루잉과 결혼했을 뿐이다. 루잉은 여러모로 실비아를 충족시키지 못했다.

실비아는 귀족적인 것을 좋아했다. 태생이 우월하고, 낭만적인 시를 많이 암송하며, 음악과 미술에 조예가 깊고, 다정다감한 남자가 줄리아의 이상형이었다.

루잉은 단 하나도 해당하는 바가 없었다.

반면 줄리앙은 실비아가 꿈꾸는 이상형, 그 자체였다.

"가지고 싶어. 줄리앙 왕세자를 가지고 싶어."

실비아는 주도적인 삶을 꿈꾸는 여자였다. 누군가에게 종속되어서 살아가는 삶은 원치 않았다.

"내 인생에서 내 뜻대로 하지 못한 것은 결혼 한 번이면 족해. 비록 결혼은 아버지의 뜻에 따를 수밖에 없었지만, 사랑만큼은 내 의지대로 할 거야. 엄마가 그랬듯이 말이야."

실비아는 곧바로 줄리앙을 유혹했다.

줄리앙은 기다렸다는 듯이 그 유혹에 넘어왔다.

둘은 미아가 오래전에 사 놓았던 수도 외곽의 별장에서 단둘이 만났다. 마침 루잉은 기사단 전체를 이끌고 산속에 들어가 합숙 훈련을 하는 중이었다.

금기를 깨뜨린 사랑은 짜릿했다. 남의 눈을 피해 밀회를 하는 것은 스릴이 넘쳤다. 실비아와 줄리앙은 그렇게 연인이 되었다. 루잉을 배신했다는 죄책감은 오히려 이들에게 짜릿함을 안겨 주었다.

이상이 4년 전의 일이었다.

"그래. 4년 전까지만 해도 줄리앙 오빠와 나는 정말 좋은 추억을 공유했어. 그 지긋지긋한 마귀가 우리 사이에 끼어들기 전까지만 해도 분위기가 좋았지."

실비아가 나직이 중얼거렸다.

실비아와 줄리앙, 두 사람의 관계가 삐걱거리기 시작한 것은 보투르 후작 때문이었다. 여우 같은 보투르가 둘의 불륜을 눈치챈 순간, 순조롭던 사랑에 금이 갔다.

"우후후후! 드뷔시 가문이 자랑하는 레드 라이온 기사단을 내게 넘겨. 그럼 두 사람의 불륜을 눈감아 주지."

보투르는 야비했다. 또한 집요하고 끈적끈적했다. 그는 실비아가 가장 경멸하는 방식으로 그녀를 대했다. 실비아는 보투르에게 치를 떨면서도 협박에 굴복할 수밖에 없었다.

"잘 알고 있겠지만 루잉 백작은 우리 카롤 왕국의 영웅이야. 북부 악마들의 침공을 막아 내기 위해 단신으로 지옥에 뛰어든 영웅! 그 영웅의 부인이 바람을 핀다? 백성들이 그걸 가만히 둘 것 같나? 다치는 것은 실비아, 너뿐만이 아니야. 너와 바람을 피운 대상자, 즉 줄리앙 왕세자도 무사하지 못해. 그런 엄청난 스캔들이 터지면 아마도 줄리앙은 왕세자 자리에서 쫓겨나겠지? 내 말이 과장된 것 같아? 바람피우는 사람이 사교계에 무수히 많은데 고작 그런 일 때문에 폐세자가 되겠느냐고 생각하겠지? 하지만 루잉의 경우는 달라. 머리가 있으면 한번 생각해 보라고. 루잉은 왕국을 위해 목숨을 걸고 전쟁을 치른 영웅이야. 그런데 이번 스캔들을 그냥 덮어 봐. 앞으로 그 어떤 기사가 왕국을 대표해서 전쟁터로 나가겠어? 남편이 출전하는 즉시 기생오라비 같은 줄리앙 왕세자가 그의 부인을 가로챌 텐데? 크흐흐. 현명하신 메로베 폐하가 그 꼴을 두고 볼까? 아니면 줄리앙을 내칠까?"

보투르의 협박은 지독할 정도로 직설적이었다. 칼로 약

점을 후벼 파는 듯한 그 협박에 실비아는 레드 라이온 기사단을 내어 줄 수밖에 없었다. 실비아는 줄리앙을 보호하기 위해 가문에서 가장 중요한 무력을 포기했다.

기사단을 잃은 드뷔시 가문은 힘을 잃었다.

한번 힘을 잃은 상대를 보투르는 그냥 두지 않았다. 그는 오랜 세월 드뷔시 가문의 울타리를 지켜 온 가신들을 하나둘 빼 갔다. 드뷔시 가문이 가진 상업적 이권도 꽤 많이 챙겼다. 급기야 드뷔시의 영토까지 일부 양도받았다.

말이 양도지, 사실은 강탈이나 마찬가지였다.

실비아는 보투르가 원하는 대로 내어 줄 수밖에 없었다. 보투르 후작이 줄리앙을 인질로 삼아 협박한 탓이었다.

실비아는 사랑을 지키기 위해 많은 것을 희생했다.

Chapter 6

문제는 그 후에 터졌다.

기를 쓰고 애인을 지키는 실비아와 달리, 줄리앙은 비겁했다. 줄리앙은 보투르 후작으로부터 실비아를 지키기 위한 그 어떤 행동도 하지 않았다. 그는 그저 불륜이 탄로나 세상의 지탄을 받고 메로베 왕으로부터 벌을 받을까 봐 전

전긍긍할 뿐이었다.

"이럴 수가! 어떻게 오빠가 나한테 이래?"

실비아의 눈에 씌었던 콩깍지가 드디어 벗겨졌다. 줄리앙의 비겁함에 실망한 실비아는 마구 폭언을 퍼부었다.

그날 이후 줄리앙은 실비아와 연락을 딱 끊었다. 그리고 얼마 후 메로베 왕이 승하하고 줄리앙이 새로운 왕이 되었다.

실비아는 혹시나 하는 마음을 품었다.

'더 이상 눈치 볼 사람이 없으니 오빠가 왕비와 이혼하고 나에게 청혼하지 않을까?'

실비아는 줄리앙이 청혼을 해서 자신을 왕비로 맞는 환상에 젖었다.

환상은 환상일 뿐이었다. 줄리앙은 연락도 되지 않았다. 시간만 하염없이 흘렀다. 실비아는 줄리앙을 용서하지 않겠노라고 마음속으로 다짐했다.

그러던 중, 드디어 애인에게서 연락이 왔다.

우리가 처음 함께 밤을 보냈던 그 장소에서 만나.

밤 12시.

꼭 나와야 해. 그동안 너무 보고 싶었어.

당신을 사랑하는 줄리앙.

드뷔시 백작가에 도착한 이 짧은 편지가 실비아의 차갑던 마음을 다시 녹였다. 이건 분명 줄리앙의 필체였다. 두 사람이 처음 불륜을 저질렀던 장소에 대해서 알고 있는 사람은 줄리앙 외에는 아무도 없었다. 실비아는 오랜만에 예쁘게 단장하고 별장을 방문했다.

"오빠, 오늘 내게 미안하다는 말 한마디만 해 줘. 그럼 그동안 오빠가 했던 행동들은 다 잊을 거야."

사랑하는 애인을 기다리면서 실비아는 이렇게 다짐했다.

덜컹, 별장 문이 열렸다.

"아! 오빠가 왔구나."

실비아는 후다닥 거실로 나가 2층 난간에서 아래를 내려다보았다.

굳게 잠긴 별장 문을 열쇠로 따고 들어온 사람은 모자를 깊게 눌러 써서 얼굴을 가린 남자였다. 이 별장 열쇠를 가진 사람은 세상에 실비아와 줄리앙밖에 없었다. 실비아는 드레스를 두 손으로 잡아 살짝 들고는 둥글게 휘어진 계단을 따라 빠르게 내려갔다.

"오빠."

실비아가 와락 달려들어 줄리앙의 목을 끌어안았다.

남자도 실비아의 가는 허리를 홱 낚아채며 입술을 맞부

딮쳤다.

"으흡! 흡! 우우웁! 우읍!"

실비아가 기겁을 하며 남자의 가슴을 때렸다.

남자는 실비아를 꽉 끌어안고 입술을 빨았다. 그러면서 한 손으로 실비아의 가슴을 움켜쥐었다.

"으읍! 으아아아악!"

실비아가 미친 듯이 고개를 뺐다.

마침내 둘의 입술을 떨어졌다.

쫙!

실비아가 남자의 귀싸대기를 때렸다.

남자는 충분히 피할 수 있었지만, 그냥 맞아 주었다. 그러곤 실비아를 향해 능글맞게 웃었다.

"우흐흐, 실비아."

"보투르 후작, 이게 대체 무슨 짓이에요?"

실비아가 표독한 눈으로 상대를 노려보았다.

남자의 정체는 줄리앙이 아닌 보투르였다. 보투르가 어깨를 으쓱했다.

"무슨 짓이긴? 실비아, 당신이 나를 끌어안고 키스를 하니까 받아 주었을 뿐이지. 우흐흐."

"이런 미친놈, 퉤!"

실비아가 상대에게 침을 뱉었다.

보투르는 한 발 옆으로 옮겨 침을 피한 다음, 다시 실비아를 덮쳤다.

"아악! 비켜. 저리 가. 이 악마야 저리 가라고."

실비아가 발버둥 쳤다.

보투르는 실비아를 위에서 찍어 누르고는 한 손으로 실비아의 드레스 가슴 부위를 잡아 부욱 찢었다. 출렁하고 뽀얀 가슴이 드러났다.

실비아가 바락바락 악을 썼다.

"아아악, 이런 미친놈! 나잇값도 못하는 개자식! 후레자식! 네놈이 돌았구나? 네가 감히 나를 어떻게 보고 이런 개수작이냣?"

"우흐흐, 어떻게 보긴? 맛있는 먹잇감으로 보지."

보투르의 입에 침이 고였다.

실비아가 으르렁거렸다.

"내게 이런 짓을 하고도 무사할 것 같아? 줄리앙 폐하가 너를 가만히 두지 않을 것이다."

"줄리앙?"

보투르 후작이 실비아를 깔고 앉아 히죽거렸다. 보투르의 입에서 마른하늘에 날벼락 떨어지는 소리가 나왔다.

"이봐, 실비아. 정신 차려. 줄리앙이 내게 너를 넘겼다고."

"뭣?"

실비아는 해머로 뒤통수를 한 대 얻어맞은 기분이었다.

"거짓말! 이 개자식, 거짓말하지 마."

"거짓말이라니? 우흐흐흐. 너도 머리가 있으면 생각 좀 해 봐라. 누가 네게 편지를 썼지? 밤 12시까지 여기로 나오라고 편지를 쓴 게 누굴까? 바로 줄리앙이야."

"뭣?"

실비아의 동공이 파르르 흔들렸다.

'맞아. 그 편지의 필체는 분명 줄리앙 오빠의 것이었어.'

실비아의 심장이 갑자기 터질 것처럼 펌프질했다. 실비아는 뇌가 하얗게 물드는 절망감을 느꼈다.

보투르 후작이 결정타를 날렸다. 그는 주머니에서 열쇠하나를 꺼내서 실비아 앞에서 흔들었다.

"그리고 이 열쇠도 줄리앙이 내게 준 거야. 이걸로 별장을 열고 들어가면 된다고, 2층에 욕실이 딸린 안락한 침실이 있다고도 알려 주더라. 우흐흐."

"말도 안 돼!"

실비아는 갑자기 맥이 빠졌다.

상대가 저항을 포기하자 보투르가 히죽 웃었다. 보투르는 실비아의 몽글몽글한 가슴을 손으로 움켜잡았다.

Chapter 7

실비아가 싸늘하게 소리쳤다.

"이 손 치워."

"뭐?"

"손 치우라고 했다."

실비아는 절망적인 상황에서도 당당했다.

'정말 재미있는 여자네. 이런 절망적인 상황에서도 꼿꼿
하단 말이지?'

보투르 후작은 실비아에게 나름 감탄했다. 보투르가 실
비아에게 물었다.

"내가 왜 손을 치워야 하지?"

"치우지 않으면 내가 혀를 물 테니까."

"뭐라고?"

보투르 후작이 눈매를 가늘게 좁혔다.

실비아가 나직하게, 하지만 힘 있는 목소리로 윽박질렀
다.

"당장 꺼져."

"뭐?"

"여기서 당장 나가라고. 그렇지 않으면 내가 이 자리에
서 혀를 물고 죽을 테다."

실비아의 눈빛은 서늘했다. 그녀는 실제로 혀를 물고 죽어 버릴 기세였다. 그 기백에 눌려 천하의 보투르 후작이 움찔했다.

실비아가 다시 한 번 싸늘하게 읊조렸다.

"마지막 경고다. 당장 이 더러운 손 치워. 그리고 여기서 나가. 내가 죽는 꼴을 보고 싶지 않으면 어서 나가라고."

"큼!"

보투르가 손가락으로 콧방울을 문질렀다. 그의 눈에 비친 실비아는 차가운 얼음 인형 같았다.

"만약 내가 여기서 죽으면 어떻게 될까? 내가 여기 온 것을 시녀들이 알고 있어. 그러니 만약 내 신상에 문제가 생기면 레드 라이온 기사단에 연락이 갈 거야. 그럼 충성스러운 기사들이 어떻게 할까? 내 행방을 찾기 위해 움직이겠지? 내 시체를 찾을 때까지 그들은 당신 말을 듣지 않을 거야. 그리고 내 시체를 발견하고 나면 그 즉시 범인을 찾기 시작하겠지. 모처럼 손에 넣은 훌륭한 기사단을 잃기 싫으면 내게서 그 더러운 손을 떼."

실비아의 말은 사실이었다. 보투르 후작은 얼굴을 몇 차례 꿈틀거리다가 결국 실비아의 가슴에서 손을 떼었다.

"비켜."

실비아가 높지도 낮지도 않은 톤으로 뇌까렸다.

"쳇."

보투르 후작이 주춤하다가 결국 자리에서 일어섰다.

실비아가 한 번 더 상대를 윽박질렀다.

"이제 그만 꺼져."

결국 보투르는 아무 소리 못 하고 등을 돌렸다.

실비아는 가슴을 가릴 생각도 않고 무표정하게 드러누워 천장만 바라보았다. 그녀의 눈에 핏발이 가득 섰다.

문 입구에서 보투르가 실비아를 돌아보았다.

실비아는 여전히 드러누운 자세였다. 가슴을 여민다거나, 흐느껴 우는 것도 아니었다. 그녀의 고압적인 태도가 보투르를 열 받게 만들었다. 보투르가 고약하게 입매를 구겼다.

"크으으, 실비아. 웃기지 마라. 내가 레드 라이온 기사단을 잃을까 봐 물러나는 것이라고 생각하면 오산이다. 나는 단지 네년의 그 잘난 몸뚱어리에 흥미를 잃었을 뿐이다."

실비아는 미동도 없이 상대의 말을 들었다.

보투르가 폭언을 퍼부었다.

"야! 네가 그렇게 잘났냐? 네가 그렇게 당당해? 지랄하지 마. 네가 당당한 이유가 뭐 있어? 레드 라이온 기사단을 믿고 그렇게 당당하게 구는 거라면, 넌 정말 돌아이 년이다. 레드 라이온 기사단을 네가 키웠냐? 그게 어디 네 공이야? 레드 라이온 기사단을 키운 사람은 네 아버지 카일 백작과 네 죽은 남편 루잉 백작이잖아. 그러니까 너의 그 당당함은 네가 잘나서 나오는 것이 아니야. 죽은 네 남편 덕분에 네가 내 앞에서 당당하게 굴 수 있는 게지."

이건 사실이었다. 실비아가 당당할 수 있는 이유는 그녀 자신 때문이 아니라 루잉 덕분이었다. 정곡이 찔린 실비아가 파르르 몸을 떨었다.

보투르가 계속해서 상대를 몰아붙였다.

"솔직하게 말해서 나는 루잉이 두려웠다. 비록 나보다 나이는 어렸지만 그는 진짜로 강한 사내였어. 만약 루잉이 건재했다면 나는 평생 변방의 국경선이나 지키며 살았을 게다. 네 말대로 내가 개새끼라고 치자. 그런데 나 같은 개새끼를 누가 수도로 불러들였냐? 바로 너야. 너와 줄리앙이 루잉 백작을 죽여 준 덕분에 나 같은 개새끼가 설치고 다닐 수 있는 게야. 그리고 말이 나왔으니까 말인데, 내가 이 자리에서 너를 능욕 못 할 것 같으냐? 그 결과 네년이 혀를 깨물고 죽어 버리면, 레드 라이온 기사단이 내 곁을 떠날 것 같으냐? 그들은 네가 내게 강간을 당해 자살해도 내 곁에 남을 게다."

"웃기지 마! 레드 라이온의 충성심은 변하지 않아."

실비아가 벌떡 일어나 악을 썼다.

보투르가 비웃었다.

"그건 네가 루잉의 부인이니까 그렇지."

"뭐?"

"레드 라이온 기사 한 명 한 명은 지금도 진심으로 카일 백작과 루잉 백작을 존경하고 있다. 특히 카일보다 루잉을 더 존경하더라. 레드 라이온이 네게 충성을 바치는 이유? 그건 네가 루잉의 부인이기 때문이야. 그런데 만약 루잉을 죽인 장본인이 너라는 사실이 밝혀지면? 그 전에, 네가 줄리앙과 배꼽을 맞춘 사실이 알려지면? 그럼 충성스러운 레드 라이온이 어떤 행동을 할 것 같나? 나는 네년의 불륜 증거를 다 가지고 있는데, 그런 내가 루잉의 복수를 위해 네년을 능욕하고 죽였다고 말하면, 그들이 어떤 행동을 할 것 같으냐고? 이 개잡년아!"

"아!"

실비아의 동공이 꽉 얼어붙었다.

실비아는 보투르 후작의 말이 궤변이라고 소리치고 싶었다. 그런데 딱히 반박할 말이 떠오르지 않았다. 이건 날카로운 칼로 심장을 난자당하는 기분이었다. 그 와중에 입에 재갈이 물려 비명 한 번 지르지 못하는 느낌이었다.

보투르가 실비아를 조롱했다.

"거 봐. 반박할 말이 없지? 너처럼 머리에 똥만 든 년이 사교계를 휘젓고 다니며 제 잘난 맛에 살았겠지. 나는 요새 수도의 무도회장에서 너 같은 재수 없는 년들을 수도 없이 본다. 남편을 전쟁터로 보내 놓고, 지들은 화려한 수도에서 편하게 퍼질러 살면서 젊은 애인을 만드는 귀부인들! 그렇게 머리에 똥만 든 년들이 그러더라. 요새 애인 없는 여자가 어디 있느냐고. 다들 남편 말고 애인 한 명씩 키우는 것이 유행이라고. 그리고 유행에 뒤처지지 않아야 쿨한 거라고. 다들 그러더라. 정말 지랄들 한다. 뭐, 그런 년들 데리고 뒹구는 재미도 쏠쏠하더라만, 내가 속으로는 그년들에게 쌍욕을 하거든. 그런 년들 때문에 왕국이 무너지는 것도 모르고, 뭐? 자기는 감정에 솔직하다고? 실비아, 너도 그렇게 생각하지? 넌 그냥 감정에 솔직했을 뿐이라고. 마음이 이끄는 대로 줄리앙과 사랑에 빠졌을 뿐인데, 그게 뭐가 죄냐고 자기 위안을 삼겠지? 그럼 하나만 묻자."

"뭐, 뭘?"

실비아가 말을 더듬었다. 보투르 후작으로부터 너무나 적나라하게 사교계 여자들의 작태를 지적당하자 뭐라고 대꾸할 말이 생각나지 않았다.

보투르 후작이 물었다.

"내가 데리고 잔 사교계의 귀부인들이 그러더라. 감정에 솔직한 것이 요새 유행이고 그게 쿨한 거라고 하던데, 너도 비슷한 생각을 품고 있지?"

"그건!"

"그런데 너희들은 감정에 솔직하면 되고, 난 안 되나? 너희들은 감정이 이끄는 대로 애인을 만들고 사랑을 찾아 다니잖아? 그 와중에 남편에 대한 신의를 저버리고 말이 지."

"윽!"

"나도 마찬가지야. 나는 이 왕국을 통째로 가지고 싶다. 왕보다 더 강한 권력을 갖고 싶단 말이다. 그게 내 솔직한 감정이야. 나도 내 감정에 솔직하기 위해서 카롤 왕실에 대한 신의를 저버리고 사랑하는 권력을 차지했어. 그럼 너희들과 나의 차이가 뭐야? 둘 다 똑같잖아. 감정에 솔직하고, 그 감정을 위해서라면 신의도 저버릴 수 있고, 결국 원하는 것을 손에 넣는 것까지 모두 똑같다고. 그런데 왜 너희들만 그렇게 잘난 건데? 너는 왜 나를 천하의 간신이라고 비웃는 건데?"

"……"

실비아는 말문이 막혔다. 보투르 후작의 궤변은 설득력이 있었다. 그래서 더욱 속이 답답했다.

보투르가 실비아를 손가락으로 콕 찍어 가리켰다.

"너, 똑바로 들어. 오늘 나는 얼마든지 너의 그 헤픈 몸

뚱어리를 차지할 수 있었어. 하지만 이젠 그러고 싶은 마음
이 싹 사라졌어. 머릿속에 똥만 든 네년의 몸뚱어리 따위,
이젠 줘도 갖지 않아. 퉤엣! 죽은 루잉 백작만 불쌍하다."

살벌한 폭언을 남긴 뒤, 보투르는 틀이 부서질 정도로 세
차게 문을 박차고 별장 밖으로 나가 버렸다.

홀로 남은 실비아는 멍하게 그 뒷모습을 바라보았다.

"흐윽!"

갑자기 실비아가 울음을 터뜨렸다.

"으흑, 끄윽, 끅끅끅. 어허허허헝!"

실비아는 정말 서럽게 울었다. 아버지가 죽었을 때도 이
토록 펑펑 울지는 않았다.

Chapter 8

실비아는 모든 것이 다 싫었다. 보투르에게 자기를 팔아
버린 줄리앙도 싫고, 보투르의 궤변에 답변 한마디 제대로
하지 못하는 이 상황도 싫고, 아무런 분노도 표현하지 않고
엄마에게 독살을 당해 준 아버지도 싫고, 미련하게 북부에
뛰어들어 죽어 버린 루잉도 싫고, 세상 모든 것이 다 싫었
다. 그리고 실비아는 그 무엇보다도 자기 자신이 싫었다.

보투르의 말이 옳았다.

실비아는 평소 당당한 여자, 쿨한 여자를 멋있다고 여겼다. 그리고 스스로를 당당하고 쿨하다고 자부했다.

그런데 다 거짓이었다.

당당함?

그건 보투르 후작의 말대로 실비아가 노력해서 만들어 낸 당당함이 아니었다. 드뷔시 가문이 융성했던 것은 아버지 카일 덕분이었다. 실비아가 가장 신뢰하는 레드 라이온 기사단은 남편인 루잉이 만들어 준 것이었다. 돌이켜 보면 실비아의 당당함은 그녀가 세상에서 가장 싫어하는 두 남자 덕분에 가능했다.

이제 그 둘이 세상에서 사라졌다. 실비아가 당당할 수 있는 근원이 사라진 셈이었다. 실비아는 그 사실을 지금에서야 깨달았다.

쿨함?

이것도 한낱 환상에 지나지 않았다. 실비아가 쿨하다고 평가한 줄리앙은 세상에 둘도 없는 찌질이었다. 그에 비하면 부인의 손에 그냥 죽어 준 카일이 몇 백 배는 더 쿨한 남자일지도 몰랐다.

"으흐흑, 으흐흐흑, 흐흑!"

실비아는 무릎 사이에 얼굴을 묻고 하염없이 눈물을 흘

렸다.

4년 전 봄.

누군가는 지옥에 있었고 누군가는 천상에 머물렀다. 당시 루잉은 검 한 자루로 북부의 마물들을 베어 넘기며 생지옥을 헤쳐 나갔다. 그러는 동안 실비아는 줄리앙을 집으로 끌어들여 사랑을 만끽했다. 남편이 자리를 비운 터라 실비아는 거리낄 것이 없었다. 그때 실비아와 줄리앙은 하늘 속 구름 위를 노니는 기분이었다.

4년 후 가을.

상황이 역전되었다.

실비아는 보투르 후작에게 능욕을 당할 뻔했을 뿐 아니라 자존감마저 완전히 무너졌다. 게다가 사랑하는 줄리앙이 자신을 보투르에게 팔아먹었다는 사실에 큰 충격을 받았다. 실비아는 지옥의 구렁텅이에 홀로 내동댕이쳐진 기분이었다.

같은 시각, 하라간은 클레이아와 잉그리드를 품에 안고 두근거리는 첫날밤을 보냈다.

그렇게 운명적인 하루가 교차하고, 새 아침이 밝았다.

짹짹짹짹.

경쾌하게 지저귀는 새소리에 잉그리드가 눈꺼풀을 열었다.

'응?'

깜짝 놀란 잉그리드가 후다닥 일어나 이불로 몸을 가렸다. 정숙한 잉그리드는 발가벗고 잠이 들었다는 사실이 못내 부끄러웠다.

거의 동시에 깬 클레이아도 몸 주변에 이불부터 돌돌 말았다.

두 사람 모두 정신 못 차리고 단잠에 빠졌었다. 그만큼 어젯밤은 격렬했고, 뜨거웠고, 체력 소모가 심했다.

"잘 잤어?"

클레이아가 먼저 말을 걸었다. 클레이아는 여전히 잉그리드가 동생이라고 생각했다.

잉그리드가 수줍게 고개를 끄덕였다.

"네에, 언니."

사실 잉그리드는 지금 클레이아의 눈을 마주 볼 용기가 나지 않았다. 지난밤의 장면들이 머릿속을 스쳐 지나갈 때마다 잉그리드는 부끄러워서 손발이 오그라들었다.

그러다 퍼뜩 하라간이 생각났다.

"하라간 님은 벌써 일어나셨나요?"

잉그리드의 물음에 클레이아가 침대 밖을 가리켰다.

침대의 휘장 너머로 하라간의 그림자가 얼비쳤다. 하라간은 춤을 추듯이 검을 휘두르는 중이었다. 그렇게 격렬한 검무를 추는데 아무런 소리가 나지 않았다. 발걸음 소리 하나, 숨소리 하나 들리지 않았다. 검으로 공기 가르는 소음도 없었다.

클레이아가 잉그리드의 옆에 다가와 속삭였다.

"정말 멋있으시지 않아?"

하라간의 그림자를 바라보는 클레이아의 눈빛은 사랑에 빠진 여인의 것이었다.

잉그리드가 힘차게 고개를 주억거렸다.

"네에. 정말 멋있으세요."

이건 빈말이 아니었다. 하라간의 검무는 숨이 막힐 정도로 부드럽고, 아름다우며, 완벽했다. 검이 그리는 공간 안에서 시간이 정지된 것 같은 느낌이었다. 잉그리드와 클레이아는 홀린 듯이 그 춤을 감상했다.

하라간이 검을 휘두르다 말고 휘장을 열었다.

"하라간 님."

"죄송해요. 저희가 방해가 되었죠?"

잉그리드와 클레이아가 동시에 울상을 지었다.

하라간이 고개를 가로저었다.

"아니오. 이제 그만하려고 했소. 식사 전에 아침 목욕이나 합시다."

하라간이 줄을 잡아당기자 티티이가 들어와 공손히 허리

를 숙였다. 티티이는 어제보다 부쩍 핼쑥해진 얼굴이었다. 특히 잉그리드를 향해서는 감히 고개조차 들지 못했다.

셋이 함께 몸을 씻고 친전 밖으로 나갔다.

"하라간 님을 뵙습니다."

건물 입구에서 대기 중이던 친위대원들이 하라간을 향해 무릎을 꿇었다.

라티파, 레다, 네페르.

오늘 하라간을 맞은 친위대원은 이렇게 3명이었다. 우세르와 테티, 융은 지금 남부에서 하라간의 마차를 끌고 열심히 올라오는 중이었다.

대신 다른 3명이 그 자리를 대체했다.

시노브, 오스트란드, 아이다.

룬드 왕국의 세 공주도 하라간과 잉그리드를 향해 얌전히 무릎을 꿇었다.

라티파와 레다의 표정은 그리 좋지 않았다. 하라간을 열렬히 사모하는 쌍둥이 자매의 입장에서는 하라간에게 바짝 달라붙어 팔짱을 낀 잉그리드가 마음에 걸렸다.

하지만 클레이아를 처음 대했을 때처럼 싫은 티를 내지는 않았다.

[휴우, 어쩌겠어. 현실을 받아들여야지.]

라티파가 레다에게 이렇게 뇌파를 보냈다.

[맞아. 받아들일 수밖에 없지.]

레다도 언니의 말에 동의했다.

평소 하라간은 이 시간에 친위대원들의 무술을 점검해 주었다. 특히 레다의 창술을 집중적으로 봐주었다.

하지만 오늘은 대련을 건너뛰었다. 대신 다 함께 정원에서 식사를 했다.

하라간과 잉그리드의 결혼은 비밀리에 진행되었다. 때문에 티티이가 혼자서 욕실 시중을 들어야 했다.

아침 식사는 달랐다.

"하라간 님께서 룬드 왕국의 손님들과 함께 식사를 하실 것이니라. 정성껏 요리를 준비하거라."

콰히라의 총수 아부부는 이런 말로 시녀들을 독촉했다. 콰히라 소속 시녀들은 밤새도록 룬드 왕국의 요리법을 조사하여 음식을 만들었다.

"음. 괜찮네."

성격이 털털한 시노브가 요리를 맛있게 먹었다.

오스트란드는 조금만 깨작거렸다.

아이다도 그리 많이 먹지는 않았다.

오히려 클레이아가 잉그리드에게 이것저것 요리 이름을 물어보며 아침 식사를 즐겼다. 잉그리드도 클레이아와 수다 떠는 것을 즐거워했다.

"언니, 이렇게 상냥하게 대해 줘서 고마워요."

잉그리드가 식사를 하다 말고 클레이아의 손등을 꼭 잡았다.

[켁! 언니라니!]

시노브가 입 안에 든 음식을 뿜은 것은 평온한 아침 식사 중에 벌어진 조그만 해프닝이었다.

제2화
모크 듀윈

Chapter 1

잉그리드는 군나르 왕궁에서 3일을 보냈다.

4일째 되는 날, 하라간이 잉그리드와 함께 룬드 왕국으로 건너갔다. 이번엔 룬드 왕국에서 하라간이 3일을 머물 차례였다.

얼마 전 클레이아와 혼인을 했을 때 하라간은 처가를 방문하지 않았다. 그것이 군나르 왕국의 예법이기 때문이다.

하지만 잉그리드의 경우는 예외였다. 잉그리드는 룬드 왕국의 주인. 그러니 군나르 왕국의 예법만 적용할 수는 없었다. 원만한 관계 형성을 위해 룬드 왕국의 입장도 배려해 줄 필요가 있었다.

다행히 군나르는 잉그리드를 마음에 들어 했다. 하라간이 룬드 왕국을 3일간 방문하겠다고 했을 때 선뜻 허락한 것도 바로 이 때문이었다.

하긴, 이건 당연한 처사였다. 키르샤를 배우자로 맞으면서 이 정도 배려도 하지 않으면 말이 되지 않았다.

아이다가 군나르 왕궁과 룬드 왕궁을 연결하는 공간 이동 포탈을 열었다.

하라간은 라티파, 레다 자매와 네페르를 방문자 명단에 추가했다. 처음에 하라간은 홀로 룬드 왕국을 방문할 생각이었다. 그러다 중간에 마음이 바뀌었다.

'최소한 라티파는 잉그리드의 실체를 알아야 해. 그래야 미래 전략을 제대로 짤 수 있지.'

하라간은 이렇게 판단했다. 올바른 전략을 수립하려면 먼저 아군의 무력에 대해 확실하게 파악해야 했다. 잉그리드의 힘, 잉그리드의 정체를 모두 숨긴 채 라티파에게 전략을 짜라고 명령하는 것은 분명 문제가 있었다.

그렇다고 라티파 단 한 명만 데리고 가는 것도 모양새가 좋지 않았다. 하라간은 친위대원 3명을 모두 동행하기로 마음먹었다.

잠시 후, 공간 이동 포탈이 열렸다. 시노브가 가장 먼저 포탈 안으로 뛰어들어 갔다. 그다음 하라간과 잉그리드, 그리고 3명의 친위대원들이 차례로 푸른빛 속으로 진입했다. 오스트란드와 아이다는 마지막으로 포탈에 들어가 공간 이동을 마무리 지었다.

하라간 일행이 푸른빛을 통과했을 때 눈앞에 드러난 것은 고딕풍의 으리으리한 성이었다. 날카로운 산봉우리가 무수히 겹쳐진 험준한 산악 지대와, 그 산악의 중심부에 우뚝 세워진 거대한 성채가 갑자기 일행의 눈앞으로 확 다가왔다.

성채는 단순히 거대하다는 표현만으로는 부족했다. 성안에 세워진 첨탑의 수는 얼핏 보기에도 헤아릴 수 없이 많았다. 성채를 둘러싼 외곽 성벽은 구불구불하게 뻗어 나가 산봉우리 몇 개를 통째로 휘감았다. 첨탑 꼭대기마다 각기 다른 문양의 깃발이 펄럭였다.

특이한 것은, 이 커다란 성에 문이 거의 없다는 점이었다. 성의 동쪽과 서쪽, 남쪽은 온통 깎아지른 절벽으로 둘러싸였다. 성벽 위에서 내려다보면 절벽의 깊이가 수십 미터를 훌쩍 넘을 듯했다. 험산을 자유롭게 누비는 산양도 수직으로 형성된 이 절벽을 기어오르기란 불가능해 보였다.

성의 북쪽은 더더욱 접근이 어려웠다. 시뻘건 용암의 강이 성채 북쪽 절벽 아래를 따라 굽이굽이 흐르는 탓이었다.

용암의 강이 뿜어낸 유황 연기가 성채 전체에 안개처럼 자욱하게 깔렸다. 희뿌연 연기 때문에 성의 분위기가 스산했다.

어지간한 도시보다 더 거대한 이 성의 성문은 오직 한 곳뿐.

서쪽 외곽 성벽 중심부에 성문이 하나 뚫려 있는 상태였다. 성문 앞에는 기다란 이중 도개교가 설치되어 절벽 너머까지 통로를 연결했다.

하지만 평소엔 이 2개의 도개교를 모두 위로 올려놓곤 했다. 이렇게 도개교마저 차단하면 성채 전체가 외부로부터 완전히 단절된 셈이었다.

그렇게 고립된 성 내부에 푸른빛이 터졌다. 그 빛 속에서 시노브가 툭 튀어나왔다.

빛이 터진 곳은 드넓은 광장 한복판이었다. 네모반듯한 돌로 바닥을 마감질을 한 광장엔 철갑옷으로 무장한 철기사들이 3개의 직사각형 대열로 대기 중이었다. 철기사들은 시노브가 등장하기 무섭게 한쪽 무릎을 꿇었다.

처처척!

"추웅―성!"

"충성!"

철기사들의 우렁찬 군례가 성채를 뒤흔들었다.

시노브는 즉시 오른손을 들어 손바닥을 철기사들에게 내보였다. 그러곤 손바닥이 얼굴로 향하도록 180도 뒤집었다.

그 즉시 철기사들도 180도 방향을 틀었다.

처척!

수천 명의 기사들이 한 치의 오차도 없이 동시에 방향을 바꾸는 장면은 장관이었다. 그렇게 몸을 틀자 기사들의 시선이 광장 바깥쪽으로 향했다.

이어서 하라간과 일행이 줄줄이 등장했다.

잉그리드는 하라간의 팔짱을 끼고 아주 행복해 보이는 표정을 지었다. 시노브가 철기사들에게 뒤돌아서도록 명령을 내린 이유는 잉그리드의 권위 때문이었다.

하라간 부부와 라티파 자매, 오스트란드와 아이다까지 모두 포탈을 통과했다. 아이다는 손가락을 허공에 스윽 그어 포탈 마법진을 해제했다. 그사이 시노브와 오스트란드는 하라간과 잉그리드를 용암성으로 안내했다.

잉그리드가 하라간의 팔에 매달려 이동하는 동안 철기사들은 꿈쩍도 하지 않았다.

라티파는 놀란 눈으로 철기사들을 관찰했다.

'잉그리드 님의 신분이 대체 뭐지? 이곳 룬드 왕국의 왕녀일 것이라 짐작했는데, 아무래도 방계 왕녀는 아닌 것 같

아. 설마 룬드 님의 직계 혈통이신가?'

단순한 방계 왕족과 직계 혈통 왕족은 그 가치 면에서 비교도 할 수 없었다. 만약 잉그리드가 룬드의 직계 혈통이라면 그녀에 대한 군나르 왕국의 대우는 확 달라져야 마땅했다.

'경우에 따라서는 클레이아 님이 불쌍해질 수도 있겠구나. 장차 잉그리드 님이 내궁 서열 1위가 될 수도 있겠어.'

라티파가 이런저런 상념에 젖어 있는 사이 어느새 용암성 입구가 나타났다. 계단을 따라 입구까지 내려오는 동안 매캐한 유황 냄새 때문에 머리가 아팠다.

용암성 입구는 거대한 철문이 자리했다. 높이 10미터, 폭이 6미터나 되는 철문 표면엔 지옥을 표현한 듯한 조각들이 생생하게 새겨져 있었다.

철문은 하라간 일행을 환영하는 듯이 활짝 개방되었다. 철문 앞에는 나체의 여인들이 일렬로 늘어서서 하라간과 잉그리드를 맞았다. 그녀들은 머리카락을 길게 풀어 헤치고 손톱을 20센티미터 이상 길게 기른 상태였다. 게다가 양쪽 눈꺼풀을 철사로 꿰매고 목에 쇠사슬을 치렁치렁하게 차고 있어 기괴한 느낌이 들었다.

레다가 라티파에게 뇌파를 보냈다.

[저게 무슨 꼴이람?]

레다는 유방과 사타구니를 고스란히 드러낸 여인들을 흘끔 보았다.

반면 라티파가 받은 느낌은 사뭇 달랐다.

'무서운 여자들이다. 인간이 아니라는 느낌이야.'

라티파는 용암성의 무녀들을 경계했다.

잉그리드가 계단을 내려오자 무녀들이 일제히 엎드렸다. 무녀들의 까만 머리카락이 바닥에 깔려 둥글게 퍼졌다.

잉그리드는 무녀들에게 눈길 한 번 주지 않았다. 그녀의 시선은 온통 하라간에게만 고정되었다.

육중한 철문 안으로 들어가자 또 다른 계단이 나왔다. 이 번엔 빙글빙글 돌면서 내려가는 나선형 계단이었다.

아래로 내려갈수록 유황 냄새가 더 진동했다. 주변 온도 도 점점 뜨거워져 살이 익는 것 같았다. 실제로 나선 계단 의 벽면이 아래로 내려갈수록 벌겋게 달아올라 손을 대면 화상을 입을 듯했다.

조금 더 내려가자 계단 자체가 용암 표면처럼 주홍빛을 띠었다.

이걸 밟으면 그대로 신발이 타 버리고 발바닥이 익을 것 같았는데, 놀랍게도 하라간이 발을 내디딜 때마다 발갛게 달궈진 계단이 치이익 소리를 내면서 식어 버렸다.

끝도 없이 계속될 것 같던 나선 계단이 어느 순간 끝나고 평지가 나타났다.

아니, 이걸 평지라고 부를 수는 없었다. 바닥은 온통 시뻘건 용암 천지였다. 공기는 온통 유황으로 가득했다. 뜨겁게 넘실거리는 용암 사이로 거대한 석주 99개가 자리했다. 하늘을 떠받칠 것처럼 줄지어 배치된 석주 사이로 이글거리는 용암의 강이 흘렀다.

Chapter 2

"큭!"

확 휘몰아쳐 온 열기에 네페르가 얼굴을 찌푸렸다.

하라간이 손을 수평으로 쓸었다.

그 즉시 열기가 가셨다. 뜨겁게 넘실거리던 용암의 강 표면이 한순간에 차갑게 식어 시커먼 암석 조직이 형성되었다. 그 위에 하얗게 서리가 내렸다.

하라간이 내뿜는 냉기는 정말로 무서웠다. 용암성의 무녀들뿐 아니라 잉그리드까지 부르르 몸서리를 쳤다. 시노브와 오스트란드, 아이다는 말할 것도 없었다.

하라간은 딱딱하게 굳은 용암 표면을 밟고 석주 안쪽으로 걸었다. 잉그리드가 그 옆에 바짝 달라붙었다.

[언니, 여기가 대체 어디지?]

레다가 이렇게 속삭였다.

라티파는 고개를 가로저었다.

[나도 몰라. 아마 지금 우리는 이 왕국의 지배자를 만나러 가는 중인가 봐.]

[헉! 룬드 님 말이야?]

레다가 화들짝 놀랐다.

북부에서 아홉 군주가 주는 위압감은 말로 설명할 수 없을 정도로 대단했다. 모든 솔샤르들은 본능적으로 군주를 두려워했다. 말괄량이 레다도 예외는 아니어서, 룬드를 알현한다고 생각하자 입이 바짝 마르고 머리가 아찔했다.

레다가 슬쩍 옆을 돌아보았다. 네페르도 바짝 긴장한 표정이었다.

[네페르, 괜찮아?]

레다가 말을 걸었다.

네페르가 레다를 향해 울상을 지었다.

[아니. 안 괜찮아. 나 조금 떨려. 혹시 우리가 어디로 가는지 알아?]

[나도 몰라. 하지만 어디로 가는지 너도 짐작하고 있잖아.]

[역시 그렇겠지? 룬드 님을 알현하는 거겠지?]

[분위기가 그런 것 같아.]

[흐윽, 나 오줌 마려워.]

네페르가 칭얼거렸다.

레다가 네페르의 손을 꼭 잡아 주었다.

99개의 석주를 모두 지나자 꾸불꾸불한 의자가 하나 나왔다. 용암이 굳어서 만들어진 이 의자는 한눈에 보기에도 군주의 옥좌라는 느낌이 들었다.

[옥좌가 비어 있네?]

레다가 언니에게 물었다.

라티파가 답을 했다.

[원래 위대하시고 또 위대하신 분들은 나중에 등장하시잖아. 우리가 무릎을 꿇으면 그다음 저 뒤에서 나오실 거야.]

[그렇구나.]

레다는 긴장을 감추지 못하고 침을 꿀꺽 삼켰다. 군나르 앞에 설 때마다 느꼈던 그 경외의 감정이 지금 레다의 가슴 속에 휘몰아쳤다. 레다는 파르르 떨리는 눈으로 의자를 주시했다.

그런데 웬걸?

하라간이 척척 다가가 의자에 털썩 앉았다.

'헉!'

레다는 정말 까무러치게 놀랐다.

"꺄악!"

네페르는 실제로 비명을 질렀다. 그러다 스스로 놀라 손으로 자신의 입을 꽉 틀어막았다.

분위기로 보건대 이곳은 룬드 왕국의 군주가 머무는 장소가 분명했다. 그리고 저 위압적인 의자는 왕국의 군주인 룬드의 것이 틀림없었다.

한데 그 자리에 하라간이 앉았다.

이건 타국 군주의 기휘를 범하는 크나큰 무례였다. 레다와 네페르, 라티파는 머릿속에 새하얗게 물드는 기분이었다.

라티파는 곧 고함이 터져 나올 것이라 생각했다. 이어서 용암성의 무녀들이 하라간에게 공격을 퍼부을지 모른다는 걱정이 들었다.

[레다, 하라간 님을 지켜!]

라티파가 황급히 뇌파를 보냈다. 그보다 한발 앞서 레다가 몸을 날려 하라간의 앞에 내려섰다. 레다는 등에서 창을 뽑아 하라간을 경호하려고 들었다.

그때 희한한 일이 발생했다.

용암성의 무녀들이 하라간 앞에 바짝 엎드렸다.

시노브와 오스트란드, 아이다도 하라간을 향해 한쪽 무

릎을 꿇었다.

잉그리드가 유령처럼 스르륵 다가가 하라간의 발밑에 앉았다. 하라간이 손으로 뻗어 잉그리드의 머리카락을 쓱쓱 쓰다듬었다. 잉그리드는 말 잘 듣는 강아지처럼 하라간의 손에 얼굴을 비비며 애교를 부렸다.

이 황당한 장면에 라티파가 입을 쩍 벌렸나.

"뭐지?"

레다도 창을 뽑다가 만 어정쩡한 자세로 주변을 둘러보다가 슬그머니 창을 거뒀다.

네페르는 휘둥그레진 눈으로 하라간만 바라볼 뿐이었다.

시노브가 라티파를 향해 손가락을 까딱거렸다.

"이봐. 군나르 왕국의 친위대원들. 이제부터 중요한 행사를 해야 하니까 좀 비켜 줄래?"

시노브의 말에는 힘이 넘쳤다.

"네? 아, 네."

기백에서 밀린 라티파가 황급히 옆으로 비켰다.

레다와 네페르도 덩달아 옆으로 물러섰다.

시노브가 무릎걸음으로 다가와 하라간과 잉그리드 앞에 머리를 숙였다. 그다음 손가락을 까딱거렸다.

무녀들 가운데 한 명이 일어서서 화려한 왕관 2개를 대령했다. 백금으로 틀을 잡고, 둘레에 커다란 다이아몬드

72개를 박은 이 왕관은 과거 룬드가 머리에 썼던 군주의 징표였다. 룬드가 죽은 이후엔 잉그리드가 왕관의 주인이 되어야 하는데, 잉그리드는 그걸 원치 않았다. 그녀는 그저 왕비를 위해 만들어진 티아라만 고집했다.

이 때문에 시노브는 큰 고민에 빠졌다.

'위대하시고 또 위대하신 퀸께선 아기자기하고 여성스러운 티아라를 원하신다. 그럼 하라간 님께 우리 룬드 왕국의 왕관을 씌워드려야 하는데, 그렇게 되면 하라간 님을 우리의 군주로 인정하는 셈이야. 그렇다고 퀸께 왕관을 씌워드리고 하라간 님께 티아라를 드릴 수도 없잖아? 그런 짓을 했다간 그 즉시 내 머리통이 박살 날 거야. 위대하시고 또 위대하신 퀸께서 나를 가만히 두실 리 없지. 감히 하라간 님을 무시하는 거냐고 호통치시면서 나를 때려죽이실 거야.'

Chapter 3

고민을 거듭하던 시노브는 결국 똑같이 생긴 왕관 하나를 더 만들었다. 다행인지 불행인지, 하라간과 잉그리드는 머리 크기가 거의 엇비슷했다. 시노브는 하라간과 잉그리드가 서로 대등한 관계가 되었으면 하는 희망을 안고 왕관의 크기를 똑같이 만들었다.

무녀가 2개의 왕관을 들고 하라간 앞에 섰다.

시노브가 무릎걸음으로 쫓아가 아뢰었다.

"위대하시고 또 위대하신 분이시여."

그 호칭에 친위대원들이 기겁했다.

[레다야, 지금 저 룬드 왕국의 여자가 뭐라고 했니? 위대하시고 또 위대하신 분이라고? 설마 히라간 님을 그렇게 부른 거야?]

[에이, 잘못 들었겠지. 설마.]

라티파와 레다가 뇌파로 수군거리는 동안, 시노브가 목청을 높였다.

"오늘 위대하시고 또 위대하신 분께서 배필을 맞이하셨음을, 역대 선조들의 영혼이 잠든 이 용암의 강에서 선포하나이다. 이번 화합이 계기가 되어 우리 왕국이 더욱 번성하고, 위대하시고 또 위대하신 분의 혈통이 왕국에 가득 차기를 신인께 기원드리나이다."

시노브의 선포가 떨어지기 무섭게 오스트란드가 다가왔다. 오스트란드는 무녀의 손에서 왕관을 건네받아 시노브에게 전달했다.

"우리 룬드 왕국의 직계 혈통인 저 시노브가 살아서 드래곤이 되신 신인께 고합니다. 부디 신인께서는 우리 왕국을 굽어살피시어 이번 혼사를 축복하여 주소서. 이 한 쌍의 왕관들은 룬드의 군주를 나타내는 상징이자 두 분의 결혼을 축하드리기 위한 예물이옵니다."

시노브가 왕관 하나를 들고 조심스레 다가섰다.

[뭐야? 룬드의 군주를 위한 왕관을 왜 하라간 님께 드리지?]

[지금 무슨 일이 벌어지는 거야?]

라티파와 레다, 네페르는 이게 뭔 일인가 싶어서 입만 벙긋거렸다.

왕좌 가까이 다가간 시노브가 조심스럽게 일어나 잉그리드의 머리에 왕관을 씌워 주려고 했다.

"쓰읍!"

잉그리드가 인상을 썼다.

'네 아버님께서 여기 계신데 어디서 감히 서열을 무시하는 것이냐? 내가 너를 잘못 키웠구나.'

잉그리드의 눈은 이렇게 꾸짖고 있었다.

시노브는 그럴 줄 알았다는 듯이 재빨리 손의 방향을 바꿔 하라간의 머리에 룬드 왕국의 왕관을 씌워 주었다.

룬드가 사용하던 바로 그 왕관이었다.

오스트란드가 두 번째 왕관을 가져와 시노브에게 건넸다. 시노브는 두 번째 왕관을 잉그리드의 머리로 옮겼다.

잉그리드가 고개를 갸웃했다. 잉그리드의 눈동자 속에 얼핏 노기가 스쳐 지나갔다.

'이분과 똑같은 왕관을 내 머리에 얹으려고 하다니, 네 년이 감히 이분을 우습게 여기는 것이냐?'

잉그리드의 생각이 눈동자를 통해 고스란히 드러났다. 실제로 잉그리드의 치마 속에서 츠츠츠 소리와 함께 붉은 비늘이 빼곡히 박힌 꼬리가 드러났다. 이 꼬리가 시노브의 머리통을 휘감아 그대로 으깨 버리는 데 걸리는 시간은 0.1초도 되지 않는다.

붉은 꼬리를 목격한 순간 시노브는 두 눈을 질끈 감았다. 순간적으로 시노브의 머릿속에는 '그냥 여성스러운 티아라나 얹어 줄걸, 내가 무슨 영화를 보겠다고 이 짓을 했을까?' 라는 후회가 스쳐 지나갔다.

'이크! 내 이럴 줄 알았지.'

'큰언니가 괜한 고집을 부렸어. 그냥 마음을 내려놓고 모든 것을 다 포기하라니까. 우리 왕국은 이미 하라간 님의 것이나 다름없다고.'

오스트란드와 아이다는 속으로 이런 생각을 품었다.

그 전에 하라간이 끼어들었다.

"괜찮네. 똑같은 모양에 똑같은 크기의 왕관이라니, 마치 커플을 위한 선물 같아."

"그런가요?"

잉그리드가 환한 표정으로 하라간을 올려다보았다. 살벌하게 드러났던 키르샤의 꼬리는 어느새 다시 사라지고 없었다. '커플'이라는 단어에 잉그리드가 배시시 웃었다.

하라간이 시노브의 손에서 왕관을 뺏었다.

"이건 내가 직접 씌워 주지."

하라간은 잉그리드의 머리카락을 귓바퀴 뒤로 넘겨 잘 정돈해 준 다음, 왕관을 그 위에 얹어 주었다.

잉그리드가 다시 한 번 배시시 미소 지었다. 하라간이 직접 왕관을 씌워 준 것이 마음에 들었는지, 아니면 하라간이 머리카락을 정돈해 준 것이 좋았는지 잉그리드의 두 뺨은 잘 익은 복숭아 빛깔을 띠었다.

"어디 보자."

하라간이 요리조리 잉그리드를 살폈다.

"아잉. 부끄러워요."

잉그리드가 도리질을 했다. 그러면서도 싫지는 않은지 살포시 눈썹을 내리깔았다.

"잘 어울리네. 예뻐."

"진짜요?"

잉그리드가 반색했다. 하라간에게 칭찬을 받은 것이 어찌나 기뻤던지 잉그리드는 무의식중에 본모습을 드러냈다.

츄라라라라락—

비늘 부딪치는 소리와 함께 붉은 꼬리가 자라나 잉그리드의 상체를 허공으로 부웅 띄웠다. 눈 깜짝할 사이에 돋아난 키르샤의 꼬리는 어마어마한 굵기의 석주 2개를 칭칭 휘어 감았다. 그다음 까마득한 상공에서 잉그리드의 상체가 스르륵 내려와 하라간의 목을 뒤에서 끌어안았다.

본체가 드러남과 동시에 잉그리드의 막강한 기세도 방출되었다.

후오오옹!

잉그리드는 일반 키르샤가 아닌 막키르샤였다. 그 가공할 기세를 정면으로 받아 낼 솔샤르는 없었다. 다들 피를 토하며 자리에 납죽 엎드리는 것이 당연한 수순이었다.

한데 이 자리에 있는 그 누구도 피를 토하지 않았다. 잉그리드 앞에 납죽 엎드리지도 않았다. 하라간이 옆에 있기 때문이었다.

하지만 하라간에 의해 기세는 막혔을지 몰라도 시선까지 가려지지는 않았다. 잉그리드의 본모습을 목격한 라티파가 엉덩방아를 찧었다.

"저, 저, 저!"

"설마 키르샤? 아아악!"

레다는 너무나 놀라 턱이 툭 빠져 버렸다.

"우꺄꺅!"

네페르는 뜻 모를 괴성과 함께 뒤로 벌렁 넘어갔다. 그다음 엉금엉금 기어서 도망치려고 들었다.

친위대원 3명 모두 하라간을 호위해야 된다는 사실을 잠깐 잊었다. 키르샤의 등장은 그만큼 충격적이었다. 충성심으로 똘똘 뭉친 친위대원들이 하라간을 잊어버리고 패닉에 빠질 만큼 키르샤의 영향력은 엄청났다.

비단 하라간의 친위대원들만 볼썽사나운 모습을 보인 것은 아니었다. 잉그리드의 본모습을 잘 알고 있던 시노브와 오스트란드, 아이다도 벌벌 떨면서 자리에 엎드렸다. 키르샤의 본체를 접한다는 것은 그만큼 무섭고 두려운 일이었다.

하라간이 잉그리드의 어깨를 붙잡아 앞으로 당겼다.

"으으응."

잉그리드는 콧소리와 함께 하라간의 앞으로 머리를 내밀어 키스했다.

그 황당한 광경에 라티파가 아이다에게 물었다.

[저기요, 이게 어찌 된 일인지 물어도 될까요?]

라티파는 아이다와 말을 섞어 본 적이 없었으나, 스벤센 왕국에서 군사 작전을 함께했던 터라 어색함이 덜했다.

아이다가 퉁명스럽게 대답했다.

[묻긴 뭘 물어. 보고도 몰라? 우리 왕국의 위대하시고 또

위대하신 분께서 그쪽 왕국의 하라간 님을 저렇게 좋아하시잖아.]

라티파는 상대의 무뚝뚝함에 개의치 않았다. 지금은 궁금증을 푸는 것이 우선이었다.

[그러니까 왜요? 위대하시고 또 위대하신 분께서 왜 하라간 님과…….]

말을 하다 말고 라티파가 말꼬리를 얼버무렸다. '키르샤씩이나 되는 군주급 존재가 왜 하필 하라간 님을 좋아하느냐?'고 묻고 싶었는데, 그렇게 물으면 하라간을 폄하하는 꼴이 되어 질문을 끝까지 할 수 없었다.

아이다가 기가 막힌다는 듯이 되물었다.

[그야 하라간 님이 위대하시고 또 위대하신 분께 걸맞은 배필감이시니까 그렇지. 하라간 님도 키르샤시잖아.]

[네에?]

[에엥? 그 반응은 뭐야? 너희들, 설마 몰랐어? 본인들이 모시는 분이 어떤 존재인지도 모르고 있었던 거야? 나 참, 어이가 없네.]

아이다가 손바닥으로 자신의 이마를 때렸다. 라티파에게 대답을 하면서 아이다는 그날의 사건을 떠올렸다. 퀸 잉그리드가 하라간을 공격했을 때 하라간의 신체가 거대하게 부풀었다. 단숨에 황갈색 키르샤로 변신한 하라간은 잉그리드를 거꾸로 찍어 눌러 해치우려고 들었다. 아이다는 지금도 그날 일을 되새기면 가슴이 벌렁거렸다. 난생처음 목격한 키르샤 간의 싸움은 상상하는 것만으로도 소름 끼쳤다.

라티파가 입을 쩍 벌렸다.

[우힉? 지금 뭐라고 했어요? 하라간 님께서 키르샤시라고요?]

순간적으로 라티파의 머리끝부터 발끝까지 전기가 빡 훑고 지나갔다. 라티파는 부르르 몸서리를 쳤다.

사실 라티파는 마음속으로 '혹시 하라간 님이 키르샤가 되신 것 아닐까?' 라는 의심을 살짝 품고 있었다. 스벤센 왕국에서 하라간이 보여 준 그 이적은, 키르샤가 아니라면 불가능한 것이었다.

그러면서도 라티파는 '에이, 설마 아니겠지.' 라고 생각했다.

북부에서 키르샤는 곧 신이기 때문이다. 살아서 드래곤이 되신 신인 이래로 그 누구도 키르샤가 되지 못했다. 최소한 라티파는 그렇게 믿고 있었다. 하여 하라간이 키르샤라는 사실을 귀로 듣고도 도무지 믿어지지가 않았다.

Chapter 4

모크 듀윈.

나이 41세.

금발에 푸른 눈을 가진 보기 드문 미남자.

룬드 왕국의 유력 기사 가문인 듀윈가의 젊은 가주.

듀윈은 대대로 뛰어난 기사들을 배출한 명문가 중의 명문가였다. 룬드 왕국은 마법과 무술이 고르게 발달한 곳이었는데, 듀윈은 그런 룬드 왕국을 지탱하는 5대 기사 가문가운데 하나였다. 역대 듀윈의 직계 혈통들은 검술 실력이빼어나고 충성심이 깊기로 유명했다.

당대의 가주인 모크 듀윈도 예외는 아니었다. 그는 이미룬드 왕국 내에서 열 손가락 안에 꼽히는 최상급 기사였다. 4년 전 듀윈가의 전대 가주가 급사를 했을 때 가문의 원로들은 차기 가주를 결정하기 위한 시합을 열었다. 모크는 그자리에서 발군의 검술 실력과 솔샤르로서의 능력을 입증하며 신임 가주로 추대되었다.

중요한 점은, 모크의 나이가 이제 고작 41세에 불과하다는 것이었다. 사람들은 장차 모크 듀윈이 룬드 왕국 삼대검수, 혹은 그 이상으로 성장할 것이라 예상했다.

자연히 왕국 내에서 모크를 짝사랑하는 여인들도 많았다.

젊고, 미남이고, 대인 관계도 원만한 데다, 왕국에서 손가락 안에 꼽히는 명문가 출신. 여기에 더해서 이미 가주의 자리에 오른 권력자.

이런 모크를 여자들이 그냥 내버려 둘 리 없었다. 룬드 왕국의 수많은 가문이 모크에게 청혼을 넣었다.

그때마다 모크의 답변은 한결같았다.

"죄송합니다. 아직은 제가 검술 실력이 미흡합니다. 혼인은 제가 조금 더 성장한 뒤에나 생각하겠습니다."

모크는 쏟아지는 혼담을 정중하게 거절했다.

그러다 보니 벌써 모크의 나이도 40을 넘었다. 이제는 듀윈가의 번창을 위해서라도 모크의 결혼이 절실했다.

보다 못해 가문의 원로들이 나섰다. 늙은 노기사들은 모크의 저택 앞에 모여 단식 투쟁을 불사하며 모크더러 빨리 결혼하라고 아우성을 쳤다.

그 성화에 모크가 굴복했다.

"어르신들, 사실 저는 마음속에 담아 둔 분이 있습니다."

모크는 이런 말로 속내를 털어놓았다.

원로들이 모크를 닦달했다.

"그러니까 그게 누구요?"

"우리가 당장 달려가서 가주께서 마음에 둔 여인을 데려오겠소."

"우리 가문보다 좀 뒤처지는 곳의 여인이라도 상관없소. 가주만 좋다고 하면 우리들은 모두 찬성이오. 누군지 말만 하시구려."

가문의 원로들은 몸이 바짝 달은 티를 냈다.

모크가 멋쩍게 뒤통수를 긁었다.

"그게 저……."

중년의 모크가 마치 10대 소년과 같은 모습을 보이자 원로들의 마음이 더 급해졌다.

"아, 어서 말해 보시오. 그게 누구든 우리가 반드시 연결해 주리다."

"가주, 이렇게 쑥스러워할 때가 아니오. 가주의 나이에 이렇게 사춘기 소년 같은 행동이라니, 허어 참! 이건 자랑이 아니외다."

원로들은 맛있는 좁쌀을 본 칠면조처럼 강하게 쪼아 댔다.

궁지에 몰린 모크는 마침내 짝사랑의 대상을 털어놓았다.

"사실 저는 오래전부터 한 여인을 마음에 품고 있었습니다."

"아니, 그러니까 그게 누구냔 말이오."

"바로 시노브 마마입니다."

모크의 고백에 원로들이 펄쩍 뛰었다.

"컥! 누구?"

"왜 하필!"

몇몇 원로는 그 자리에 주저앉아 손으로 머리를 감쌌다. 일부 원로들은 탄식했다. 모크의 짝사랑 대상이 너무 강적인 탓이었다.

시노브는 룬드 왕국을 실질적으로 통치하는 최고 권력자였다. 위대하시고 또 위대하신 군주 룬드는 벌써 20년이 넘게 용암성에서 은둔 중이었다. 룬드 왕국 사람들은 모두 그렇게 알고 있었다. 룬드가 잉그리드의 손에 죽었다는 사실을 아는 사람은 거의 없었다.

룬드가 은둔한 뒤, 그를 대신하여 시노브, 오스트란드, 아이다 공주가 왕국을 다스렸다. 제아무리 듀윈가가 명문이라고 해도, 시노브 공주에게 청혼을 넣을 수는 없었다. 그런 불경을 저질렀다간 듀윈 가문 자체가 멸족의 길을 걸을 것이 뻔했다.

북부의 모든 왕국들이 그렇듯이 룬드 왕국에서도 왕실의 권위는 절대적이었다. 왕실에서 모크 듀윈을 꼭 집어 선택하여 부마로 삼을 수는 있었다. 하지만 듀윈 가문이 먼저 왕실에 청혼하는 것은 불가능했다.

또 한 가지.

시노브 공주는 레즈비언이었다. 거침없는 성격의 시노브

는 대신들이 보는 앞에서도 여러 여성들과 농도 짙은 키스를 하곤 했다.

"끄응, 하필이면."

"어허, 어쩌다가 가주께서 그분을 마음에 담으셨단 말이오?"

"그러게 말이오. 왜 하필 시노브 마마를. 어허어!"

원로들이 울상을 하고 모크를 바라보았다.

"송구합니다."

모크가 고개를 들지 못했다.

그런 모크를 보면서 몇몇 원로들이 뇌파를 주고받았다.

[가주가 이렇게까지 짝사랑에 괴로워하는데 우리가 그냥 있을 수는 없잖아? 조심스럽지만 우리가 왕족 몇 분을 만나 볼까?]

[내 생각도 그래. 왕실에 대한 불경죄로 우리 원로들이 곤욕을 치르는 한이 있더라고 왕족들을 좀 만나 뵐 필요가 있을 것 같으이.]

[말이 나왔으니까 말인데, 우리 가주 같은 신랑감도 없잖아?]

[그건 그렇지. 왕실의 입장에서도 대를 이어야 하니 결국 시노브 마마께서도 누군가와 혼인을 하셔야 돼. 그분의 취향이 비록 여성이라고 하지만, 그래도 대는 이으셔야지.]

[그런 면에서 봤을 때 우리 가주만큼 괜찮은 부마도 없지.]

[암. 그렇고말고. 내가 당장 잘 아는 왕족을 한번 접촉함세. 일단 운이라도 떼어 봐야지.]

원로들은 서로 눈짓을 하며 자리에서 물러났다.

노기사들이 사라지자 모크가 살짝 미소를 지었다.

"이때를 위해 지난 6년간 밑밥을 뿌렸지. 오래 기다리니 드디어 물고기를 잡을 차례가 오는군."

모크는 알쏭달쏭한 말을 내뱉었다. 그러곤 여유롭게 뒷짐을 지고 본가 저택 안으로 들어갔다.

Chapter 5

솔솔 소문이 퍼졌다.

"그 이야기 들었어? 듀윈가의 젊은 가주가 시노브 공주님을 사모한다던데?"

"나도 알아. 공주님에 대한 상사병 때문에 앓아누웠다더라고."

"가만! 듀윈가의 젊은 가주님이라면 바로 모크 님 아닌가?"

"모크 님? 아아! 그 미남 귀족 말이야?"

"진짜? 그게 사실이라면 이거 대박인데. 만약 시노브 공주님께서 모크 님과 같은 뛰어난 분과 혼인하신다면 그 자손들이 얼마나 훌륭하시겠어?"

이런 이야기들이 왕국 저잣거리에 빠르게 퍼져 나갔다.

듀윈 가문의 원로들이 화들짝 놀랐다. 소문은 원로들의 예상보다 훨씬 더 빠르고 광범위하게 전파되었다. 원로들은 이 불미스러운 소문으로 인해 왕실이 진노할까 봐 겁을 냈다.

시노브도 이 소문을 들었다.

"뭐래?"

시노브는 새끼손가락으로 귓구멍을 후비며 시큰둥한 반응을 보였다.

오스트란드가 팔짱을 끼고 물었다.

"큰언니, 정말 아무렇지도 않아? 불쾌하면 내가 소문을 없애 줄까?"

오스트란드는 왕국의 정보망을 한 손에 움켜쥔 권력자였다. 그녀가 나선다면 이런 괴소문은 하루아침에 중단시킬 수 있었다.

시노브가 어깨를 으쓱했다.

"나는 상관없는데? 누가 뭐라고 떠들던 무슨 상관이야."

"호오, 그래? 큰언니도 은근히 신경 쓰는 것 아니고?"

"내가?"

시노브가 손가락으로 자신의 얼굴을 가리켰다.

오스트란드가 그런 시노브를 놀렸다.

"아니야? 듀윈가의 그 젊은 가주, 꽤나 미남자라던데."

"으응? 뭐 잘생기기는 했지. 몇 년 전인가, 그를 한 번 먼발치에서 본 적이 있어."

시노브가 잠시 옛 기억을 떠올렸다.

오스트란드가 흥미진진하게 캐물었다.

"그래서? 어땠어?"

"어떻긴? 너도 알잖아. 나는 남자에게 관심 없어. 남자보다 여자가 더 좋아."

"그래도 결혼은 할 거라며. 예전에 내게 그렇게 말했잖아?"

"예전엔 그랬지. 그때는 내가 우리 룬드 왕국의 대통을 이어야 한다고 생각했으니까. 그런데 지금은 상황이 바뀌었잖아. 야야. 너도 한번 생각해 봐. 내가 결혼해서 자식을 낳으면, 위대하시고 또 위대하신 분께서 그 아이를 어떤 눈으로 보시겠냐?"

시노브가 직설적으로 물었다.

오스트란드가 고개를 갸웃했다.

"어떤 눈? 그게 무슨 뜻이야?"

"무슨 뜻이긴. 내가 아이를 낳으면 그 애는 불행해질 거란 소리지. 너도 생각해 봐라. 위대하시고 또 위대하신 분께선 장차 하라칸 님의 아이를 낳으실 것 아냐? 그리고 그 아이가 우리 왕국의 후계자가 되겠지. 이 상황에서 내가 애라도 가져 봐. 그 아이는 탄생과 동시에 위대하신 분의 눈 밖에 나는 거야."

시노브의 설명은 그럴듯했다.

오스트란드가 물었다.

"큰언니, 괜찮아?"

"뭐가?"

"큰언니도 한때는 이 왕국의 후계자가 되고 싶어 했잖아. 그런데 아직 태어나지도 않은 아이에게 그렇게 후계자 자리를 양보해도 괜찮으냐고?"

오스트란드의 말에 시노브가 갑자기 빽 소리쳤다.

"야! 너 누구 죽일 일 있어? 어디 가서 그런 소리 하지 마. 조금 전에 네가 한 말이 위대하시고 또 위대하신 분의 귀에 들어갔다간 난 그날로 목이 뽑혀서 죽을 거야."

권력은 냉혹했다. 시노브가 헛된 욕심을 부렸다가는 그날로 잉그리드의 손에 죽게 될 것이란 점은 너무나 명확했다.

오스트란드는 재빨리 사과했다.

"미안해, 큰언니. 내가 실언을 했어."

"괜찮아."

시노브는 흔쾌히 그 사과를 받아 주었다. 얼음을 채운 잔에 독한 위스키를 따른 다음, 시노브는 스르렁스르렁 술잔을 돌렸다. 반투명한 브라운 색깔의 술이 얼음을 감싸 안으며 술잔 안에서 뱅글뱅글 돌았다.

시노브는 위스키를 목구멍으로 한 모금 넘겼다.

"캬아, 좋다. 그리고 솔직히 나는 하루빨리 내 동생이 태어났으면 좋겠어."

"뭐?"

"빨리 동생을 보고 싶다고."

"왜?"

오스트란드가 고개를 갸웃했다.

시노브는 술잔을 마저 비우고 대답했다.

"만약 동생이 태어나지 않아 봐. 그럼 우리 왕국이 어디로 넘어가겠냐? 군나르 왕국으로 종속되어 버릴 것 아냐? 너도 알다시피, 위대하시고 또 위대하신 분께서는 충분히 이 왕국을 하라간 님께 넘기시고도 남을 분이시잖아."

"아!"

"하지만 우리들의 동생이 태어나면 이야기가 달라지지.

나, 너, 그리고 아이다가 그 동생을 훌륭한 재목으로 키워서 우리 룬드 왕국의 후대를 이어갈 수 있잖아? 안 그래?"

시노브가 그리는 그림은 제법 구도가 괜찮았다. 오스트란드의 눈이 반짝 빛났다.

"큰언니, 브라보! 브라보! 나는 큰언니가 허구한 날 술만 퍼마시는 줄 알았는데, 언제 그렇게 기특한 생각을 해 냈대? 정말 장하우."

오스트란드가 가까이 다가와 시노브의 엉덩이를 톡톡 두드렸다.

시노브가 헤벌쭉 웃었다.

"나 기특하지? 진짜 기특하지?"

"응. 진짜 기특해. 큰언니 말대로 하루빨리 우리에게 동생이 생겼으면 좋겠다. 그 아이는 하라간 님의 피가 절반 섞이겠지만, 어쨌거나 나머지 절반은 우리와 같은 피잖아. 우리 세 자매가 그 아이를 잘 키워 내면 우리 룬드 왕국만의 정통성을 지켜 나갈 수 있을 거야."

동생의 칭찬에 기분이 좋아진 시노브가 느닷없이 오스트란드의 목을 잡고 진하게 키스했다.

"우읍, 왜 이래?"

오스트란드는 질색을 하며 시노브를 떼어 냈다.

시노브는 헤죽 웃었다가 다시 정색을 했다.

"대신 우리는 한 가지 원칙을 반드시 지켜야 해."

"어떤 원칙?"

"우리 3명 모두 미혼일 것. 만약 우리가 결혼해서 애라
도 낳아 봐. 그럼 많은 사람들이 우리의 순수성을 의심할
거야. 그러니까 우리 3명 모두 결혼을 하지 말고 위대하신
분과 하라간 님 사이에 태어날 동생을 위해 헌신해야 해.
그렇게 해서 새로 태어날 동생에게 우리 룬드 왕국의 역사
와 사상을 물려줘야 해. 그것만이 우리 왕국이 군나르 왕국
에 흡수당하지 않고 정통성을 지키는 길이야."

"으응. 무슨 뜻인지 알아들었어."

오스트란드가 힘차게 고개를 주억거렸다. 두 자매가 왕
국의 미래를 위해 이런저런 의견을 나누는 사이, 모크 듀윈
이라는 존재는 그냥 잊혀져 버렸다.

Chapter 6

듀윈 가문은 끈질겼다. 소문만으로 시노브가 꿈쩍도 않
자 가문의 원로들이 적극적으로 움직이기 시작했다.

듀윈 가문으로부터 로비를 받은 고위 인사 몇 명이 쭈뼛
쭈뼛 시노브를 찾아왔다.

"시노브 공주님."

"엇? 숙부님, 오랜만이네요."

시노브를 처음 찾아온 사람은 룬드의 막냇동생인 아렌델 공작이었다. 아렌델은 권력에 관심이 없어 룬드 왕국 동쪽의 외진 영지에서 평생을 머무른 사람이었다. 덕분에 아렌델은 피비린내 풍기는 궁중 암투를 비껴갈 수 있었다.

시노브는 오랜만에 왕궁을 방문한 아렌델 숙부를 반겨 맞았다.

하지만 곧 시노브의 얼굴이 묘하게 일그러졌다.

"호오, 그러니까 저더러 모크 경을 한번 만나 보란 이야기인가요? 그렇다면 누군가 저를 사모하면 제가 그 사람을 꼭 만나야 하는 건가요?"

시노브가 오른쪽 다리를 들어 왼쪽 허벅지 위에 겹쳤다. 팔짱을 끼고 상체는 약간 뒤로 뺐다. 이렇게 다리를 꼬고 팔짱을 낀 것은, 시노브가 지금 이 상황을 부정적으로 보고 있다는 메시지였다. 아렌델은 등에서 식은땀을 흘렸다.

아렌델과 시노브는 단순한 혈연관계가 아니었다. 살벌한 북부 왕실에서 숙부와 조카라는 서열은 아무런 의미가 없었다. 중요한 것은 누가 권력을 가졌냐는 점이었다.

시노브는 이 왕국의 실권자.

반면 아렌델은 지방으로 낙향한 왕족에 불과했다. 그런

아렌델이 시노브의 냉혹한 눈빛을 견뎌 낼 리 없었다. 결국 아렌델이 말끝을 얼버무렸다.

"아이고. 그런 뜻으로 말씀드린 것은 아닙니다. 그냥 왕궁에 한번 들른 김에 이런저런 이야기들을 전해드린 것뿐입니다."

시노브가 활짝 웃었다.

"아, 그러시구나. 그나저나 이거 어쩌죠? 모처럼 왕궁에 올라오셨는데 위대하시고 또 위대하신 분께선 요새 아무도 만나지 않으세요."

"알고 있습니다. 제가 감히 그분의 사색을 방해할 리 있겠습니까? 그저 수도에 볼일이 있어 들른 김에 시노브 님이나 뵙고 내려갈 생각이었습니다."

"네에. 저도 숙부님을 이렇게 뵈니까 반갑네요. 그럼 볼일 다 보시고 천천히 내려가세요. 왕궁에 머무는 동안 불편한 점이 있으면 제게 말씀하시고요."

시노브는 아렌델과 길게 말을 섞고 싶지 않았다. 결국 아렌델은 쫓겨나듯 시노브의 방에서 물러 나왔다.

그 날 오후.

이번엔 잉그리드의 오라버니인 작센 후작이 시노브를 방문했다.

"어? 외삼촌."

"허허허, 시노브 공주님. 저 왔습니다."

작센은 두 팔을 활짝 벌려 시노브와 포옹을 했다. 시노브는 작센 후작의 손을 잡고 자리에 앉혔다.

물론 시노브의 환대는 불과 1분을 넘기지 못했다.

"누구요? 모크 듀윈이요?"

"그렇습니다. 혹시 공주님도 그의 이름을 들어 보셨을지 모르겠습니다. 검술이 뛰어나고 예의가 바른 젊은이지요."

"아아, 그런데요?"

시노브가 새끼손가락으로 귓구멍을 후볐다.

그 심드렁한 표정에 작센은 가슴이 덜컹했다. 작센이 웃음으로 어색한 상황을 모면하려고 들었다.

"뭐, 별일은 아닙니다. 그냥 그 젊은 가주가 요새 제 눈에 띄기에 공주마마께 말씀을 드려 보았을 뿐입니다. 암요. 그렇고말고요. 허허허!"

"외삼촌."

시노브가 턱을 살짝 들고 작센을 응시했다. 시노브의 눈빛에선 냉기가 풀풀 풍겼다.

작센이 손수건으로 이마의 땀을 훔쳤다.

"네, 공주님."

"위대하시고 또 위대하신 분께선 제가 결혼하는 것을 원치 않으세요."

시노브는 잉그리드를 염두에 두고 이렇게 말했다.

룬드의 죽음을 모르는 작센 후작은 위대하시고 또 위대하신 분이 당연히 룬드를 가리킨다고 생각했다.

"헉! 위대하시고 또 위대하신 분께서 그러셨습니까?"

"그래요. 그나저나 요새 유독 저의 혼사를 언급하는 분이 많네요. 위대하시고 또 위대하신 분의 뜻이 어디에 있는 줄도 모르고요. 제가 한번 그분의 뜻을 재확인해 볼까요? 외삼촌께서 무척 궁금해한다고 전해 올리면서요?"

"커헉! 아닙니다."

작센이 펄쩍 뛰었다. 한 발 더 나가 작센은 세차게 손사래를 쳤다.

"절대 궁금하지 않습니다. 저는 위대하시고 또 위대하신 분의 높으신 뜻을 몰랐을 뿐입니다. 시노브 공주님, 저 먼저 일어나겠습니다. 송구합니다."

작센은 허둥지둥 자리를 피했다.

이튿날에는 공주들에게 마법을 가르쳤던 쥬트 백작이 시노브를 방문했다. 당연히 쥬트도 시노브의 면박을 받고 도망치듯 자리를 떠났다.

쪼르륵.

시노브가 얼음을 채운 잔에 술을 따랐다. 시노브는 술이 차서 넘치는 것도 모르고 무언가를 골똘히 생각했다.

"아렌델 숙부님, 작센 외삼촌, 그다음은 쥬트 스승까지 동원했단 말이지? 저잣거리에 이상한 소문을 퍼뜨리는 것만으로는 부족해서 이제는 이런 고위 인사들까지 줄줄이 동원한단 말이지? 듀윈 가문, 많이 컸네?"

시노브가 왼쪽 입꼬리를 비쭉 추켜올렸다. 어떨 때는 푼수처럼 보이기도 하지만 사실 시노브는 냉혹한 권력자였다. 그런 시노브의 뇌리에 경고등이 들어왔다.

"왕실의 권위를 깎아내리는 사례를 만들 수는 없지. 듀윈 가문. 조만간 한번 손을 봐 줘야겠어."

시노브의 나직한 목소리가 방 안에 내리깔렸다.

모크는 영리한 사내였다.

가문의 원로들이 왕족들과 접촉하는 동안, 모크는 저잣거리에 이상한 소문을 퍼뜨렸다. 들불처럼 소문이 퍼지는 와중에 듀윈 가문의 로비를 받은 고위 인사들이 시노브를 찾아갔다.

모크의 예상대로 시노브의 반응은 냉랭했다.

"우후후후! 이제 되었다."

모크는 그 반응을 오히려 즐겼다.

"열이 잔뜩 받은 공주님이 이제 나를 찾아오겠지? 아니면 나를 왕궁으로 소환하시든가. 어느 쪽이건 상관없어. 결

과는 똑같을 거야. 이 세상에 나를 거부할 수 있는 여자는
없어. 상대가 레즈비언이건, 정숙한 유부녀건, 신을 섬기는
신녀건 상관없다고. 세상 그 어떤 종류의 여자라도 내가 마
음만 먹으면 손아귀에 넣을 수 있으니까."

모크는 자신감이 넘쳤다.

뛰어난 배경?

압도적인 검술 실력?

출중한 외모?

부유함?

이런 요소들 때문에 모크의 자신감이 넘치는 것이 아니
었다. 모크가 믿는 것은 따로 있었다. 모크는 자신의 손바
닥을 내려다보았다.

굳은살이 박인 손바닥 중심부가 스르륵 갈라졌다. 그러
곤 손바닥 한복판에 분홍 빛깔의 뱀 눈이 열렸다. 모크의
주변엔 어느새 연분홍빛 안개가 깔려 연무장 안을 묘한 분
위기로 만들어 갔다.

이곳은 모크가 검을 수련하는 연무장.

가문의 그 누구도 들어올 수 없는 신성한 연무장 한복판
에 엉뚱하게도 커다란 침대가 놓여 있었다.

"아으흑!"

"아앙, 모크 님."

침대에 널브러져 있던 발가벗은 여인들이 분홍색 안개를 흡입하고는 흐느적흐느적 모크에게 다가왔다. 그 수가 무려 6명이나 되었다.

Chapter 7

　여인들의 눈은 약에 취한 듯 몽롱했다. 얼굴엔 흥분한 기색이 역력했다. 가슴이나 허벅지에는 울긋불긋한 반점이 보였다. 여인들은 뭐가 그렇게 급한지 모크의 옷을 찢듯이 벗겼다.

　"하악! 하악! 하악!"

　"제발 나 좀 어떻게 해 주세요."

　여인들의 숨이 가빠졌다. 그에 비례해서 그녀들의 행동도 격렬해졌다.

　반대로 모크의 눈빛은 얼음장처럼 냉정했다. 모크는 주변을 에워싼 나체의 여인들을 거들떠보지도 않았다. 그는 자신의 손바닥에 열린 분홍색 뱀 눈만 주목했다.

　이 뱀 눈의 정체는 브라샤.

　해구 2층에 서식하는 이 여성형 마물은 '매혹'이라는 치명적인 권능을 지녔다.

얼핏 보기에 브라샤는 연해 3층의 마물 일리아와 비슷했다. 손바닥에 눈이 돋아나는 점도 비슷하고, 사람의 뇌에 환각이나 매혹을 심어 주는 점도 유사했다.

하지만 실제로 이 두 마물 사이엔 크나큰 격차가 존재했다.

일리아는 일시적으로 사람들에게 환각을 보여 줘서 뇌를 혼란시키는 것이 특징이었다. 일리아에게 홀린 사람은 잠시 몸이 굳거나 엉뚱한 행동을 하지만, 환각에서 풀려나면 다시 정상 상태로 돌아오게 마련이었다.

브라샤의 권능은 이보다 훨씬 더 치명적이었다. 일단 브라샤와 눈이 마주친 상대는 끝없는 정염에 휩싸여 통제가 되지 않았다.

문제는 이 매혹이 영속적이라는 점이었다.

한번 브라샤의 매혹에 노출되면 끝장.

매혹으로부터 벗어나는 방법은 단 하나, 죽음밖에 없었다. 죽기 직전까지 희생자들은 정염에 홀려 브라샤에게 애정을 갈구하곤 했다. 그렇게 죽은 희생자들의 뇌를 해부해 보면, 그 뇌 속에 분홍색 벌레가 꿈틀거리는 모습을 볼 수 있었다. 이 분홍 벌레가 희생자들의 뇌를 엉망으로 만드는 것이다.

"으으응, 제발."

6명의 여인들이 모크에게 달라붙어 몸부림쳤다. 그 가운데는 듀윈가의 유부녀들도 섞여 있었다. 결코 이 자리에 있어서는 안 되는 여인들이었다.

모크가 히죽 웃었다.

"시노브 공주는 내 손아귀에서 벗어나지 못해. 설령 그녀가 해구 3층 레벨의 마물과 결합했더라도 브라샤의 매혹을 벗어날 수는 없거든. 혹시 키르샤라면 모르겠지만."

시노브가 키르샤일 리는 없었다. 모크는 이번 기회에 시노브를 확실하게 노예로 만들어 버릴 요량이었다.

"그다음은 시노브를 이용해서 오스트란드 공주를 노예로 만들어야지. 그리고 마지막으로 아이다까지 해치우는 거야. 그럼 이 룬드 왕국은 내 것이다. 군주인 룬드가 상황을 알아차리기 전에 내가 이 왕국을 완벽히 틀어쥘 것이야."

물론 룬드는 위험했다. 모크는 룬드를 직접 맞상대할 생각은 없었다.

"룬드는 분명 키르샤로 진화 중이겠지? 그러느라 몇십년째 용암성에서 은둔 중이겠지?"

놀랍게도 모크는 진화에 대해서 알고 있었다. 지금 룬드가 어떤 상태인지도 예측해 내었다.

물론 이것은 틀린 예측이었지만, 지금의 모크로서는 이렇게 생각할 수밖에 없었다.

"룬드가 다시 세상에 나왔을 때는 이미 모든 것이 끝나

있을 거야. 그리고 갓 진화에 성공한 룬드는 위대하신 증조할아버님의 희생양이 되어 버리는 거지. 으하하하하."

룬드 왕국을 먹어 치울 생각에 모크의 눈이 벌게졌다. 모크는 호탕하게 웃으며 여인들을 끌어안았다.

"아아, 제발요."

"나부터. 다른 여자 말고 나부터 안아 줘요."

분홍색 벌레에 뇌를 점령당한 여인들이 미친 듯이 모크의 품으로 파고들었다. 모크는 그들 전부를 끌어안고 침대로 향했다.

룬드 왕국의 백성들은 모크를 올바른 길만 걷는 기사 중의 기사라고 치켜세웠다. 듀윈 가문의 원로들도 모크가 검에 몰두하느라 여인을 알지 못하는 숫총각으로 여겼다.

다들 모크에게 속은 것이다. 모크는 순진하지도 않고 숫총각도 아니었다. 오히려 그는 원대한 야심을 품고 이곳 룬드 왕국에 침투한 무서운 남자였다.

그 무서운 남자에게 시노브의 명이 떨어졌다.

   듀윈의 가주 모크 경,
   지금 당장 왕궁에 입궐해요. 명령입니다.

                                          시노브

이 짧은 편지가 모크의 가슴을 뛰게 만들었다.

"드디어 걸려들었구나."

지하 연무장에서 올라온 모크는 신성한 의식이라도 치르는 사람처럼 정성을 다해 은빛 갑옷을 차려입었다.

"가주!"

"조심하시게."

가문의 원로들이 발을 동동 굴렀다. 원로들은 '다 늙은 우리가 괜한 짓을 벌여 순진한 가주를 왕궁에 소환받게 만들었구나.' 라고 자책했다.

"전 괜찮습니다. 시노브 공주님께 상황을 잘 설명할 것이니 걱정 말고 기다리십시오."

모크는 원로들 한 명 한 명의 손을 잡으며 이렇게 위로했다.

"크흑! 가주!"

원로들이 눈시울을 붉혔다.

모크는 그런 원로들을 뒤로하고 백마에 올라탔다.

듀윈 가문을 출발한 모크는 꼬불꼬불한 산길을 달려 왕궁에 도착했다. 철갑옷으로 중무장한 기사가 모크를 시노브에게 안내했다.

만약 시노브가 운이 없었더라면 브리샤의 기습 공격에

당했을지도 모른다. 브리샤는 마물 도감에도 실리지 않은 희귀 마물이었다. 당연히 시노브는 브리샤에 대한 대비책도 없었다.

하지만 시노브는 운이 좋았다.

모크가 왕궁에 입궐할 무렵, 시노브는 두 동생과 함께 마이림의 거처를 방문 중이었다. 화초에 물을 주던 마이림이 세 공주를 무서운 눈으로 노려보았다. 마이림은 자신을 납치한 이 여자들을 용서할 수 없었다.

하라간이 먼발치에서 그 모습을 지켜보았다.

'아직 때가 되지 않았구나. 군나르 왕국으로 모셔 가려면 조금 더 독기가 빠지셔야 해. 쯧쯧.'

하라간이 속으로 혀를 찼다.

비록 하라간에게 내색은 않았지만, 사실 군나르는 마이림에 대한 걱정을 많이 하는 중이었다. 그런 군나르를 볼 때마다 하라간은 가슴이 아팠다.

'할아버님, 제가 할아버님을 속여서 죄송합니다. 나중에 무릎을 꿇고 엎드려 용서를 빌 것이니 그때까지만 참으십시오. 지금 마이림 고모할머니를 왕국으로 데려가면 결국 고모할머니가 제 손에 죽게 될 겁니다.'

하라간은 다른 것은 다 참을 수 있었다. 하지만 군나르에게 해를 끼치려는 사람은 도저히 용서할 수 없었다. 그 상대가 마이림이라고 하더라도 절대 용서하지 못했다.

마이림과 싸늘한 면담을 마친 뒤, 3명의 공주가 밖으로 나왔다.

"보셨죠? 성격이 여전하신데요."

시노브가 하라간을 향해 어깨를 으쓱해 보였다.

하라간이 고개를 끄덕였다.

"불편한 점이 없도록 배려해 드려."

"당연하죠. 저희가 잘 모실게요."

시노브가 걱정 말라는 듯이 대답했다.

그때 철기사가 철그럭철그럭 달려왔다. 시노브 앞에 무릎을 꿇은 철기사는 웅웅 울리는 저음으로 아뢰었다.

"충! 시노브 공주님께서 말씀하신 자를 데려왔습니다."

"모크 말인가?"

시노브의 눈이 냉랭한 빛을 띠었다.

"오호라. 큰언니, 듀윈가의 그 미남자를 불렀어?"

오스트란드가 시노브를 놀렸다.

"모크 듀윈? 그를 왜?"

소문을 듣지 못한 아이다는 고개를 갸웃했다.

시노브는 난감한 듯 하라간을 곁눈질한 다음, 철기사를 향해 손을 휘휘 저었다.

"지금은 바쁘다. 일단 모크 경을 내 처소로 데려가라. 조금 뒤에 내가 그곳으로 가겠다."

"충!"

철기사가 고개를 숙여 시노브의 명을 받들었다.

그때 하라간이 끼어들었다.

"잠깐."

하라간은 저 멀리서 대기 중인 모크 듀윈을 힐끗 보고는 입가에 희미한 미소를 지었다.

할짝.

하라간의 빨간 혀가 살짝 나와 입술을 빠르게 핥고 지나갔다.

Chapter 8

"왜 그러십니까?"

하라간의 부름에 시노브가 시선을 돌렸다.

하라간이 턱 끝으로 모크를 가리켰다.

"저기 저자가 모크인가?"

"멀어서 얼굴이 보이지는 않지만, 모크가 맞겠지요."

시노브가 이렇게 대답했다. 확실히 모크가 서 있는 곳까지는 거리가 멀어서 얼굴을 구별하기 힘들었다. 그저 상대의 은빛 갑옷이 햇빛을 받아 번쩍거리는 것만 보일 뿐이었다.

"그를 좀 가까이 불러 봐."

하라간이 손가락을 까딱거렸다.

시노브가 이유를 물었다.

"왜 그를 부르라는 겁니까?"

"저 녀석, 제법 위험한 생각을 품고 있거든. 그래서 불러 보라는 거야."

하라간은 마치 모크의 머릿속을 들여다보기라도 한 것처럼 대답했다.

"네?"

시노브가 어이가 없다는 표정을 지었다.

오스트란드와 아이다도 황당하기는 마찬가지였다. 모크와 전혀 안면이 없는 하라간이 대체 무슨 의도로 이런 말을 하는지 이해가 되지 않았다.

'혹시 하라간 님이 우리 룬드 왕국의 국정에 개입하실 생각이신가?'

'용암성 무녀들을 통해 무언가 정보를 수집하셨나? 듀윈 가문이 우리 룬드의 5대 기사 가문 가운데 하나라는 정보를 듣고 손을 보시려는 걸까?'

'하라간 님의 의도가 뭐지?'

룬드 왕국의 세 공주는 불편한 기색을 감추지 못했다. 하라간이 이런 식으로 국정에 개입하는 것을 그녀들은 가장 두려워했다.

하라간이 피식 웃었다.

"이봐. 지금 뭔 생각들을 하는지 얼굴에 다 드러나. 이거 은근히 기분이 나쁜걸. 내가 한번 진짜로 룬드 왕국의 국정을 장악해 볼까?"

하라간은 키르샤였다. 그것도 그냥 키르샤가 아니라 잉그리드의 전폭적인 지지를 받는 키르샤였다. 그런 하라간이 룬드 왕국의 대신들 앞에서 본모습을 한번 드러내기만 하면 왕국을 통째로 장악하는 것은 식은 수프 먹기나 다름없었다. 룬드 왕국의 세 공주는 그렇게 생각했다.

"으흑, 아닙니다."

"저희가 잘못했습니다."

"용서해 주세요."

시노브와 오스트란드, 아이다가 동시에 손사래를 쳤다.

하라간이 피식 웃었다.

"그러니까 괜한 억측들 하지 마. 내가 마음만 먹으면 룬드 왕국을 그냥 장악해 버릴 수도 있어. 저런 귀족을 툭툭 건드려서 너희 3명을 압박하지 않고, 그냥 가져 버릴 수도 있다고. 그러니까 엉뚱한 상상하지 말고, 저기 저 남자나 이곳으로 불러."

하라간의 말은 사실이었다. 솔직히 하라간이 마음만 먹으면 이 자리의 그 누구도 그를 막을 수 없었다. 하라간은 굳이 모크를 툭툭 건드려서 공주들을 심리적으로 압박할 필요가 없다는 뜻이었다.

아이다가 조심스레 물었다.

"하라간 님, 그럼 진짜로 모크 경의 생각을 읽은 건가요?"

이 먼 거리에서, 난생처음 보는 사람의 머릿속을 읽는다는 것이 가능하리라고는 아무도 생각하지 않았다. 세 공주는 세상에 그런 일이 가능하리라고는 믿고 싶지 않았다.

'하지만 상대가 하라간 님이라면?'

'키르샤는 절대적 존재잖아. 혹시 키르샤가 되면 사람의 마음도 막 읽고 그러는 것 아냐?'

'헉! 만약 하라간 님이 그런 능력을 가졌다면 이건 너무 위험한데?'

세 공주의 머릿속이 갑자기 복잡해졌다.

하라간은 아이다의 질문에 긍정도 부정도 하지 않았다. 그저 하얀 이를 드러내며 활짝 웃었을 뿐이다.

그 웃음이 너무도 매혹적이라 아이다는 가슴이 철렁했다.

'이런 미친년. 새아버지의 미소를 보고 가슴이 두근거리면 어쩌자는 거냐?'

아이다가 빠르게 도리질을 했다.

가슴이 철렁한 사람은 아이다만이 아니었다. 오스트란드도, 그리고 레즈비언인 시노브마저 하라간의 치명적인 미소에 가슴이 설레었다.

하라간이 다시 입을 열었다.

"저 남자, 부르지 않을 거야?"

세 공주가 퍼뜩 정신을 차렸다.

"아니요. 아니요. 당장 이리로 부를게요."

시노브가 철기사에게 명을 내렸다.

"충!"

철기사는 절도 있게 고개를 숙인 다음, 명을 이행했다.

몸에 은빛 갑옷을 두른 모크가 당차게 걸어왔다. 척척 걸음을 옮기는 모크의 태도는 신중하면서도 믿음직스러웠다. 투구를 벗어 옆구리에 낀 탓에 모크의 금발 머리가 바람에 나부꼈다. 모크는 180 센티미터의 키에 신체 비율도 좋았다.

"제법 그럴듯하게 생겼네."

오스트란드가 팔짱을 끼고 고개를 끄덕였다.

아이다는 오스트란드의 평가가 너무 박하다고 생각했다. 솔직히 아이다는 모크가 룬드 왕국에서 가장 잘생긴 남자일 거라고 생각했다.

'문제는 내 눈이 너무 높아졌다는 점이겠지. 저런 미남

자를 보고도 전혀 마음이 움직이지 않다니. 하아아.'

아이다가 한숨을 쉰 이유는 하라간 때문이었다. 극한의
미모를 한 몸에 집약시킨 듯한 하라간과 붙어 다니다 보니
아이다의 눈높이가 하늘을 찔렀다. 룬드 왕국 최고의 미남
인 모크를 보고도 이렇게 마음이 시큰둥한 것도 바로 이 때
문이었다.

가까이 걸어오던 모크도 힐끗힐끗 하라간에게 곁눈질을
했다.

'누구지? 이 아름다운 여인은?'

모크는 하라간이 여자일 것이라고 믿어 의심치 않았다.

모크는 시노브를 한눈에 알아보았다. 그가 오늘 목표로
삼은 대상은 당연히 시노브 공주였다. 그다음이 오스트란
드, 마지막으로 아이다 공주를 노예로 만들겠다는 것이 모
크의 계획이었다.

그런데 엉뚱하게도 시노브보다 하라간에게 더 마음이 쏠
렸다. 하라간의 미모가 어찌나 매혹적이었던지 모크는 하
라간에게서 찬란한 빛이 쏟아지는 것 같다고 느꼈다. 그 빛
에 가려 시노브 등은 아예 보이지도 않았다.

'이 미녀가 누구인지 모르겠지만 도저히 그냥 지나칠 수
없겠다. 그냥 이 자리에서 4명을 모두 해치워 버려?'

모크가 과한 욕심을 부렸다.

그사이 모크와 하라간 사이의 거리는 20 미터 안쪽으로 좁혀졌다.

Chapter 9

모크가 몇 발자국을 더 내디뎠다. 모크는 신중하게 주변을 살폈다.

'양옆에 철기사 2명.'

연해 2층 레벨의 철기사 2명을 베어 버리는 것은 모크에게 일도 아니었다. 하지만 그들을 해치우면 애초에 세웠던 목표를 달성하기 어려웠다.

'이대로 공주들에게 접근하여 브라샤를 소환하면?'

모크의 손바닥에 박힌 브라샤와 눈이 마주치는 순간 4명의 뇌에 분홍 벌레가 생겨난다. 도저히 참을 수 없는 정념이 4명 모두를 휘어 감을 것이다.

모크는 그때 재빨리 공주들을 실내로 데려가기로 마음먹었다. 몇 년 전에도 모크는 시노브 공주를 노예로 만들 기회가 있었지만 포기했었다. 주변에 지켜보는 눈이 너무 많아서였다.

그런데 지금은 주변에 몇 명 없었다. 모크는 이 기회를 최대한 잘 활용해야 한다고 결심했다.

'철기사들은 시노브 공주의 명령 한마디면 물러나게 만들 수 있어. 어차피 한 타이밍이야. 딱 한 타이밍만 빼앗으면 내 목표를 한 번에 달성할 수 있다고. 거기에 더해서 저 아름다운 여인까지 내가 가질 수 있어.'

모크는 악어거북처럼 신중한 성격이라 결코 무리한 행동을 하는 법이 없었다. 그가 몇 년간 자세를 낮추고 듀원가에 웅크렸던 것도 바로 이 끈질긴 참을성 덕분이었다. 만약 모크가 급한 성격이었다면 벌써 일을 저질러도 몇 번은 저질렀을 것이다.

그런 모크가 참을성을 잃었다. 하라간의 압도적인 미모가 모크의 판단력을 흐려 놓았다.

'타이밍을 정확하게 잡자. 4명 모두 내 손바닥을 보게 만들어야 해. 그중 한 명이라도 시선이 벗어나선 안 돼.'

모크는 입술을 꾹 다물었다. 그러곤 속으로 숫자를 세었다.

'하나, 둘, 셋!'

모크가 셋을 세었을 때, 그와 시노브 사이의 거리는 고작 5미터였다. 모크는 충성심이 깊은 기사처럼 시노브 앞에 무릎을 꿇었다.

모크가 속으로 셋을 세는 것과, 모크의 오른쪽 무릎이 땅바닥에 닿은 것과, 세 공주의 시선이 모크에게 집중된 것은 거의 동시였다.

모크가 손바닥을 앞으로 내민 것과, 그 손바닥 한복판에 분홍색 뱀 눈이 사라락 돋아난 것도 거의 동시였다.

"엇!"

시노브가 몸을 움찔 떨었다.

"읍!"

자매들 가운데 가장 예민한 오스트란드가 본능적으로 위기감을 느끼고 시선을 피했다. 하지만 재빨리 고개를 돌리기도 전에 세로로 갸름하게 갈라진 분홍 뱀 눈이 오스트란드의 뇌리에 확 틀어박혔다.

"크읍!"

아이다도 헛바람을 집어삼켰다.

공주 셋이 동시에 브라샤의 매혹에 사로잡혔다.

'되었다!'

모크가 속으로 만세를 불렀다. 하지만 곧이어 다른 생각이 떠올랐다.

'가만! 나머지 한 명은?'

모크가 눈을 동그랗게 뜨고 주변을 둘러보는 순간, 모크의 등 뒤에서 섬뜩한 음성이 들렸다.

"나를 찾나?"

"헉!"

어찌나 놀랐던지 모크는 오줌을 지릴 뻔했다. 어찌나 기겁을 했던지 모크는 상대의 목소리가 남성의 것이라는 점도 깨닫지 못했다.

그 순간 하라간이 모크의 머리통을 붙잡았다.

"끄악!"

세상에 얼음으로 만든 번개가 존재한다면, 그리고 그 번개에 정수리를 얻어맞는다면 바로 이런 느낌일 것이다. 모크는 하늘에서 얼음 벼락이 내리쳐 그의 두개골을 꽈릉! 때린 듯한 충격을 받았다.

순간적으로 모크의 두 눈에서 시뻘건 핏물이 터졌다. 강한 충격과 함께 고막도 찢어져 버렸다. 다리가 풀린 모크가 크게 휘청거렸다.

하라간은 뒤로 쓰러지는 모크를 붙잡지 않았다. 대신 모크의 손목을 잡아 그 중심부에 박힌 분홍 뱀 눈을 유심히 살폈다.

분홍 뱀 눈이 필사적으로 깜빡거렸다. 분홍 뱀 눈은 영문 모를 오한에 휩싸여 발버둥 쳤다. 하라간은 그런 브라샤를 무심한 눈으로 내려다보았다.

하라간은 브라샤의 영향을 받지 않았다. 빤히 지켜보고 있어도 브라샤의 매혹에 걸리지 않을 뿐 아니라, 뇌에 분홍 벌레가 생기지도 않았다.

'특이하네?'

하라간이 눈에 이채를 띠었다.

사실 하라간이 모크를 가까이 부른 이유는 바로 이 때문이었다. 특이하게도 모크는 심장 속 마정석이 텅 비어 있었다. 대신 모크 자신이 마물이 되어 버린 상태였다.

세상에 이런 것이 가능한 부류는 딱 하나뿐!

'이자는 도플갱어다. 나와 같은 도플갱어야.'

하라간은 먼 거리에서 모크의 정체를 파악했다.

'북부의 아홉 군주 가운데 3명은 신인이신 욘 아르네의 직계후손들이지. 아르네 왕국의 군주 오드 아르네 솔샤르, 헤닝 왕국의 헤닝 아르네 솔샤르, 그리고 할아버님. 이렇게 3명만이 도플갱어의 피를 물려받았어.'

하라간은 군나르에게 들은 설명을 머릿속에 떠올렸다. 군나르의 말에 따르면, 오직 욘 아르네의 피를 직접 물려받은 직계 혈통들에게만 도플갱어의 특징이 나타난다고 했다. 마정석을 이용해서 마물과 결합하지 않고, 마해의 마물을 직접 복사해 버리는 특징 말이다.

모크는 분명 3명의 군주 가운데 속하지 않았다.

'그렇다면 저 녀석은 오드의 후손, 아니면 헤닝의 후손이라는 뜻이겠지?'

어느 쪽이건 상관없었다. 오드의 후손이건, 헤닝의 후손이건, 그가 이곳 룬드 왕국을 노리고 침투한 첩자라는 사실에는 변함이 없었다.

조금 전 하라간은 "모크가 불측한 마음을 품고 있다."고 시노브에게 말한 이유가 바로 여기에 있었다. 하라간이 제 아무리 뛰어난 무력을 가졌다고 해도 사람의 마음까지 읽을 수는 없었다. 대신 하라간은 엄청나게 발달한 감각으로 상대의 속마음을 유추하는 것이 가능했다.

모크가 가까이 다가올수록 하라간의 의심은 더 증폭되었다. 모크의 불안정한 감정이 느껴졌기 때문이다. 하라간에게 걸어오는 동안 모크의 등에는 엷게 땀이 흘렀다. 게다가 모크는 이상할 정도로 자주 침을 삼켰고, 수시로 시노브 주변의 경호 상태를 곁눈질했다.

'이자가 진짜로 뭔 꿍꿍이가 있었구나. 이거 내가 점쟁이가 된 기분인걸.'

하라간은 속으로 빙그레 웃었다. 그러다 모크가 가까이 다가와 손바닥을 내미는 순간, 그의 머리 위를 뛰어넘어 뒤쪽에 내려섰다.

하라간에게 있어서 모크를 제압하는 일은 벌레 한 마리를 눌러 잡는 것보다 더 쉬웠다. 하라간은 모크의 손바닥을 향해 손가락을 스윽 그었다. 마음의 검이 일어나 상대의 마물을 깔끔하게 도려내었다.

복사한 마물을 도플갱어의 신체로부터 분리하는 것은 원래 불가능한 일이었다. 하지만 하라간이 발휘한 마음의 검은 그 불가능한 일을 거뜬히 해치웠다.

마물의 분리와 함께 주변에 분홍 연기가 확 퍼졌다.

[끄아아아악!]

엄청난 괴성과 함께 브라샤가 본모습을 드러냈다. 새끼손톱 크기의 조그만 분홍색 벌레들이 우글우글 모여서 커다란 뱀의 형태를 갖추더니, 그 뱀의 대가리 부위에 커다란 외눈이 쩌억 열렸다. 길이가 5미터가 훌쩍 넘는 이 마물이 바로 브리샤의 본모습!

브리샤는 어떻게든 하라간의 손에서 도망치기 위해 주변을 두리번거렸다.

하라간이 입술을 조그맣게 달싹였다.

"이렇게 새로운 특식을 먹게 해 주셔서……."

그 말이 끝나기도 전에 투명한 무언가가 꿀렁 일어나 수만 마리 분홍 벌레들이 모여서 구성된 브리샤를 한입에 삼켰다. 허공에서 우적! 씹는 소리가 들렸다. 이어서 끈적끈적한 액체 같은 것이 탁 터지는 듯한 소음이 뒤따랐다.

하라간이 말을 마무리 지었다.

"……감사합니다."

브리샤가 신체에서 분리된 이후에도 모크 듀윈은 죽지 않았다. 심장을 대체한 마정석이 모크의 생명력을 끈질기게 유지시켜 준 덕분이었다.

대신 마물이 강제로 떨어져 나가면서 모크의 신체 가운데 3분의 2가 훼손되었다.

"끄아악!"

모크는 번개에 얻어맞은 듯 몸서리를 쳤다. 모크의 오른팔은 어깨 부위부터 거칠게 뜯겨 나갔다. 어깨뿐 아니라 상체 일부가 함께 유실되었다. 쩍 벌어진 상처로부터 뿜어진 피가 돌바닥을 낭자하게 적셨다.

모크의 복부 아래쪽도 모두 사라지고 없었다. 왕창 뜯겨 나간 배 아래쪽에선 내장이 뱀 떼처럼 주르륵 흘러나왔다.

심지어 모크의 두개골 일부마저 사라져 하얀 뇌가 고스란히 드러났다. 모크의 두 눈은 이미 터져 버린 상태였고, 코와 아래턱도 사라진 상태였다. 피부도 절반 이상 괴사되어 꺼멓게 타들어 갔다.

Chapter 10

"꾸르륵."

어마어마한 쇼크에 모크가 거품을 게워 내며 기절했다. 이대로 내버려 두면 모크는 채 1분을 넘기지 못하고 죽을 터, 하라간은 검지로 모크의 상처 부위를 가리켰다.

싸아악—

하라간이 지목한 부위가 급속도로 냉동되었다. 피가 멎자 모크의 마정석이 다시 신체에 에너지를 공급하기 시작했다. 괴사 중이던 모크의 세포가 서서히 붕괴를 멈추었다. 모크는 그렇게 꽝꽝 얼어붙어 반쯤 가사상태에 들어갔다.

"으으으!"

"이럴 수가!"

눈 깜짝할 사이에 벌어진 이 엄청난 사태에 철기사 2명이 털썩 주저앉았다. 강한 훈련을 받은 철기사들이 패닉 상태에 빠질 만큼 이번 사태는 충격적이었다.

놀란 것은 철기사들만이 아니었다.

"아으으웃."

브라샤의 매혹에서 벗어난 시노브가 부르르 몸서리를 쳤다.

'내 귀가 잘못되었나? 조금 전 하라간 님이 뭐라고 중얼거리셨지? 에이, 설마 내가 환청을 들었겠지. 에이, 아닐 거야.'

시노브는 애써 진실을 외면하려 들었다. 그러면서도 하

라간을 바라보는 시노브의 눈에는 숨길 수 없는 두려움이
가득했다.

'으흡!'

오스트란드도 하라간의 중얼거림을 들었다. 그녀는 못
볼 것을 보기라도 한 사람처럼 주춤주춤 하라간을 멀리했
다. 그러는 동안 오스트란드의 허벅지 사이가 뜨뜻하게 젖
었다. 자신도 모르게 실금한 탓이었다.

아이다는 딱히 겁을 내지 않았다. 조금 전 아이다는 브라
샤의 매혹에 저항을 하느라 뇌세포 안에 모든 기력을 다 쏟
아부었다. 덕분에 그녀는 하라간이 브라샤를 잡아먹는 장
면을 보지 못했다. 하라간의 중얼거림을 듣지도 못했다.

어쨌거나 상황은 정리되었다.

"너."

하라간이 철기사 한 명을 지목했다.

"네넷?"

깜짝 놀란 철기사가 반문했다.

철기사는 솔직히 하라간이 누구인지 알지 못했다. 그저
시노브 공주가 하라간을 공대하는 것을 보고 막연히 높은
분이시구나 짐작했을 뿐이다.

"이자를 좀 더 살펴봐야겠다. 용암성의 무녀들에게 데려
가."

"네, 알겠습니다."

철기사는 얼떨결에 하라간의 명을 받들었다.

하라간이 옆에 있던 또 다른 철기사에게 시선을 돌렸다.

"그리고 너."

"넷! 말씀하십시오."

엉덩방아를 찧었던 철기사가 벌떡 일어나 대답했다.

"너는 여기 좀 치워라."

"예, 알겠습니다."

두 번째 철기사도 바짝 얼어서 대답했다.

집 밖에서 한바탕 소란이 일어나는데도 마이림은 나와 보지 않았다. 하라간이 허공에 투명한 막을 쳐서 소리를 차단한 탓이었다.

하라간이 등을 돌렸다.

"이제 그만 가지."

"네? 아아, 네."

시노브가 떨떠름한 표정으로 하라간의 뒤를 따랐다.

오스트란드도 어기적어기적 하라간을 쫓았다.

아이다가 눈을 살짝 찌푸렸다.

'언니들의 행동이 뭔가 이상한데? 조금 전 그 분홍색의 갸름한 눈 때문에 놀라서 그런가? 하긴, 나도 아직까지 머리가 멍하네. 도대체 모크 듀원의 정체가 뭐야? 그자가 어

떤 의도를 갖고 우리 자매들을 분홍색 눈으로 공격했지?'

아이다는 언니들의 두려움에 가득 찬 행동을 눈여겨보지 않았다. 그녀의 머릿속은 반역자 모크로 가득 찼다.

용암성의 무녀들은 호기심 가득한 몸짓으로 모크 듀윈을 조사했다. 그녀들은 뾰족하고 기다란 손톱으로 모크의 가슴을 자르기도 하고, 상처 부위에 기다란 금빛 침을 꽂기도 하면서 모크의 배후를 캐내었다. 모크의 뇌 주름에도 가느다란 금침이 여러 개 박혔다.

하라간에 의해 마물 브라샤가 잡아먹혔을 때부터 모크는 이미 회생 불가능했다. 그저 마정석의 강력한 에너지가 모크의 목숨을 연명해 줄 뿐이었다. 당연히 모크는 의식도 없었고, 입을 열어 말을 할 상황도 아니었다.

그래도 상관없었다. 용암성의 무녀들은 신비로운 능력을 타고난 족속들. 그녀들은 모크의 무의식 세계 안으로 파고들어 수많은 정보들을 건져 올렸다.

모크가 태어난 곳.

모크의 어린 시절.

모크의 부모 형제.

모크의 성인식과 마물 결합.

이런저런 정보들을 캐내다 보니 무녀들은 자연스럽게 도

플갱어의 능력에 대해서 알게 되었다. 무녀들이 움찔 몸서리를 쳤다.

때마침 무녀들의 등 뒤에서 하라간의 음성이 들렸다.

"마물 복사에 대해서 알아내었나 보군."

[하라간 님!]

철사로 눈을 꿰맨 용암성의 무녀들이 바닥에 납죽 엎드렸다. 무녀들은 바르르 몸을 떨었다.

하라간이 저벅저벅 걸어왔다.

[아으윽.]

무녀들의 떨림이 더욱 커졌다.

하라간이 가죽 가방에 꽂힌 기다란 금침을 하나 뽑아 자세히 들여다보았다. 그러곤 금침의 끝을 무녀 한 명의 목에 가져다 대었다.

[키엑!]

목이 찔린 무녀가 쇳소리를 냈다.

"쉿!"

하라간이 검지로 무녀의 입을 막고 속삭였다.

"세상엔 입 밖으로 내야 할 말이 있고 입 안에 삼켜야 할 말이 있는 법. 너희는 삼킬 것은 삼키고 내뱉을 것만 내뱉으면 된다. 이자의 배경이 무엇이냐? 아르네 왕국이 보낸 자인가, 아니면 헤닝 왕국의 족속인가?"

무녀들이 파르르 몸서리를 쳤다.

'하라간 님께선 이미 이자의 정체를 짐작하고 계셨구나!'

무녀들 가운데 대표가 뇌파로 공손히 아뢰었다.

[짐작하신 대로 이자는 아르네 왕국 출신이옵니다. 그곳의 군주이신 오드 아르네 솔샤르님이 이자의 증조부인 것 같사옵니다.]

오드라는 말에 하라간이 반색했다.

"호오? 이 녀석이 오드의 증손자라고?"

하라간은 새삼스럽다는 듯 모크를 내려다보았다.

"이번 일에 오드가 연결되어 있단 말이지?"

하라간의 목구멍으로 꿀꺽 침이 넘어갔다. 하라간의 눈은 새로운 먹잇감을 발견한 맹수의 그것처럼 날카롭게 빛났다.

제3화

필로프와 베니젤로스

Chapter 1

가주인 모크가 왕궁으로 소환된 것이 벌써 이틀 전이었
다. 이후 가주의 소식이 뚝 끊겼다. 듀윈가의 원로들은 초
조해질 수밖에 없었다.

"이거 어쩌면 좋은가? 우리가 섣부르게 소문을 내서 시
노브 공주님의 분노를 산 것 같으이."

"그러게 말일세. 다 늙은이들이 주책없게 나서다가 가주
에게 해를 끼쳤어. 이거 이 사태를 어떻게 해결하지?"

머리를 맞대도 뾰족한 수가 나오지 않았다. 원로들은 결
국 듀윈가에서 가장 나이가 많은 노파를 찾았다.

노파는 전전대 가주와 전대 가주를 직접 보필한 점성술

사였다. 또한 노파는 난산 끝에 간신히 태어난 모크 듀윈을 직접 받아 낸 산파이기도 했다. 그렇게 따지면 노파는 지금 듀윈 가문의 대를 잇게 해 준 공신 중의 공신이었다.

노파의 이름은 페드라.

원로들이 페드라의 방에 모였다.

페드라의 방은 모든 벽이 보라색으로 칠해져 있었다. 방 중앙에 세워 놓은 램프가 주위를 빙 둘러싼 원로들을 몸을 비추고 지나가 벽면에 증폭된 그림자들을 만들어 내었다. 램프 속 촛불이 흔들리자 증폭된 그림자가 벽 위에서 춤을 추었다.

페드라가 크게 한숨을 쉬었다.

"휴우우, 그러게 왜 그렇게 어리석은 행동을 하셨습니까? 시노브 공주님의 성격이 불같은 것을 잘 아시면서요."

한낱 점성술사로부터 핀잔을 받자 기사 출신 원로들이 역정을 내었다.

"어허, 말이 심하군. 우리가 일이 이렇게 꼬일 줄 알았는가?"

"그렇지. 이렇게 꼬일 줄 알았으면 애초에 시작도 하지 않았지."

페드라가 고개를 가로저었다.

"어쨌거나 백성들 사이에 망측한 소문이 퍼졌잖습니까?

그러니 소문의 주인공이 되신 시노브 공주님께서 발끈하실 수밖에요."

"어허, 지금 누가 그걸 모르나? 시노브 공주님께서 크게 진노하신 거야 우리들도 다 알고 있네. 다만 왕궁에 소환되신 가주께서 언제 풀려날지, 그걸 알고 싶어서 자네를 찾아온 게야."

"자네는 어서 점을 쳐서 가주의 상황을 알려 주게."

원로들의 재촉에 페드라가 눈을 찌푸렸다.

사실 여기 모인 사람들 가운데 가장 속이 타는 사람은 페드라였다.

'아아아, 왕손께 일이 생기면 안 되는데. 그 똑똑하신 분이 어쩌다 시노브 공주의 포로로 잡혔단 말인가? 시노브 공주의 정신을 장악하겠다고 장담하셨던 분이 말이야.'

페드라는 입이 바짝 말랐다. 만약 모크가 잘못되기라도 한다면 그녀 또한 무사하지 못할 것이다.

페드라의 진짜 정체는 아르네 왕국이 룬드 왕국에 심어 놓은 고정 첩자.

그녀는 폐쇄적인 룬드 왕국에 무사히 침투하여 많은 정보를 캐낸 공로자였지만, 그렇다고 안심할 수는 없었다. 오드의 피를 이어받은 모크가 만약 룬드 왕국에서 사형이라도 당한다면 페드로는 죽지도 살지도 못하는 끔찍한 신세가 될 것이 뻔했다.

페드라가 주름진 손으로 유리구슬을 탁자에 내려놓았다.

원로들의 눈이 구슬에 집중되었다.

페드라는 중얼중얼 주문을 외며 유리구슬의 표면을 쓰다듬었다. 그녀의 손짓에 따라 유리구슬 속에서 번개가 치고 구름이 모였다.

벽에 투사된 페드라의 그림자가 바람도 불지 않는데 크게 일렁거렸다. 원로들은 바짝 긴장한 채 페드라의 점괘를 기다렸다.

타악!

마침내 점괘가 나왔다.

페드라가 눈을 고약하게 찌푸렸다.

원로 한 명이 페드라를 채근했다.

"어떤가? 가주께선 무사하시겠지?"

페드라는 한동안 유리구슬 속을 노려보다가 힘겹게 입을 열었다.

"생명은…… 아직 붙어 계십니다."

그 말에 원로들이 가슴을 쓸어내렸다.

"하아, 다행이군."

"아직 무사하시다니 다행이야."

페드라가 암울하게 고개를 가로저었다.

"한데 문제가 생겼습니다."

"무슨 문제?"

페드라는 무거운 한숨과 함께 모크의 상태를 고백했다.

"지금 가주님의 생명력이 크게 위태로우십니다. 아마도 왕궁에 끌려가서 모진 고문을 당하신 것 같습니다."

원로들이 발칵 뒤집혔다.

"커헉! 고문이라니!"

"아니, 가주께서 뭘 잘못했다고 고문을 당한단 말인가? 그저 저잣거리에 가주와 시노브 공주님 사이에 연정이 흐르고 있다는 소문이 돌았을 뿐인데, 그것만으로 고문을 당한단 말인가? 생명이 위태로울 정도의 고문을?"

흥분한 원로들이 눈에 쌍심지를 켜고 일어났다.

원로 한 명이 주먹을 치켜들었다.

"이럴 때가 아닙니다. 우리 왕궁으로 달려갑시다. 가서 가주의 상태를 직접 내 눈으로 확인해야겠어요."

"옳습니다. 시노브 공주님께서 너무 과한 행동을 하셨어요. 아무리 소문이 망측해도 그렇지, 우리 룬드 왕국 5대 검가 가운데 하나인 듀원가의 가주를 이 정도 일로 고문을 하다니요. 막말로 가주께서 반역죄라도 저질렀답니까? 커허허험! 나는 절대 이번 일을 참을 수가 없소이다."

"암요. 우리 모두 다 함께 왕궁으로 달려갑시다. 가서 시노브 공주님과 면담을 해야겠어요."

모든 원로들이 다 성급한 것만은 아니었다. 평소 입이 무
겁던 원로가 새로운 안을 내었다.

"자자, 흥분을 가라앉히세요. 왕궁에 가서 따지기 전에
먼저 우리의 편을 들어줄 친구들을 규합합시다. 그래야 가
주를 살릴 확률이 더 높지 않겠소?"

이 의견이 그럴듯했다.

"그렇지. 우리끼리만 나서는 것보다 그게 더 낫겠지."

"그럼 각자 아는 사람들을 끌어모아 봅시다."

원로들은 각자 인맥을 동원하여 시노브 공주를 압박하기
로 결정하고는 부랴부랴 행동에 나섰다.

방에 홀로 남은 페드라는 곤혹스럽게 입술을 깨물었다.

"설마 왕손께서 시노브 공주의 정신을 장악하려다 실패
하셨단 말인가? 그렇다면 정말 반역죄에 해당되잖아?"

그게 아니라면 듀윈가의 가주인 모크가 이토록 모진 고
문을 당할 리 없었다. 유리구슬 속에 비친 모크의 행색은
정말 장난이 아니었다. 페드라는 깡마른 손으로 자신의 이
마를 꽉 움켜쥐었다. 손이 저절로 떨렸다.

'왕손께선 하반신이 완전히 뭉개지셨어. 오른팔도 잘리
신 것 같아. 두 눈에는 붕대가 감겨 있고, 온몸에 침이 빽빽
이 꽂히신 상태야. 이 지독한 것들! 어떻게 사람을 이 꼴로

만들어 놓는단 말인가? 으으으. 나는 이제 죽었다.'

페드라는 눈앞이 캄캄했다. 아르네 왕국에 이번 일이 알려지는 것은 시간문제였다. 내일 밤이면 아르네 왕국의 고위층이 직접 그녀와 접촉하기 위해 듀윈가를 방문할 예정이었다.

'하필 이럴 때 사건이 터지냐? 아아아!'

페드라가 머리카락을 쥐어뜯었다.

'어떻게 해야 내가 살 수 있지? 어떻게 해야?'

솔직히 페드라는 죽고 싶지 않았다. 나이가 잔뜩 들어 100살이 언제 지났는지 기억도 나지 않지만, 그래도 앞으로 20년은 더 살고 싶었다.

'이제 내일이면 나는 죽는다. 내일이 내 인생의 마지막 날이야. 설령 왕손께서 이대로 풀려나신다고 해도 나는 죽어. 아르네 왕국의 왕손을 반병신으로 만들고도 내가 무사할 수는 없겠지? 대체 이 일을 어떻게 수습한담?'

페드라는 무릎 사이에 얼굴을 파묻고 눈알을 데굴데굴 굴렸다.

아무리 곱씹어 생각해도 방법은 하나뿐이었다.

'자수할까?'

아르네 왕국을 배신하고 룬드 왕국에 자수한다면 어떻게든 목숨을 건질 것 같았다.

"시노브 공주를 찾아가 모든 사정을 고백해 버려? 그럼 최소한 목숨은 건지겠지?"

페드라의 동공이 빠르게 흔들렸다. 그러다 다시 고개를 가로저었다.

"아니야. 그건 아니야. 모국을 배신할 수는 없어."

평생 섬겨 온 아르네 왕국을 저버리는 것은 그리 쉬운 일이 아니었다. 페드라는 흔들리는 마음을 다시 다잡았다.

하지만 곧 생각이 바뀌었다.

"젠장! 고작 하루 남았어. 금쪽같은 내 생명이 고작 하루 남았다고. 아아아, 빌어먹을! 내가 충성을 바치면 누가 알아줘? 누가 내 공을 알아주느냐고?"

페드라의 마음이 또 한 번 흔들렸다. 페드라는 머리를 싸매고 고민했다. 시간이 흐를수록 죽음의 사신이 점점 등 뒤로 다가오는 듯했다. 페드라는 내일 듀윈가를 방문할 아르네 왕국의 사자가 무서웠다. 강한 중압감이 페드라의 충성심을 붕괴시켰다.

"그래. 일단 나부터 살아야지. 어차피 이번 일은 내가 저지른 잘못이 아니야. 왕손께서 성급하게 시노브 공주를 장악하려다가 스스로 대업을 망치신 게야. 그런데 내가 왜 그 죄를 뒤집어쓰고 죽어야 해? 그럴 순 없지."

페드라의 짓무른 눈이 교활하게 빛났다. 가문의 원로들

이 이런저런 인맥을 동원하여 아군을 모으는 동안, 늙은 노파는 꾸부정한 허리를 펴고 왕궁에 달려갈 채비를 했다.

Chapter 2

페드라가 꾸부정하게 허리를 굽히고 주위를 두리번거렸다. 주름이 잔뜩 잡힌 그녀의 눈꺼풀 속에서 눈동자가 불안하게 흔들렸다.

'오른쪽이 시노브 공주인가? 왼쪽은 오스트란드 공주? 그렇다면 그 옆은 아이다?'

페드라는 3명의 공주를 한눈에 알아보았다. 그런데 막상 정중앙에 앉은 숨 막히게 아름다운 여자는 정체를 파악할 수 없었다.

'중앙에 앉았으면 시노브 공주보다 서열이 위인데, 누가 있지? 설마 왕후이신 잉그리드 님이신가?'

잉그리드의 얼굴은 세상에 알려지지 않았다. 룬드 왕국의 주요 대신들 중에도 잉그리드를 직접 알현한 사람이 드물었다. 페드라는 눈앞에 고고하게 앉아 있는 여인(?)이 아마도 잉그리드 왕후일 것이라고 짐작했다.

사실은 하라간이었다.

따앙!

시노브가 상아 손잡이가 달린 지팡이로 바닥을 찍었다. 서슬 퍼런 그녀의 음성이 페드라의 귀청을 때렸다.

"타국의 첩자 주제에 어디서 눈알을 굴리느냐? 잔머리 굴리지 말고 다시 한 번 진실을 고하라! 네가 아르네 왕국의 첩자라고 스스로 고백했다지?"

"네에, 그러하옵니다."

페드라가 털썩 엎드려 수긍했다.

이윽고 페드라의 입에서 놀라운 사실들이 술술 흘러나왔다. 페드라가 듀윈 가문의 점성술사로 발탁된 것이 무려 70년 전의 일이었다. 그때부터 차근차근 진행된 아르네 왕국의 첩보 공작은 41년 전에 기록할 만한 성과를 거두었다.

시노브가 그 사건을 되짚었다.

"그러니까, 41년 전 듀윈 가주의 자식을 바꿔치기했단 말이지? 네년이 산파 노릇을 하면서 산모를 죽이고 아이를 바꿨다, 이거지?"

페드라가 손사래를 쳤다.

"공주마마, 아니옵니다. 저는 결코 산모를 죽이지 않았사옵니다. 당시 마님께서는 난산 끝에 돌아가셨을 뿐이옵니다. 그리고 아기씨도 마님과 함께 숨이 멎었사옵니다. 저는 그저 위에서 시키는 대로 죽은 아기씨를 모크 가주로 바꿔 놓았을 뿐입니다."

"흥! 그렇게 주장하고 싶겠지. 어쨌거나 듀윈 가문의 핏줄은 태어나자마자 죽었고, 그 자리를 모크가 대체했다 이 말인가?"

"그렇사옵니다. 저는 그저 위에서 시키는 대로 아이를 바꿔치기했을 뿐이옵니다."

페드라가 진땀을 흘렸다. 이유는 잘 모르겠지만, 그녀는 뭔가 가슴을 옥죄는 듯한 기분이 들었다. 숨이 잘 쉬어지지 않고 가슴이 벌렁벌렁했다.

시노브가 다음 사건으로 넘어갔다.

"그러다 4년 전 더 큰 일이 터졌지? 듀윈 가문의 전대 가주가 갑자기 죽었어."

4년 전, 듀윈가의 가주가 62세의 나이로 죽었다. 검술로 단련이 된 기사가 고작 62세의 나이에 급사하는 것은 의외였다. 당시 룬드 왕국에선 듀윈가의 변고를 이상하게 생각하는 사람이 많았다.

하지만 전대 가주가 타살을 당했다는 증거는 나오지 않았다. 게다가 듀윈가의 전대 가주는 비극적인 죽음을 맞을 만큼 성품이 모난 사람도 아니었다.

결국 듀윈가의 원로들은 전대 가주의 죽음을 자연사로

결론 내렸다. 그러곤 모크 듀윈을 새 가주로 옹립했다.

시노브가 입꼬리를 묘하게 비틀었다.

"그것도 네 짓이었나? 듀윈가 전대 가주의 급사. 그게 네년의 작품이었어?"

페드라는 이번에도 강하게 부정했다.

"절대, 절대 아니옵니다. 현명하신 공주마마시라면 제게 그럴 만한 능력이 없다는 것을 한눈에 알아보실 것이옵니다. 저는 한낱 점성술사에 지나지 않사옵니다. 이 힘없는 늙은 노파가 무슨 재주로 듀윈가의 전대 가주를 해치겠사옵니까?"

그 말은 사실이었다. 듀윈가의 전대 가주는 점성술사에게 죽임을 당하기에는 너무 강했다. 시노브가 파악한 페드라의 실력으로는 해구 레벨의 마물과 결합한 귀족 솔샤르에게 해를 끼칠 수 없었다.

"그럼 4년 전 일은 어떻게 된 거지?"

"그건······."

페드라가 잠시 대답을 망설였다.

시노브의 눈이 샐쭉하게 올라갔다.

"왜? 말을 못 하겠나?"

"아니옵니다. 모두 고해바치겠나이다. 4년 전, 전대 가주의 죽음은 아르네 왕국에서 직접 도모한 것이옵니다. 모크 듀윈을 가주의 자리에 올리기 위해서 아르네 왕국의 고위급이 직접 움직였사옵니다."

페드라가 벌벌 떨면서 고했다.

"뭣? 아르네 왕국의 고위급이 직접 나섰다고? 설마 그 고위급 솔샤르가 직접 우리 룬드 왕국에 들어와서 듀윈가의 전대 가주를 죽였단 뜻인가?"

"그, 그러하옵니다."

페드라가 두 눈을 질끈 감고 대답했다.

쫘앙!

화가 난 시노브가 주석으로 만든 물 잔을 집어 던졌다.

"이런 쌍! 우리 룬드 왕국을 얼마나 우습게 여겼으면 그런 가당치도 않은 짓거리를 벌인단 말인가? 여기가 자기네들 응접실이야 뭐야?"

"듣고 보니 정말 괘씸하네요. 크읏!"

아이다가 시노브의 말에 동의했다.

뭐라고 말은 하지 않지만 오스트란드도 은근히 분노한 표정이었다.

하라간이 턱을 괴고 있던 손을 풀어 손가락을 까딱거렸다.

시노브가 분을 억지로 삼키고 다시 입을 열었다.

"계속해 봐라. 아르네의 그 시건방진 고위급이 대체 누구냐? 누구기에 우리 룬드 왕국을 우습게 여기고 배짱 좋게 쳐들어와서 우리의 중요 대신을 죽였더란 말이냐?"

"그것이……."

페드라가 떼굴떼굴 눈알을 굴렸다.

시노브의 얼굴이 시뻘게졌다.

따앙!

시노브는 상아 손잡이가 달린 지팡이로 바닥을 찍으며 일어섰다.

"어서 고하지 못할까? 잔머리 굴리지 말고 어서 말햇!"

구름처럼 일어난 시노브의 기세가 페드라의 숨통을 조였다.

페드라는 벌벌 떨면서 입술을 열었다.

"4년 전, 필…… 로프 님께서…… 손을 쓰셨습니다. 아 아아!"

짙은 탄식이 페드라의 말끝에 따라붙었다.

시노브가 고개를 갸웃했다.

"필로프? 그게 누군데?"

Chapter 3

외국에 대한 지식이 풍부한 아이다가 무언가를 골똘히

생각하다가 두 눈을 크게 떴다.

"헉! 필로프? 아르네 왕국의 후계자로 지명된 그 필로프?"

아이다의 외침에 시노브와 오스트란드가 깜짝 놀랐다.

"진짜? 오드 님의 손자인 그 필로프가 직접 손을 썼다고?"

"그런 거물이 우리 왕국을 다녀갔단 말이야?"

이건 보통 사건이 아니었다.

필로프 아르네 솔샤르.

올해 나이 95세.

장차 오드의 뒤를 이어 북부 최강 아르네 왕국을 다스리게 될 후계자.

시노브 자매는 그 필로프가 직접 움직였다는 말을 믿지 못했다. 성격이 불같은 시노브가 단숨에 페드라에게 달려가 멱살을 잡았다.

"이년! 네년이 팔다리가 모두 뜯겨서 비참하게 죽고 싶은가 보구나. 어디서 감히 거짓말을 늘어놓는 것이냐?"

"거짓이 아니옵니다."

"그래도 발뺌이냐? 네년이 머리가 있으면 한번 생각해 보아라. 아르네 왕국의 후계자로 지명된 고위 왕족이 무슨 이유로 타국에 침투하여 암살을 한단 말이냐? 그런 고위층이 뭐가 아쉬워서 하찮은 암살자 노릇을 하겠느냐고?"

상식적으로 이건 말이 안 되는 소리였다. 시노브는 페드라의 목을 쥐고 거칠게 흔들었다.

페드라가 땀을 뻘뻘 흘렸다.

"케헥! 컥! 컥! 절대 거짓이 아니옵니다. 참말이옵니다. 4년 전 필로프 님께서 직접 이곳에 오셔서 전대 가주님을 죽였사옵니다. 그분이 직접 손을 쓰지 않으셨다면 듀윈가의 전대 가주를 아무런 흔적도 없이 죽이지는 못했을 것이옵니다."

듣고 보니 그럴듯했다. 듀윈가의 전대 가주는 해구 레벨의 귀족 솔샤르였다. 그런 강자를 아무런 흔적도 없이 죽이는 것은, 적어도 두 단계는 위의 거물이 나서지 않고서는 불가능한 일이었다. 시노브는 한탄하듯 뇌까렸다.

"그래도 그렇지, 그런 거물이 왜? 뭐가 아쉬워서?"

일국의 후계자가 타국에 침투하는 것은 그리 쉽게 결정할 사항이 아니었다. 당장 시노브만 해도 평생 룬드 왕국을 떠나 본 적이 없었다. 최근 잉그리드의 결혼식 참석을 위해 군나르 왕국을 잠시 방문한 것이 시노브의 첫 외국 나들이였다.

페드라가 힘겹게 입을 열었다.

"당시 필로프 님께서 직접 움직이신 데는 이유가 있었사옵니다."

"무슨 이유?"

시노브가 다시 고개를 들었다.

페드라의 입에서 충격적인 이야기가 튀어나왔다.

"그건 바로, 모크 님이 필로프 님의 친아들이기 때문입니다. 필로프 님께선 친아들인 모크 님을 듀윈가의 가주로 만들기 위해서, 그리고 겸사겸사해서 모크 님도 직접 만나볼 겸 오셨던 것입니다."

"뭣?"

시노브가 펄쩍 뛰었다.

"말도 안 돼."

"어떻게 그런!"

아이다와 오스트란드도 두 눈을 부릅떴다.

지금까지 나른하게 듣고만 있던 하라간도 슬쩍 상체를 일으켰다.

충격을 받은 시노브가 비틀거리며 뒤로 물러섰다.

"반역자 모크가 필로프의 친아들이라고? 그렇다면 모크가 오드 님의 증손자였단 말인가?"

"호오, 그렇단 말이지?"

반면 하라간은 의자 앞쪽에 엉덩이를 걸치고 바짝 다가앉았다. 하라간은 페드라의 말이 사실일 거라고 생각했다.

'모크는 분명 도플갱어야. 그리고 도플갱어의 특징은 오직 신인의 직계 혈통에게만 나타나지. 그러니까 모크가 오드의 증손자라는 페드라의 고백이 결코 허언은 아니야.'

하라간이 페드라에게 직접 질문했다.

"이봐."

"네?"

페드라가 멍한 눈으로 하라간을 보았다. 여자인 줄 알았던 하라간의 입에서 남자의 목소리가 나오자 페드라는 잠시 머리가 멍했다.

하라간이 궁금한 것을 물었다.

"4년 전 필로프가 룬드 왕국에 침투해서 듀윈가의 전대 가주를 죽이고 제 아들을 신임 가주에 앉혔다고 했지?"

"그, 그렇습니다."

페드라가 어정쩡한 얼굴로 고개를 끄덕였다.

하라간이 싱긋 웃었다.

"그 필로프가 다시 이곳에 오나?"

"네에?"

하라간의 질문이 어찌나 놀라웠던지 페드라가 고개를 번쩍 치켜들었다.

시노브 자매도 기겁했다.

"뭣? 그가 또 우리 룬드 왕국에 온다고요?"

"필로프가 또다시?"

"아니, 어째서?"

하라간은 원래 불친절한 성격이었다. 그는 앞뒤 설명도 없이 페드라만 빤히 바라보았다.

페드라가 침을 꿀꺽 삼켰다. 페드라는 하라간에게서 풍기는 기세를 읽을 수 없었다. 하라간이 그렇게 강해 보이지도 않았다. 하라간은 시노브보다도, 아니 아이다보다도 더 약해 보였다. 사람을 짓누르는 위압감도 없었다.

그런데도 페드라는 영문 모를 오한에 몸을 떨어야 했다. 마치 눈에 보이지 않는 끈끈한 거미줄이 그녀의 육체와 영혼을 꽁꽁 옭아매는 느낌이었다.

하라간이 빙글빙글 웃었다.

"언제냐?"

"네? 딸꾹! 딸꾹!"

페드라의 목에서 딸꾹질이 나왔다.

하라간이 다시 물었다.

"필로프가 룬드에 언제 오느냐고?"

"네에?"

"조만간 그가 이곳에 오지? 그것 때문에 네가 심리적인 압박을 받은 거지? 그래서 자수를 한 것 아냐? 필로프에게 엄벌을 받을까 두려워서?"

"네에에? 딸꾹! 딸꾹! 딸꾹!"

페드라는 대답 대신 연신 딸꾹질만 했다.

Chapter 4

시노브가 하라간에게 물었다.

"하라간 님, 이 노파가 필로프에게 엄벌을 받는다 하셨습니까?"

하라간이 미소로 대답을 대신했다.

시노브가 다시 캐물었다.

"왜요? 대체 왜?"

"왜라니? 이 노파가 조금 전에 말했잖아. 모크가 필로프의 친아들이라고. 그런데 모크가 지금 어떤 꼴이 되었지?"

"아!"

"모크는 이곳 룬드 왕궁으로 끌려와서 반병신이 되어 버렸잖아. 그러니까 필로프가 이 사실을 알게 되면 분명 꼭지가 돌겠지."

하라간은 남 이야기를 하듯이 뇌까렸다.

시노브와 오스트란드가 동시에 울컥했다.

'캬악! 모크를 반병신으로 만든 사람이 바로 하라간 님이시잖아요.'

'이런 뻔뻔한!'

두 자매의 속마음을 아는지 모르는지, 하라간은 재미난 장난감을 발견한 어린아이처럼 흥미진진하게 웃었다.

"하하! 이 노파는 분명 필로프의 분노가 두려웠던 거야. 어떻게든 살아날 구멍을 찾아 이리저리 헤매다가 결국 자포자기하는 심정으로 자수를 한 거지. 그래서 말인데, 필로프가 과연 언제 이곳에 오는데?"

하라간의 서늘한 눈이 페드라를 옭아매었다. 하라간의 얼굴은 여신처럼 환하게 웃고 있건만, 그의 유리알 같은 눈동자는 전혀 웃지 않았다.

'이 사람은 대체!'

페드라는 일평생 동안 이토록 냉혹한 눈빛을 가진 사람을 만나 본 적이 없었다. 이건 사람이 아니라 인간 외적인 존재를 대하는 것 같았다. 페드라의 등에 소름이 쫙 돋았다.

하라간이 어느새 페드라의 곁에 바싹 다가와 속삭였다.

"언제 오냐고? 필로프."

"내일, 내일 밤…… 입니다. 딸꾹! 딸꾹!"

페드라는 무의식중에 사실을 토해 놓았다.

"내일? 내일 온단 말이지?"

싸악—

하라간이 혀로 입술을 핥았다.

아르네 왕국은 북부의 종주국이었다. 살아서 드래곤이
되신 신인 욘 아르네가 낳은 맏아들이 바로 아르네 왕국의
시조였다.

종주국이라는 자부심 때문에 아르네 왕국은 국명을 붙이
는 규칙도 다른 왕국과 달리했다. 북부의 나머지 왕국들은
군주의 이름을 따서 국명을 바꾸는 데 반해, 아르네 왕국은
성(Family Name)을 곧바로 국명으로 사용했다.

덕분에 오드가 다스리는 왕국의 이름은 '오드'가 아니라
'아르네'였다.

아르네 왕국의 백성들도 '우리는 북부의 다른 왕국과는
다르다.'라는 자부심을 가슴에 품고 살았다. 아르네 왕국
이 북부의 중심부에 자리 잡은 것도 바로 이런 이유 때문이
었다. 800년 전 아르네 왕국의 선조들은 북부 중앙의 평원
에 터를 잡고 "이곳이 세상의 중심이다."라고 선포했다.

북부의 여러 왕국들도 아르네 왕국의 주장에 반박하지
않았다. 다들 아르네 왕국을 북부의 종주국으로 여긴 탓이
었다.

그 영향이 룬드 왕국의 공주들에게도 전해졌다. 다른 왕
국은 눈 아래로 보는 룬드의 세 자매가 아르네 왕국만큼은

쉽게 생각하지 못했다.

시노브가 조심스럽게 물었다.

"하라간 님, 어떻게 하실 생각이십니까?"

"어떻게 하긴? 필로프를 잡아야지."

하라간이 시큰둥하게 대꾸했다.

시노브가 눈을 찌푸렸다.

"상대는 아르네 왕국의 후계자입니다. 그런 거물을 잘못 건드렸다가는 우리 룬드 왕국에 큰 사달이 발생할 것입니다."

시노브는 하라간을 야속하게 생각했다.

하라간은 필로프를 해치운 다음 군나르 왕국으로 돌아가 버리면 그만이지만, 그 뒷감당은 오롯이 룬드 왕국의 몫이었다. 만약 필로프가 룬드 왕국에서 실종된다면 북부 아홉 군주 가운데 으뜸으로 꼽히는 오드가 직접 몸을 일으킬 것이 분명했다.

하라간이 시노브의 자존심을 긁었다.

"그럼 어쩌자는 건데? 상대는 무려 70년 전부터 룬드 왕국에 첩자를 심어 두었어. 그러다 41년 전에는 주요 가문의 후계자를 바꿔치기했고, 4년 전에는 그 가문의 가주까지 죽여 버렸다고. 그런 만행을 당하고도 그냥 없던 일로 덮어 버리게? 룬드 왕국은 그렇게 비겁한가?"

"끄응!"

시노브는 꿀 먹은 벙어리가 되었다.

하라간이 다시 쏘아붙였다.

"그리고, 룬드 왕국이 덮으면 이 일이 덮어지나? 모크가 반병신이 된 걸 알면 필로프가 가만히 있을까? 한바탕 룬드 왕국을 뒤엎어 버리려고 하지 않을까?"

'아, 글쎄 일을 이렇게 키운 사람이 누군데요? 하라간 님이 모크를 회복 불가능한 병신으로 만들어 버렸잖아욧!'

시노브는 이렇게 소리치고 싶었다.

하지만 목구멍까지 치밀어 오른 말을 억지로 꾹 눌러 참았다. 이틀 전 모크의 분홍 뱀 눈을 마주하는 순간, 시노브는 머릿속이 하얗게 탈색되는 것을 느꼈다. 비록 일순간이기는 하지만 그 당시 시노브는 손가락 하나 까딱할 수 없었다. 자칫하면 그대로 모크의 노예가 되어 버릴 수도 있었던 위험한 순간이었다.

하라간이 그 위기에서 시노브를 구해 주었다. 그녀뿐 아니라 두 동생들까지 구해 준 셈이었다. 그러니 시노브가 하라간에게 불평하는 것은 이치에 맞지 않았다.

'아아, 젠장!'

시노브는 머리가 지끈거렸다.

하라간이 해결책을 제시했다.

"잡아뗴."

"네?"

"필로프는 내가 알아서 처리할 테니까 룬드 왕국은 아무것도 모르는 척 잡아떼라고."

"네에?"

시노브가 눈을 동그랗게 떴다.

하라간이 시노브를 향해 손가락을 까딱거렸다.

"물론 모크의 반역에 대해서는 백성들에게 공표를 해야 겠지. 하지만 모크가 필로프의 아들이자 아르네 왕국의 왕족이라는 사실은 끝까지 모르는 것으로 처리해. 그렇게 시치미를 뚝 떼면 아르네 왕국이 뭐라고 하겠어? 자신들의 왕족이 룬드 왕국에서 수상한 일을 도모하다가 포로로 붙잡혔다? 그리고 그 사실에 항의하러 왔다가 이번엔 아르네 왕국의 후계자인 필로프마저 룬드 왕국에 붙잡혔다? 자존심 강한 아르네 왕국이 대놓고 이렇게 항의하지는 못할 것 아냐. 그러니까 무조건 시치미를 뚝 떼라고."

하라간의 말에는 어폐가 있었다. 필로프는 아르네 왕국의 후계자였다. 또한 모크는 필로프의 친아들이었다. 이런 최고위층이 룬드 왕국에서 차례로 실종되었는데 시치미만 뗀다고 일이 해결될 리는 없었다. 어떤 식으로든 아르네 왕국의 압박이 가해질 것이 분명했다.

그러나 지금은 다른 뾰족한 수가 없었다. 시노브는 하라간의 충고를 긍정적으로 고려했다.

　'하라간 님의 말씀이 맞아. 우리가 모크를 풀어 준다고 해도 아르네 왕국은 가만히 있지 않을 거야. 모크는 이미 불구가 되어 버렸는걸. 그러니 어차피 아르네 왕국과 분쟁이 터질 수밖에 없어. 이왕 이렇게 된 거, 뻔뻔하게 시치미를 떼는 전략이 더 나을지도 몰라.'

　이렇게 생각하자 오히려 시노브는 마음이 편해졌다.

　"아우, 젠장. 나도 모르겠다."

　시노브는 머리를 벅벅 긁었다. 그러곤 하라간을 향해 넙죽 엎드렸다.

　"알겠습니다. 하라간 님께서 필로프를 처리해 주십시오. 저와 오스트란드는 무조건 시치미를 뗄 테니, 필로프를 잡아서 곧바로 룬드 왕국을 떠나 주시기를 부탁드립니다."

　"곧바로 떠나라고?"

　하라간이 불쾌한 듯 눈을 찌푸렸다.

　시노브는 최대한 공손하게 그 이유를 설명했다.

Chapter 5

"아르네 왕국의 군주 오드 님은 생츄어리의 법주들과 친분이 깊습니다. 그리고 생츄어리의 법주들은 엄청나게 강력한 예지력을 지녔지요."

"호오? 예지력이라고?"

하라간이 손가락으로 자신의 턱을 쓰다듬었다.

시노브가 냉큼 말을 덧붙였다.

"생츄어리의 법주들이 예지력으로 필로프의 행방을 탐색한다면 어쩌시겠습니까? 그러니 제발 필로프를 데리고 이곳을 즉시 떠나 주십시오."

이렇게 운을 띄워 놓은 뒤 시노브는 침을 꿀꺽 삼켰다. 시노브의 부탁을 직설적으로 풀면 "괜히 우리 룬드 왕국에 피해를 입히지 말고, 군나르 왕국에서 오드의 분노를 대신 감당해 달라."라는 뜻이었다. 이런 과도한 부탁을 하는 것이 민망하여 시노브는 얼굴을 들 수 없었다.

그럼에도 불구하고 시노브가 하라간에게 이런 뻔뻔한 부탁을 하는 것은, 그만큼 그녀가 룬드 왕국과 룬드의 백성들을 아끼기 때문이었다.

하라간이 시노브의 속마음을 짐작했다. 하여 그녀의 부탁을 시원하게 들어주었다.

"그러지."

"네?"

너무나 쉬운 승낙에 시노브가 잠시 멍했다.

하라간이 빙그레 웃었다.

"뭘 그렇게 놀래? 그렇게 한다고. 내가 필로프를 붙잡은 뒤 룬드 왕국을 떠날게."

"진짜이십니까?"

"그럼 가짜겠어? 아이다만 내 옆에 붙어. 필로프를 잡은 다음, 곧바로 공간 이동 포탈을 열고 룬드 왕국을 떠날 테니까."

"하지만 하라간 님. 그런 짓을 했다가는 군나르 왕국이 전란에 휩싸일 수도 있습니다. 오드 님의 분노가 군나르 왕국으로 향할 것입니다."

시노브가 걱정스러운 표정을 지었다. 막상 하라간이 이번 일을 덤터기 쓴다고 하니까 마음이 편치 않은 모양이었다.

하라간이 손을 휘휘 저었다.

"누가 군나르 왕국으로 데려간대? 필로프와 같은 우환덩어리를 뭣 하러 우리 왕국으로 끌어들이겠어?"

"아닙니까?"

"당연히 아니지."

시노브가 고개를 갸웃했다.

"그럼 그를 어디로 데려가실 요량이십니까?"

"저기."

하라간은 망설임 없이 손가락을 뻗었다.

벽에 걸린 지도 위, 하라간이 지목한 곳은 다름 아닌 스벤센 왕국이었다. 얼마 전 하라간이 마정석 광산을 탈탈 털었던 바로 그 거인족의 왕국.

시노브가 입을 쩍 벌렸다.

"네에에? 필로프를 스벤센 왕국으로 데려가신다고요?"

"응."

하라간이 찡긋 윙크를 했다.

그 모습이 너무도 매력적이라 시노브는 가슴이 덜컥 내려앉았다.

'이런 미친년. 잉그리드 님의 배우자에게 가슴이 철렁하면 어쩌자는 거야? 정신 차렷!'

시노브는 마음속으로 자신의 뺨을 때렸다. 그것만으로 부족하여 차가운 냉수를 온몸에 뒤집어쓰는 상상도 덧붙였다. 이렇게라도 하지 않으면 뛰는 가슴을 진정하기 어려웠기 때문이다. 요새 들어 하라간이 풍기는 매혹의 기운은 예전보다 몇 배는 더 강력해졌다.

룬드 왕국은 해가 일찍 저물었다. 왕국 전체가 험준한 산악 지대에 위치한 탓이었다. 저녁 7시 무렵이 되자 사방이 칠흑처럼 변했다.

그 어둠 속에 뾰족한 지붕의 저택 하나가 덩그러니 놓여
있었다.

후웅!

어둠을 뚫고 갑자기 나타난 빛의 구체가 유령불처럼 저
택 주변을 밝혔다. 이어서 담담한 목소리가 뒤따랐다.

"여기가 페드라의 집인가?"

하라간의 음성이었다.

대답은 아이다가 했다.

"그렇습니다."

아이다는 빛의 구체를 움직여 페드라의 저택 정문 주변
을 쭈욱 훑었다. 저택 안은 쥐 죽은 듯이 적막했다.

"안으로 들어가 보지."

하라간이 저택 철문을 손으로 밀었다.

쩌저적!

안쪽에서 단단히 잠겨 있던 철문의 자물쇠가 하얗게 얼
어붙었다가 바스스 부서져 가루가 되었다. 금속 맞물리는
소음과 함께 철문이 열렸다.

하라간보다 한발 앞서 아이다가 철창문을 밀고 저택 안
으로 들어갔다.

"제가 앞장서겠습니다."

그동안 아이다는 하라간을 돕는 일에 수동적이었다. 볼모로 붙잡힌 것이 억울해서였다. 그런데 지금은 무척 적극적이었다. 룬드 왕국의 입장을 배려해 준 하라간이 고마웠기 때문이다.

"그래? 좋아. 앞장서."

하라간이 손으로 앞을 가리키자 아이다가 성큼 저택 안으로 들어갔다. 하라간은 여유롭게 뒷짐을 지고 그 뒤를 따랐다.

라티파와 레다, 네페르는 이미 공간 이동 포탈을 이용해서 군나르 왕국으로 복귀한 상태였다. 하라간은 친위대원들을 먼저 돌려보냈다.

'혹시라도 친위대원들이 법주들의 예지력에 걸리면 곤란하지. 그럼 애써 필로프를 납치한 보람이 없잖아.'

이 점을 고민한 하라간은 친위대원들을 먼저 보내 놓고 아이다와 단둘이 페드라의 저택을 방문했다.

정문부터 저택 건물까지 거리는 얼추 50 미터가 넘었다. 페드라의 저택은 겉에서 보는 것보다 안쪽이 훨씬 더 넓었던 것이다.

그런데 이 큰 저택에 인기척이 전혀 없었다. 사람의 온기가 느껴지지 않아 어딘지 모르게 폐가의 으스스한 분위기가 풍겼다. 오늘따라 밤안개도 자욱했다.

"이거 꽤나 음산하네요."

아이다가 소름이 돋은 자신의 팔뚝을 손으로 쓱쓱 문질렀다. 그다음 손가락을 딱! 튕겼다.

후웅!

빛의 구체가 허공에 둥실 떠서 앞쪽을 한 바퀴 쭉 훑고 돌아왔다. 그렇게 불빛이 움직이건만 저택 안에선 아무런 반응이 보이지 않았다. 아이다가 눈을 찌푸렸다.

"하라간 님, 뭔가 이상합니다. 페드라와 같은 점성술사들이 신비로운 척하기 위해 은둔 생활을 하는 것은 사실이지만, 그래도 이 넓은 저택에 이토록 인적이 없을 수는 없습니다."

하라간이 빙그레 웃었다.

"없긴 왜 없어? 저기서 우리를 기다리고 있잖아? 이거 생각보다 손님이 일찍 왔네."

하라간은 불 꺼진 저택 2층 창문을 눈으로 가리켰다.

"넷?"

화들짝 놀란 아이다가 한발 물러섰다. 동시에 아이다의 입술이 달싹거렸다. 무의식중에 방어 마법을 캐스팅한 것이다.

하라간이 아이다의 어깨를 잡았다.

"넌 빠져."

"하오나 하라간 님……."

아이다가 무슨 말을 하려고 했다.

하라간이 그보다 한발 앞서서 아이다의 말을 끊었다.

"네 상대가 아니니까 넌 공간 이동 포탈이나 준비해. 스벤센 광산 지대로 연결된 포탈 말이야."

"넷."

아이다는 냉큼 하라간의 뒤로 빠져 공간 이동 포탈을 열 준비를 했다. 그사이 하라간이 저택 2층을 향해 손짓했다.

까딱까딱.

하라간이 불렀건만 저택에선 아무런 반응이 없었다.

Chapter 6

까딱까딱.

하라간이 조금 더 오만한 자세로 손짓했다. 그러자 상대가 반응했다. 하얀빛이 저택 2층 창문 안쪽에서 솟구치더니 창문을 뚫고 하라간 앞에 뚝 떨어진 것이다.

화아악!

강렬한 광휘의 폭발에 아이다가 눈을 찌푸렸다.

처음 등장했을 때 빛의 크기는 어른의 주먹만 했다. 그러던 것이 하라간 앞에 떨어지기 무섭게 부와악 부풀었다.

휘황찬란한 광채 속에서 두 사람이 모습을 보였다.

그중 왼쪽에 선 사람은 잿빛 로브를 걸친 중년 사내였다. 푹 눌러 쓴 로브 때문에 머리카락의 색은 알 수 없었으나, 그 체형이 멸치처럼 비쩍 마르고 키가 165 센티미터 정도로 왜소한 것은 확인되었다.

하라간은 눈부신 광채를 뚫고 상대의 얼굴을 들여다보았다. 잿빛 로브를 입은 사내의 뺨 오른쪽에 돋아난 푸른 점이 유독 눈에 두드러졌다. 점의 크기는 성인의 엄지손톱만 했다. 점 위에 털 몇 가닥이 돋아난 것도 특징이라면 특징이었다.

하라간은 시선을 오른쪽으로 돌렸다.

중년 사내의 옆에는 날렵한 체형의 청년이 서 있었다. 청년의 키는 180 센티미터 정도였고, 눈이 유독 부리부리했다. 하지만 얼굴이 원숭이를 닮아 그리 호감이 가는 인상은 아니었다.

하라간이 두 사내에게 손가락을 까딱거렸다.

그 시건방진 태도에 원숭이를 닮은 청년이 콧김을 내뿜었다.

"이년이 미쳤나?"

원숭이를 닮은 청년이 발작을 하려 들자 뺨에 푸른 점이

박한 사내가 손을 들었다.

"죄송합니다."

그 즉시 청년이 화를 가라앉히고는, 하라간에게 궁금한 것을 물었다.

"페드라는 어디 있나?"

원숭이를 닮은 청년은 하라간이 페드라의 제자, 혹은 부하일 것이라 생각했다. 또한 하라간이 여자라고 여겼다.

하라간은 대답하지 않았다.

원숭이를 닮은 청년이 한 발 앞으로 다가왔다.

"왜 대답이 없어? 페드라는 어디 있냐니까? 오늘 중요하신 분이 방문하신다는 것을 페드라가 알고 있을 텐데?"

그래도 하라간은 답이 없었다.

"이년이 진짜!"

원숭이를 닮은 청년의 얼굴이 홍당무처럼 붉게 변했다. 세게 콧김을 내뿜은 청년은 하라간을 향해 다시 한 발을 내디뎠다.

그때였다. 뺨에 푸른 점이 박힌 중년의 사내가 갑자기 몸을 날려 청년의 목덜미를 낚아챘다. 그 바람에 뒤로 넘어져 엉덩방아를 찧었다.

직후, 공기를 찢는 폭음과 함께 날카로운 기세가 원숭이 얼굴이 서 있던 자리를 관통해서 지나갔다. 원숭이 얼굴이 조금만 늦게 넘어졌더라면 그대로 얼굴이 뚫릴 뻔했다.

"호오? 이것 봐라?"

뺨에 푸른 점이 박힌 사내가 흥미롭다는 듯이 하라간을 보았다.

그때 이미 하라간은 그 자리에 없었다. 눈 깜짝할 사이에 허공으로 몸을 뽑아낸 하라간은 어느새 상대의 등 뒤로 떨어졌다.

"헙!"

깜짝 놀란 중년 사내가 로브 속에 감춰 둔 손을 뻗었다. 사내의 손바닥에서 하얀 광채가 솟구쳤다.

그보다 한발 앞서 하라간의 손이 중년 사내의 손목을 붙잡았다.

덥석!

"크읏?"

중년 사내의 뺨에 박힌 푸른 점이 씰룩 움직였다. 중년 사내의 얼굴이 고통스럽게 일그러졌다. 하라간에게 손목을 잡힌 순간, 갑자기 사내는 머리가 쪼개질 듯이 아팠다. 온몸의 피가 얼어붙으면서 팔다리가 딱딱하게 굳었다.

중년 사내가 아찔함을 느꼈을 때 이미 그의 몸은 허공으로 부웅 떠오른 뒤였다. 세상이 한 바퀴 핑그르르 돌았다. 주변 풍경이 갑자기 확 바뀌었다.

우당탕.

뺨에 푸른 점이 박힌 중년 사내가 거칠게 땅바닥을 나뒹굴었다. 원숭이를 닮은 청년도 그 옆에 함께 처박혀 돌부리에 이마를 찧었다.

"이런 썅!"

원숭이를 닮은 청년이 이마를 문지르며 벌떡 일어났다.

"이 미친년이 지금 무슨 개수작을 벌이는 거냣?"

원숭이를 닮은 청년은 우악스럽게 호통을 질렀다.

"멈춰라, 베니젤로스."

중년 사내가 다급히 청년의 소매를 붙잡았다. 원숭이를 닮은 청년의 이름이 베니젤로스였다.

베니젤로스가 중년 사내를 돌아보았다.

"저 수상한 계집을 붙잡아 오겠습니다. 제게 기회를 주십시오."

이때까지도 베니젤로스는 돌아가는 상황을 파악하지 못했다. 깜깜하던 밤이 환한 대낮으로 바뀌었고, 저택 정원이었던 풍경이 깊은 산 속으로 변했다는 점도 인식 못 했다.

중년 사내가 심각한 표정을 지었다.

"베니젤로스, 옆으로 비켜라."

"필로프 님?"

베니젤로스가 어리둥절한 얼굴을 했다. 그의 입에서 '필로프' 라는 이름이 튀어나왔다. 뺨에 푸른 점이 돋아 있고 체격이 왜소한 중년 사내가 바로 필로프였던 것이다. 오드의 손자이자 아르네 왕국의 후계자로 낙점된 그 필로프 말이다.

필로프가 강한 힘으로 베니젤로스를 잡아끌었다.

"어서 비키라니까. 저자는 네가 감당할 상대가 아니다."

"아니, 필로프 님. 제가 저 수상한 계집을……."

베니젤로스가 뭐라고 항변하려 들었다.

그보다 한발 앞서 필로프가 전방으로 쏘아져 나갔다.

베니젤로스의 곁을 스쳐 지나갈 때, 필로프의 잿빛 로브가 훌렁 벗겨졌다. 멸치처럼 바짝 마르고 어딘지 모르게 주눅 들어 보이던 필로프의 얼굴이 한순간 돌변했다. 필로프의 관자놀이와 이마 정중앙에서 3개의 뿔이 뾰족하게 돋아났다. 그 뿔들로부터 푸른 전하가 파지지직 튀어나와 서로 격렬하게 감응했다.

파직! 파지지직!

필로프의 몸뚱어리는 어느새 시커멓게 변했다. 그렇지 않아도 체격이 작던 필로프였다. 몸이 검게 변하자 더욱 왜소해 보였다.

대신 필로프의 몸 주변에 전하의 다발이 눈부시게 피어올랐다. 푸르다 못해 새하얗게 백열된 전하의 구름은 거의

10 미터 크기로 부풀어 오르며 필로프의 몸 전체를 휘감았다.

눈부신 전하의 덩어리!

그 속에 자리한 검은 그림자!

지금 필로프의 모습은 심해저 3층을 헤집고 다니는 초거대 마물 섬광의 거인 부움을 닮아 있었다. 물론 섬광의 거인과는 비교도 할 수 없이 크기가 작고 발출되는 에너지의 양도 미약했지만, 생김새만큼은 흡사했다.

그렇게 온몸을 전하의 구름으로 바꾼 채 필로프가 하라간을 덮쳤다.

Chapter 7

번쩍!

하라간을 향해 일직선으로 달려들던 필로프의 모습이 허공에서 갑자기 사라졌다. 그다음 하라간의 등 뒤에서 별안간 나타나며 두 팔을 머리 위로 번쩍 들었다.

전하의 구름 속에서 양 주먹을 치켜들었다가 대지를 향해 꽈앙!

멀쩡하던 땅거죽이 갑자기 파도처럼 꿀렁 휘어졌다. 필

로프가 주먹으로 내리친 곳을 중심으로 강렬한 충격파가 사방팔방으로 퍼졌다.

필로프의 공격은 거기서 끝나지 않았다. 또다시 번쩍 사라진 필로프의 몸뚱어리는 이번엔 하라간의 오른쪽 옆에서 나타나며 다시 한 번 양 주먹으로 대지를 내리찍었다.

하라간의 등 뒤에서 발생한 충격파가 해일처럼 밀려오는 가운데, 하라간은 오른쪽에서 발생한 충격파가 그 위에 겹쳐서 퍼져 나갔다.

필로프의 몸이 다시 사라졌다가 하라간의 왼쪽에 나타났다.

꽈앙!

세 번째 충격파가 대지를 강타했다.

하라간을 중심으로 세 방향에서 발생한 충격파가 어느새 하나로 중첩되었다. 먼바다에서 파도가 서로 겹쳐 거대한 삼각파도가 일어나듯이, 필로프가 만들어 낸 3개의 충격파도 서로 위상이 겹치면서 보강 간섭을 일으켰다. 중첩과 중첩을 거듭한 필로프의 삼단 콤보 공격이었다.

꾸와아앙—

하나로 겹쳐서 증폭된 에너지가 하라간의 호리호리한 몸을 강타했다.

이른바 퍼펙트 스톰(Perfect Storm)!

필로프가 자랑하는 이 무시무시한 공격이 단숨에 하라간을 집어삼켰다.

"아니, 왜 갑자기 퍼펙트 스톰을?"

베니젤로스의 눈이 휘둥그레졌다.

필로프의 최측근인 베니젤로스도 필로프의 본체, 혹은 진체를 목격한 것은 오랜만이었다. 성격이 조용한 필로프는 평소 자신의 마물을 잘 드러내지 않았다. 설령 드러냈다고 하더라도 누구를 공격한 적이 드물었다.

지금 필로프가 하라간에게 퍼부은 퍼펙트 스톰은 단숨에 대지를 찢어발기고 작은 동산 하나를 그대로 허물어 버릴 만한 가공할 위력을 자랑했다. 베니젤로스가 알기로 필로프가 이 퍼펙트 스톰을 사용한 적은 딱 한 번, 위대한 군주 오드에게 인정을 받을 때뿐이었다. 오드는 필로프의 퍼펙트 스톰을 보고는 곧바로 후계자로 낙점했다.

그 무시무시한 공격이 산악 전체를 뒤흔들었다.

'호리호리한 계집 따위가 필로프 님의 이 엄청난 공격을 받아 낼 리 없지.'

베니젤로스는 하라간의 온몸이 가루로 분쇄되었을 것이라 확신했다.

'이거 아쉽군. 자세히 보지는 못했지만 무척 미인이었던 것 같은데.'

아주 짧은 순간 베니젤로스는 하라간이 죽이기 아깝다는 생각을 했다. 하지만 그 생각이 베니젤로스의 머릿속에서 사라지기까지는 채 1초도 걸리지 않았다. 베니젤로스는 저 까마득한 하늘에서 땅까지 일직선으로 금이 그어진다고 느꼈다.

잘 그린 풍경화를 날카로운 칼로 쭉 그어 버린 것처럼 공간이 반듯하게 잘렸다. 공기도, 바위도, 산도, 땅도, 심지어 에너지의 집약체인 퍼펙트 스톰까지도 그대로 둘로 쪼개졌다.

'에이, 말도 안 되지. 에너지가 어떻게 반듯하게 잘릴 수 있겠어? 내가 헛것을 본 거야.'

베니젤로스가 머리를 가로저었다. 손등으로 눈도 문질렀다.

그러고 나서 다시 보아도 똑같았다. 베니젤로스가 잘못 본 것이 아니었다. 공간이 일직선으로 갈라지면서 퍼펙트 스톰도 둘로 나뉘었다.

원래 퍼펙트 스톰은 서로 다른 세 방향의 충격파가 하나로 중첩되면서 모든 힘을 중심에 때려 박는 것이 특징이었다.

그런데 에너지가 둘로 쪼개지자 중첩의 원리가 무너졌다. 중심부를 향해 모든 에너지가 정교하게 집중되어야 하는데. 그 힘이 중간에 갈라지면서 충격파끼리 서로 충돌하여 소멸해 버렸다.

더 놀라운 것은 그렇게 둘로 잘린 공간에 필로프가 있다는 점이다.

전하의 구름으로 이루어진 필로프가 그대로 두 조각으로 나뉘었다. 이건 전하와 전하 사이를 잘라서 벌린 것이 아니었다. 하늘부터 땅까지 이어지는 선을 하나 딱 그어 놓고, 그 선 위에 존재하는 모든 전하들 자체를 그대로 좌우로 갈라 버렸다.

전하가 쪼개지면서 발생하는 엄청난 에너지들이 사방으로 튀었다. 그 에너지의 파편들이 필로프의 신체를 붕괴시켰다.

"크악!"

전하의 구름 속에서 거친 비명이 터졌다.

필로프는 반 이상 붕괴해 버린 전하의 구름을 가까스로 추슬렀다. 사방으로 흩어지려는 전하들을 애써 끌어모으며 공간을 뛰어넘었다.

번쩍!

갑자기 사라진 필로프의 몸이 베니젤로스의 뒤에 불쑥 나타났다.

"크우욱."

필로프의 몰골은 말이 아니었다. 뾰족하게 솟구친 3개의 뿔은 에너지의 역류에 휘말려 새까맣게 타 버렸다. 피부는 쩍쩍 갈라졌다. 필로프의 신체 곳곳에서 피부가 괴사하기 시작했다. 턱을 타고 주르륵 흐른 선혈은 필로프의 앙상한 가슴을 따라 흐르며 복부까지 흠뻑 적셨다. 필로프의 두 주먹은 온통 피투성이가 되었고, 찢어진 살점 속에서 허옇게 뼈가 드러났다.

필로프의 하반신 주변에 모인 전하의 구름이 금방이라도 흩어질 것처럼 위태롭게 일렁거렸다.

우르릉! 우르릉!

그 전하의 구름 속에서 번개가 번쩍번쩍 쳐 댔다.

"필로프 님!"

베니젤로스가 악을 썼다.

후다닥 필로프에게 달려간 베니젤로스는 어떻게든 필로프를 부축하려고 애썼다.

피투성이가 된 필로프가 베니젤로스를 밀었다.

"비, 비켜라. 위험해."

"안 됩니다. 필로프 님! 필로프 님! 정신 차리십시오."

베니젤로스가 눈물과 콧물을 동시에 흘렸다.

필로프를 끌어안은 베니젤로스의 하얀 토가(Toga : 큰 천으로 몸을 둘러싼 아르네 왕국 특유의 의복)가 피로 범벅이 되었다.

조금 전 폭발로 인한 폐허 속에서 하라간이 나타났다.

하라간의 모습은 거짓말처럼 멀쩡했다. 동산을 하나 허물어 버린 그 엄청난 폭발 속에서도 하라간은 머리카락 한올, 옷의 실밥 하나 흐트러지지 않았다. 집 앞에 산책이라도 나온 사람처럼 여유롭게 튀어나온 하라간은 그저 두어걸음 내딛는 것만으로 필로프의 코앞에 다가왔다.

"이노옴!"

필로프가 어금니를 악물었다.

죽을힘을 다해 전하의 구름을 다시 일으킨 필로프는 그대로 공간을 뛰어넘어 하라간의 등 뒤를 선점했다.

꽝!

하라간의 등 뒤에서 두 주먹으로 대지를 내리찍어 첫 번째 충격파 발사.

꽝!

이번엔 하라간의 오른쪽에서 두 번째 충격파 발사.

꽝!

마지막으로 하라간의 왼쪽에서 세 번째 충격파 발사.

다시 한 번 발휘된 퍼펙트 스톰이 하라간을 향해 동시에밀려들었다. 강렬한 에너지가 3개의 동심원을 만들며 퍼져나가 하라간이 서 있는 위치에서 하나로 중첩되었다. 필로프가 수십 년간 갈고닦아 온 퍼펙트 스톰이 하라간의 머리 위를 강타했다.

여기서 끝나지 않았다.

필로프는 이번에도 퍼펙트 스톰이 허무하게 소멸될 것이라 예상했다. 하라간의 정체를 제대로 파악하지는 못했지만, 저 무시무시한 괴물은 퍼펙트 스톰 정도에 타격을 입을 수준이 아니었다. 머리가 비상한 필로프는 본능적으로 그 사실을 느꼈다.

세 번 연달아 충격파를 쏘아 낸 뒤, 필로프는 네 번째 공간 점프를 시도했다.

놀랍게도 필로프는 하라간의 머리 위, 퍼펙트 스톰이 내리꽂히는 그 폭풍의 중심부로 뛰어들었다. 그다음 온몸의 모든 전하를 고슴도치의 가시처럼 날카롭게 곤두세워 하라간을 끌어안았다.

'내가 시간을 끌어야 한다. 남자인지 여자인지 모를 이 괴물이 퍼펙트 스톰의 결을 잘라 버릴 시간을 주어선 안 돼!'

필로프는 진짜 천재였다. 그는 조금 전 하라간이 검을 휘둘러 에너지의 결을 잘라 버렸다는 사실을 머릿속으로 유추해 내었다.

지금 필로프가 하라간을 직접 공격한 이유도 그 때문이

었다. 하라간의 시선을 다른 곳으로 유도하여 에너지의 결을 자를 틈을 주지 않는 것. 그리하여 퍼펙트 스톰이 제대로 중첩되어 하라간을 강타하도록 만드는 것이 필로프의 진짜 목적이었다.

또한 필로프는 정반대의 상황도 염두에 두었다.

'혹은 이 괴물이 퍼펙트 스톰에 신경 쓰는 동안 내 공격이 먹힐 수도 있지.'

필로프는 만약 하라간이 필로프의 직접 공격을 무시하고 퍼펙트 스톰에만 신경을 쓴다면, 그 틈을 노려 하라간을 끌어안고 전하의 구름으로 상대의 온몸을 지져 버릴 생각이었다.

Chapter 8

착각이었다.

필로프는 뛰어난 전투 감각을 가지고 있었지만, 하라간의 능력을 파악할 수는 없었다. 조금 전 하라간은 충격파가 하나로 중첩되기 전에 에너지의 결을 베어 퍼펙트 스톰을 무산시킨 것이 아니었다. 퍼펙트 스톰이 완전히 완성될 때까지 일부러 기다렸다가 완성된 퍼펙트 스톰을 무지막지한 권능으로 그냥 잘라 버렸을 뿐이다.

하지만 필로프의 눈으로는 그 짧은 순간 폭발하는 에너지 속에서 벌어진 물리적 현상들을 다 식별할 수 없었다. 심지어 필로프의 비상한 머리도 하라간이 조금 전 벌인 이적을 제대로 이해하지 못했다. 완성된 퍼펙트 스톰을 압도적인 힘으로 짓뭉개 버리는 일은, 북부 최강자라 추앙받는 오드도 불가능하기 때문이다.

우르릉!

퍼펙트 스톰의 중심부에서 우렛소리가 울렸다.

산을 허물어 버릴 듯이 쏟아지는 에너지의 중심부에 뛰어드는 것은 목숨을 건 도박이었다. 필로프는 사방에서 몸을 분쇄할 듯 밀려드는 압박감에 뇌가 하얗게 탈색되는 것을 느꼈다.

그래도 필로프는 용기를 잃지 않았다. 그는 모든 감각을 하라간에게 집중했다.

필로프의 등 뒤에서 쏟아지는 에너지의 파장이 빠르게 일치해 갔다. 그렇게 위상이 일치하여 보강 간섭이 일어나고 에너지가 극대화되면, 이 강대한 위력을 맞받아칠 수 있는 생명체는 없었다. 필로프는 그렇게 믿었다.

다행히 하라간은 아무것도 하지 못했다. 필로프의 등 뒤에서 3개의 충격파가 하나로 합쳐져 중첩되고 있건만, 검을 휘두를 생각도 하지 못했다.

'내가 갑자기 이 충격파 속에 뛰어드니 놀랐나 보지? 아마 당황스러워서 움찔하다가 대응할 타이밍을 놓쳤을 게야. 이제 너는 죽었다. 이제 퍼펙트 스톰이 발현되는 것을 막을 방법은 없어.'

필로프는 이렇게 자신했다.

'적을 끌어안고 전하의 구름으로 신속하게 지져 버린다. 그 즉시 공간을 점프하여 퍼펙트 스톰의 권역에서 빠져나가야 해. 아차 하면 나까지 퍼펙트 스톰에 휘말려 버릴 수 있어.'

필로프는 칼같이 시간을 쟀다.

이대로 하라간을 덮쳐 공격하기까지 걸리는 시간.

하라간이 반격하는 시간.

그 반격을 받기 전에 공간을 뛰어넘어 멀리 도망칠 시간.

그리고 퍼펙트 스톰이 하라간을 강타할 시간까지.

필로프는 이 모든 사건들이 벌어질 시간과 실현 가능한 모든 대응 방법들을 빠르게 검토했다. 필로프의 비상한 두뇌가 이런 연산을 가능하게 만들었다.

'확률 100 퍼센트! 넌 이제 죽었다.'

필로프는 하라간의 처참한 죽음을 계산해 내었다.

그때 이미 필로프는 하라간을 등 뒤에서 끌어안은 뒤였

다. 필로프의 몸에서 일어난 전하의 구름이 눈 깜짝할 사이에 하라간의 온몸을 뒤덮었다.

'이제 적이 본능적으로 반격하겠지? 그보다 한발 앞서 나는 공간을 점프해서 이곳을 빠져나가야 해.'

필로프가 정확하게 타이밍을 쟀다.

전하의 구름이 하라간을 뒤덮은 것과, 필로프가 먼 뒤쪽으로 공간을 점프한 것은 거의 동시였다. 그때 이미 필로프의 등 뒤에서는 거대한 퍼펙트 스톰이 완성되어 버렸다.

'되었다!'

필로프는 속으로 쾌재를 불렀다.

일단 완성된 퍼펙트 스톰을 와해시키는 것은 불가능하므로, 하라간은 죽을 수밖에 없다는 것이 필로프의 계산이었다.

덥석!

그 생각이 깨지기까지는 채 0.001초도 걸리지 않았다. 하라간에게 목덜미를 붙잡힌 순간 필로프는 머리카락이 오싹 곤두섰다.

심해저 레벨의 마물과 하나로 결합하여 온몸이 전하로 변한 지금, 필로프의 몸이 누군가에게 붙잡힌다는 것은 있을 수 없는 일이었다. 세상의 그 어떤 존재도 손으로 전하를 붙잡을 수는 없었다.

그 불가능한 일을 하라간이 해냈다.

"어딜 가려고?"

폭발하는 전하의 구름 속에서 하라간이 이빨을 드러내었다. 하얗게 드러난 그 이빨을 보자 필로프는 뒷골이 쭈뼛해졌다.

이어서 하라간의 오른손이 슬쩍 움직였다. 하라간의 검이 공간을 잘라 버렸다. 그 공간 속에 존재하는 모든 것이 다 잘렸다. 하늘도, 공기도, 땅도, 심지어 에너지도 잘렸다. 에너지가 집약된 퍼펙트 스톰도 허무하게 잘려서 둘로 나뉘었다.

중심부에 모든 에너지를 때려 박도록 설계된 퍼펙트 스톰이었다. 사방에서 밀려드는 모든 에너지 파동이 적(하라간)이 서 있는 중심부에서 최고조로 중첩되는 것이 퍼펙트 스톰의 특징이었다.

그런데 파동이 둘로 쪼개지자 변화가 발생했다. 여섯 개로 나뉜 파동이 서로 소멸 간섭을 일으키면서 폭발 에너지가 중심부가 아닌 바깥쪽으로 터져 나갔다.

쿠우와앙!

폭음은 요란했다.

땅을 뒤흔드는 충격도 장난이 아니었다. 바위가 자갈로 으스러졌다. 나무가 뿌리째 뽑혀 바스러졌다. 고온의 열 폭풍이 휘몰아쳤다. 지축이 뚝 끊기고 뒤틀렸다.

하지만 하라간이 서 있는 공간 주변은 쥐 죽은 듯이 고요했다.

"이게 어떻게! 어떻게 이런 일이!"

필로프는 말을 잇지 못했다. 너무 놀라서 말을 할 수 없는 점도 있지만, 그보다는 물리적으로 성대가 막혀 말을 할 수가 없었다. 하라간의 매끄러운 손은 단숨에 필로프의 목을 붙잡아 땅바닥에 꽉 짓눌러 버렸다.

필로프와 결합한 마물은 기겁을 하며 몸을 숨겼다. 그렇게 결합이 강제로 풀리자 전하로 이루어졌던 필로프의 신체도 다시 사람의 살과 뼈로 되돌아왔다.

"꾸엑!"

필로프의 목뼈가 뚝 부러지고 목이 90도 각도로 꺾였다. 그 상태에서 땅에 얼굴이 처박힌 필로프는 곧 정신까지 잃었다.

'베니젤로스, 도망쳐라. 이자는 괴물이 아니다. 악마야, 악마!'

의식을 잃기 전 필로프는 베니젤로스를 걱정했다.

안타깝게도 베니젤로스는 필로프의 간절한 염원을 듣지 못했다.

"우와아아악!"

온 마음을 다해 섬겼던 필로프가 목이 꺾여 비참하게 적의 발밑에 짓밟히자 베니젤로스의 눈이 돌아갔다.

"야, 이 개잡년아!"

부아아앙!

눈 깜짝할 사이에 베니젤로스가 하라간의 코앞에 들이닥쳤다. 동시에 베니젤로스의 몸이 거대하게 부풀어 올랐다.

Chapter 9

땅을 박찼을 때 베니젤로스의 몸은 사람이었다.

하지만 몸이 허공에 뜬 상태에서 베니젤로스의 신체가 길쭉하게 늘어났다. 베니젤로스의 머리는 철갑을 두른 듯 거무튀튀하게 변했다. 코 부근에선 60 센티미터 길이의 날카로운 뿔이 돋아났다. 베니젤로스의 몸은 아나콘다처럼 길게 늘어나 30 미터 이상의 크기로 자랐다. 여기에 꼬리의 길이까지 더하면 거의 60 미터에 육박했다.

그렇다고 베니젤로스가 뱀의 형태를 가진 것은 아니었다. 베니젤로스의 몸에는 4개의 작은 발이 돋아나 땅바닥을 지탱했다.

베니젤로스의 온몸에 돋은 비늘은 금빛으로 번쩍거렸다.

그렇게 커다랗게 변신한 베니젤로스가 아가리를 쩍 벌렸다. 하얀 송곳니 4개가 으스스하게 드러났다. 베니젤로스는 단숨에 하라간의 코앞까지 달려들어 악어보다 훨씬 더 강력한 턱으로 하라간을 물어뜯었다.

빠각!

두께 1미터의 철벽도 단숨에 찢어 버리는 것이 베니젤로스의 턱 힘이었다. 한번 물면 상대의 신체가 끊어질 때까지 놓지 않는 것이 베니젤로스의 특징이었다. 베니젤로스는 하라간의 상체를 눈 깜짝할 사이에 뜯어 버린 다음, 그대로 밀어붙여 맞은편 절벽까지 질질 끌고 갈 생각이었다.

그런데 웬걸?

그 단단한 베니젤로스의 이빨이 와스스 부서졌다.

베니젤로스가 미친 듯이 몸을 뒤틀었다.

길이 60미터가 넘는 마물이 야단법석을 떨자 흙이 패고 모래 먼지가 일었다.

그럼에도 불구하고 하라간은 단 한 발자국도 뒤로 밀리지 않았다. 심지어 베니젤로스는 하라간의 팔뚝조차 제대로 물지 못했다. 베니젤로스의 뾰족하고 억센 이빨은 하라간의 팔뚝 근처 50센티미터 거리에서 딱 막혀 앞으로 나아가지 못했다.

마치 투명한 무언가가 하라간의 팔뚝 주변을 둘러싸고

있는 것 같았다.

빠각! 빠가각!

베니젤로스가 더더욱 광분하며 날뛰었다.

그때마다 투명한 무언가와 부딪쳐 베니젤로스의 이빨이 으스러지고 잇몸에서 피가 흘렀다. 그 피가 눈 깜짝할 사이에 얼어붙었다. 하라간과 가까이 접촉한 부위부터 시작하여 베니젤로스의 주둥아리, 얼굴, 목까지 하얗게 서리가 끼었다.

체온이 뚝 떨어지자 베니젤로스의 눈이 몽롱하게 풀리기 시작했다.

빠가악! 빠가아아악!

이빨 부딪치는 소리가 점차 느려졌다.

베니젤로스는 그제야 두려움을 느꼈다.

아니, 이건 두려움이라는 단어로는 부족했다.

공포! 전율!

혹은 그 이상!

베니젤로스는 본능적으로 몸을 웅크렸다. 하라간으로부터 도망치려고 머리를 180도 뒤틀었다.

이미 때는 늦었다.

꾸욱.

투명한 무언가가 베니젤로스의 굵은 목을 위에서 짓눌렀

다.

[꾸웩!]

단숨에 목이 막힌 베니젤로스는 덫에 머리가 걸린 도롱뇽처럼 제자리에서 몸통만 꿈틀거렸다.

하라간이 그런 베니젤로스를 묘한 눈으로 굽어보았다.

"거참 희한하다."

하라간이 베니젤로스에게 가까이 다가와 머리통을 툭툭 건드렸다. 반쯤 깨진 이빨도 한번 만져 보고, 또 눈꺼풀도 강제로 위로 들어 눈알 속까지 들여다보았다.

[으으윽!]

하라간이 손이 닿을 때마다 베니젤로스는 뼛속까지 얼어붙는 느낌이었다.

"거참 희한하네. 비록 일반적인 키르샤의 형태와는 차이가 있지만, 어쨌거나 필로프는 심해저 1층의 마물과 결합했어. 필로프가 섬광의 거인족, 부움의 피라미 새끼들과 결합했단 말이지."

하라간이 나직하게 중얼거렸다.

지금 하라간의 발밑에 기절해 있는 필로프는 분명 키르샤였다. 비록 드래곤 형태의 정통파 키르샤는 아니지만, 필로프가 결합한 섬광의 거인 일족은 일반적인 키르샤보다 오히려 전투력이 더 뛰어난 심해저 1층 레벨의 마물이 분명했다.

"오드의 손자 필로프가 이미 키르샤가 되었단 말인데. 흐으음. 그렇다면 오드는 이미 심해저 2층에 도달해 있으려나?"

여기까지 중얼거린 뒤, 하라간은 베니젤로스를 다시 돌아보았다.

"그런데 이 녀석은 뭐야? 이미 신체의 절반 이상이 키르샤로 진화 중이잖아. 비록 키르샤의 권능도 쓰지 못하고 육체적인 힘만 사용할 줄 아는 멍청이긴 하지만, 어쨌거나 오드와 필로프 외에도 또 키르샤로 진화 중인 녀석이 있었단 말이지. 이거 아르네 왕국을 재평가해야겠네. 으흐."

하라간은 입맛을 다셨다.

필로프의 아들 모크는 해구 2층 레벨의 브라샤와 결합했다.

그 부친인 필로프는 이미 심해저 1층에 도달해 키르샤가 되었다. 아마 직접 맞부딪쳐 싸운다면 군나르보다 필로프가 조금 더 강할 것 같았다.

거기에 더해서 필로프의 시종인 줄 알았던 베니젤로스마저 해구 3층을 넘어서 키르샤로 진화 중이었다.

'그렇다면 아르네 왕국의 군주인 오드는 현재 어느 선까지 성장했을까?'

하라간은 아르네 왕국의 전력이 궁금했다. 그런 생각과 동시에 공복감도 느껴졌다. 군침을 꿀꺽 삼킨 하라간이 다시 베니젤로스를 바라보았다.

"게다가 이 녀석에서 향기가 난단 말이지. 나와 같은 향기. 모크와 필로프에게서 풍기는 그 향기 말이야."

하라간이 말한 향기란 바로 도플갱어 일족의 향기였다. 살아서 드래곤이 되신 신인의 직계 후손에게서만 나는 그 향기, 즉 도플갱어의 특징이 베니젤로스에게서도 발견되었다.

하라간이 베니젤로스의 커다랗고 겁에 질린 눈알을 손가락으로 푹 찔렀다.

"너, 정체가 뭐냐? 혹시 필로프의 친아들이야?"

예상치 못한 하라간의 질문에 베니젤로스가 눈을 껌뻑거렸다. 베니젤로스의 눈빛을 보니 이건 아닌 듯했다. 하라간이 다시 물었다.

"아니면 오드가 낳은 사생아?"

이번엔 베니젤로스의 눈이 더 커졌다.

[하라간 님, 이제 다 끝나신 건가요?]

허물어진 동산 저편에서 아이다가 고개를 쏙 내밀었다.

아이다는 하라간에게 뇌파로 말을 걸었다. 혹시라도 자

신의 입 모양이 법주들의 예지몽에 걸릴까 봐 우려한 까닭이었다.

하라간이 손가락을 까딱했다.

"이리 와. 이제 끝났어."

하라간은 직접 입으로 대답했다.

'쳇. 예지몽도 두렵지 않다 이거지? 배짱도 좋으셔.'

아이다는 속으로 이렇게 투덜거렸다. 하지만 내색하지 않고 플라이(Fly: 비행) 마법으로 몸을 날려 하라간의 곁에 내려섰다.

피투성이가 되어 하라간의 발밑에 널브러져 있는 중년 사내와 발가벗은 채 와들와들 떨고 있는 원숭이를 닮은 청년을 보자 아이다는 갑자기 한숨이 나왔다.

'하아아! 이거 충격적이네. 아르네 왕국에 키르샤가 둘이나 존재했다니 말이야.'

그러다 정신이 번쩍 들었다.

'아니지. 오드 님은 아직 움직이시지도 않았잖아? 그렇다면 대체 아르네 왕국에 키르샤가 몇 명이나 존재하는 거야?'

아이다는 머릿속으로 조금 전 벌어졌던 전투를 되새김했다. 비록 가까이서 볼 수는 없었지만, 먼발치에서도 전투의 무서움이 절실하게 느껴졌다. 이건 일반 마물들의 시시한 전투가 아니었다. 하라간과 잉그리드가 처음 대면했을 때

벌어졌던 그런 전투! 규격을 벗어난 존재들의 사투에서나 느낄 수 있는 그런 파괴적인 싸움이었다.

아이다는 깨달았다.

'이 왜소한 체격의 남자가 필로프 님이겠지? 그리고 필로프 님은 잉그리드 님과 같은 키르샤가 분명해.'

이것만 해도 엄청난 사건이었다. 아르네 왕국의 군주인 오드가 키르샤라고 해도 놀랄 판인데, 오드의 손자인 필로프가 이미 키르샤라니!

'북부 최강이 아르네 왕국이라고 하더니, 과연 그 말에 틀림이 없구나.'

아이다는 아르네 왕국과 룬드 왕국 사이에 큰 격차가 벌어졌다는 점을 인정할 수밖에 없었다.

'그런데 이게 끝이 아니야. 황금 비늘의 드래곤! 비록 체격이나 위압감은 잉그리드 님에 비해서 부족하지만, 이 원숭이를 닮은 사내도 키르샤 같았어.'

아이다는 떨리는 눈길로 베니젤로스를 바라보았다.

Chapter 10

800년 전 신인께서 이 땅에 등장한 이래 세상에 키르샤가 등장한 적은 단 한 번도 없었다. 그런데 오늘만 연달아 2명의 키르샤가 등장했다.

아이다는 큰 충격을 받아 혼이 빠질 것 같았다.

또 한 가지.

아이다는 이 두 키르샤를 장난감처럼 가지고 놀아 버린 하라간 때문에 가슴이 철렁했다.

'대체 하라간 님은 얼마나 강하신 거지?'

아이다는 뛰는 가슴을 애써 억누르며 하라간을 바라보았다.

하라간이 혀를 찼다.

"쳇."

"왜 그러십니까?"

"이럴 줄 알았으면 여기까지 애써 올 필요 없었잖아."

"네? 그게 무슨 뜻이십니까?"

"이 2명 모두 키르샤, 혹은 그에 근접하는 급이잖아? 생 츄어리의 법주들은 감히 키르샤를 엿볼 수 없다고. 키르샤 가 스스로 허락하지 않는 한 말이야."

하라간은 주장은 100퍼센트 확실한 것은 아니었다. 법 주들이 키르샤를 예지할 수 있는지 아닌지, 이 점에 대해서 하라간이 직접 법주들의 능력을 확인해 본 적은 없었다. 다 만 하라간은 법주들의 예지력에 한계가 있을 것이라고 유추했다.

'법주들은 내 존재를 파악하지 못했을 뿐 아니라 잉그리드의 존재도 감지하지 못했어. 잉그리드가 심해저 2층 레벨인 막키르샤로 진화하기 전, 갓 처음 키르샤와 결합했을 때 법주들이 그 사실을 알았다면 지금처럼 룬드 왕국이 조용하진 못했겠지.'

이렇게 생각한 하라간은 다음과 같은 가정을 세웠다.

첫째, 법주들은 키르샤의 탄생을 예지하지 못한다.

둘째, 법주들은 키르샤가 저지른 일도 볼 수 없다.

이 두 가지는 나름 합리적인 사실에 근거한 추론이었다.

오래전 잉그리드는 전남편 룬드를 죽였다.

그런데 생츄어리의 법주들은 룬드 왕국의 군주가 바뀌었다는 사실을 신탁으로 내리지 못했다. 법주들은 잉그리드가 키르샤와 결합하는 순간을 놓쳤을 뿐 아니라, 그녀가 해구 3층 레벨의 룬드를 죽이는 순간도 포착하지 못했다.

이 때문에 룬드 왕국은 잉그리드 왕국으로 국명이 바뀌지 않았다.

하라간이 조금 더 머리를 굴렸다.

'나는 이미 키르샤를 뛰어넘은 존재야. 그런 내가 저지르는 일이 법주들의 예지몽에 나타날 리 없다고.'

하라간은 이렇게 확신했다.

그런데도 하라간이 필로프와 베니젤로스를 룬드 왕국에서 해치우지 않고 이 먼 스벤센 왕국 산악 지대까지 데려온 이유는 '혹시나?' 하는 마음 때문이었다. 잉그리드가 키르샤와 결합한 것은 오래전 일이고, 그사이에 법주들의 예지력이 더 발전했을 수도 있다고 하라간은 생각했다.

'만약 법주들의 능력이 향상되었다면, 룬드 왕국에서 일을 벌이면 곤란해. 나는 괜찮지만 나중에 잉그리드가 귀찮아질 수 있거든.'

하라간은 은근히 잉그리드를 배려해 주었다. 조금 전 하라간이 "괜히 귀찮은 짓을 했다. 애써 여기까지 올 필요는 없었는데."라고 투덜거린 것도 그냥 하는 소리일 뿐 속마음은 달랐다.

"이제 돌아가자."

하라간이 아이다를 돌아보았다.

"그곳으로 말입니까?"

아이다가 눈짓으로 북쪽을 가리켰다.

스벤센 왕국에서 북쪽이면 군나르 왕국이 위치한 방향이었다. 아이다는 '군나르 왕국'이라는 단어를 입에 담는 대신 살짝 눈짓만 했다.

"그래. 거기."

"저들은……?"

아이다가 필로프를 힐끗 바라보았다.

"저들도 데려가야지."

"괜찮으시겠습니까?"

아이다가 거듭 물었다. 필로프와 베니젤로스와 같은 우환덩어리를 군나르 왕국으로 데려가도 괜찮겠냐는 의미였다.

처음에 하라간은 이들을 군나르 왕국에 데려갈 생각이 없었다.

지금은 마음이 바뀌었다. 법주들이 예지몽을 꾸지 못할 것이라 확신하기 때문이었다.

"괜찮아."

하라간이 이렇게까지 말하니 어쩔 수 없었다. 아이다가 하라간의 명을 받들었다.

"알겠습니다. 바로 준비하겠습니다."

아이다가 공간 이동 포탈을 준비하는 동안, 하라간은 바닥에 굴러다니는 돌 하나를 주웠다. 몸을 웅크리고 벌벌 떨던 베니젤로스의 위로 하라간의 그림자가 짙게 드리웠다.

"으으읏."

베니젤로스는 두려운 눈으로 하라간을 올려다보았다.

하라간이 하얀 이를 드러냈다.

"괜찮아. 금방 끝나."

하라간의 나른한 음성이 베니젤로스의 귀에 파고들었다.

"으으으."

베니젤로스의 떨림은 멎지 않았다.

하라간이 왼손으로 베니젤로스의 머리카락을 붙잡았다. 그러곤 오른손에 쥔 둔탁한 돌로 베니젤로스의 두개골을 사정없이 내리찍었다.

"꺽!"

베니젤로스가 한 방에 고꾸라졌다.

하라간은 돌을 버리고 손을 툭툭 털었다.

"공간 이동을 할 때 버둥거리기라도 하면 귀찮지. 필로 프처럼 너도 기절해 있는 게 좋을 거야."

깔끔하게 처리를 했으니 이제 군나르 왕국으로 복귀할 차례였다.

때를 맞춰 아이다가 공간 이동 포탈을 열었다.

"준비되었습니다. 가시죠."

아이다가 포탈의 생성을 알렸다.

하라간이 턱으로 필로프와 베니젤로스를 가리켰다.

"업어."

"네?"

"뭐해? 저들을 업고 따라오라고."

"제가요?"

아이다가 황당해하며 되물었다.

하라간이 당연하다는 듯이 답했다.

"그럼 네가 업지 내가 업으리? 너 편하게 해 주려고 내가 저것들을 깔끔하게 기절시켜 놓았잖아. 어때? 고맙지?"

"아아, 네에. 고맙습니다. 정말 고맙습니다."

아이다가 마음에도 없는 말을 했다. 실제론 전혀 고맙지 않았다. 오히려 울컥한 마음만 들었다.

하라간이 포탈의 푸른 테두리 안으로 쏙 뛰어들었다. 그 뒷모습이 어찌나 얄밉던지 아이다는 얼굴을 푸들푸들 떨었다.

하지만 별수 없었다. 룬드 왕국이 무사하려면 아이다가 하라간의 뒤치다꺼리를 할 수밖에 없었다.

"에효, 내 팔자야."

크게 한숨을 내쉰 아이다는 마법으로 필로프와 베니젤로스를 공중에 띄웠다. 아이다가 공간 이동 포탈에 뛰어들자 허공에 뜬 두 포로들도 빨려 들 듯 포탈 안으로 들어갔다.

공간 이동이 마무리된 뒤, 아이다가 설치한 포탈은 쾅! 소리와 함께 폭파되었다.

10월 19일 오전 10시.

스벤센 왕국 서쪽 산악 지대에서 벌어진 일이었다.

제4화
분노, 그리고 응징

Chapter 1

하라간이 룬드 왕국에서 잉그리드와 달콤한 신혼을 보내는 사이, 군나르 왕국에는 심각한 변고가 발생했다. 공간 이동 포탈을 통해 왕궁으로 돌아온 하라간은 복귀와 동시에 유쾌하지 않은 상황을 맞닥뜨리게 되었다.

친전 건물 앞에서 대기 중이던 라티파가 황급히 다가왔다.

"하라간 님."

라티파는 하라간에게 전후 사정을 고했다.

"그래? 오늘 아침에 클레이아가 암습을 당했다고?"

하라간은 특별히 놀라는 기색은 없었다. 하지만 라티파

는 하라간이 상당히 분노하고 있다고 느꼈다.

라티파가 빠르게 보고를 이었다.

"그렇사옵니다. 저희가 하라간 님을 모시고 룬드 왕국에 다녀오는 사이에 일이 발생했습니다."

"클레이아의 상태는?"

"다행히 무사하십니다. 호위대에서 암습자들을 막아 낸 덕분에 가벼운 상처로 끝났지만, 정신적인 충격은 꽤 받으신 듯합니다."

"호위대의 피해는?"

"10명이 죽고 6명이 다쳤습니다."

하라간은 친전 안으로 걸어 들어가면서 라티파의 보고를 들었다.

"아군이 16명이 다쳤다? 그럼 적들은 몇 명이나 되었나? 혹시 배후는 찾았어?"

"송구합니다만…… 침입자는 단 2명이었습니다. 2명 모두 악착같이 저항하다가 죽는 바람에 배후는 찾지 못했습니다."

"하! 고작 둘?"

하라간이 걸음을 멈추고 라티파를 돌아보았다. 겨우 2명에게 왕실 깊숙한 요충지가 뚫렸다는 말에 하라간의 표정이 딱딱하게 굳었다.

라티파는 '이제 호위대는 죽었구나.' 라고 생각하며 대답했다.

"송구하옵니다."

하라간이 좀 더 자세히 물었다.

"어쩌다가 적들에게 왕궁 심처가 뚫렸지?"

"침입자들이 예법 선생으로 위장하고 들어왔습니다. 클레이아 님께서 왕실의 예법을 배우러 가셨다가 변을 당하신 것입니다."

"어쨌거나, 우리 왕국의 심장부가 뚫린 것은 사실이네."

하라간의 반응은 여전히 좋지 않았다.

라티파가 한숨과 함께 죄를 빌었다.

"송구하옵니다. 정말 면목이 없습니다."

하라간이 다시 발걸음을 옮겼다.

라티파가 종종걸음으로 따라붙으며 두 번째 사안을 고했다.

"클레이아 님께서는 다행히 경미한 부상에 그치셨지만, 왕궁 바깥에선 제법 피해를 받았습니다."

"클레이아의 피습 말고, 다른 사건이 또 있었어?"

"송구하옵니다."

라티파가 죄인처럼 고개를 푹 숙였다.

하라간이 그런 라티파를 재촉했다.

"라티파, 네 잘못은 아니지. 너를 꾸짖는 것이 아니니 어서 말해 보아라. 대체 왕궁 바깥에선 무슨 일이 터졌느냐?"

"클레이아 님께서 암습을 받으신 바로 그 시각, 카팁 님에게도 동일한 일이 발생했습니다."

하라간의 눈썹이 꿈틀했다.

"외조부께?"

카팁은 왕국의 재정 대신이자 하라간의 외할아버지였다. 그런 고위 대신이 암습을 받았다는 것은 보통 일이 아니었다.

"그렇습니다. 오늘 아침 카팁 님께서 입궐하시던 중 적들의 공격을 받으셨습니다."

"피해 상황은?"

"카팁 님을 호위하던 솔샤르들이 모두 죽었고, 카팁 님께서도 제법 큰 부상을 입으셨습니다. 다행히 메렌레 님께서 카팁 님을 마중 나가셨다가 그 장면을 목격하고는 곧바로 개입하셨습니다. 메렌레 님이 아니었다면 카팁 님의 목숨도 위태로웠을 뻔했습니다."

왕궁 수비대장 메렌레는 카팁의 아들이자 하라간의 큰외숙부였다.

하라간이 허공에 대고 검지를 빙빙 돌렸다.

"그래서, 적들은 붙잡았나?"

라티파의 표정이 어두워졌다.

"송구하옵니다. 암습자 15명 가운데 10명은 현장에서 사살되었고 5명은 도주했습니다."

"도주? 놓쳤다고?"

"당시 메렌레 님께선 적들을 쫓는 것보다 카팁 님의 생명을 구하는 것이 더 급하다고 판단하신 것 같습니다."

"허어!"

하라간이 탄식을 흘렸다.

라티파가 굉장히 조심스러운 얼굴로 말을 이었다.

"하라간 님, 또 한 가지 보고드릴 일이 있습니다."

"또 뭐야?"

"클레이아 님과 카팁 님께서 괴한들의 암습을 받으신 그 시각, 칼리프 님께도 일이 발생했습니다."

"칼리프도?"

하라간이 발걸음을 뚝 멈췄다. 하라간은 외할아버지인 카팁의 변고를 들었을 때보다 지금 반응이 더 격렬했다. 그만큼 하라간이 칼리프를 소중하게 여긴다는 뜻이었다.

칼리프의 손녀인 라티파는 왠지 코끝이 찡했다.

하라간이 다급히 물었다.

"칼리프는 어떻게 되었느냐? 그도 크게 다쳤어?"

"네……."

라티파가 고개를 푹 숙이고 발가락을 꼼지락거렸다. 얼음처럼 냉철하던 라티파도 할아버지의 피습 앞에서는 감정을 제대로 다스리지 못했다. 어느새 그녀의 눈가에 습기가 차올랐다.

하라간이 라티파의 어깨를 잡고 흔들었다.

"라티파, 어서 말해 봐라. 칼리프가 얼마나 다쳤느냐? 설마 생명이 위독한 것은 아니겠지?"

라티파는 눈물이 그렁한 눈으로 하라간을 올려다보고는 억지로 입술을 떼었다.

"할아버지는…… 아니, 칼리프 님은 어깨부터 가슴까지 큰 상처를 입으셨고, 심장을 대체한 마정석이 조금 깨졌습니다. 지금 왕궁으로 모셔서 수술 중입니다. 흐흑!"

마침내 라티파가 울음을 터뜨렸다.

하라간이 얼굴을 험악하게 일그러뜨렸다.

"왜? 칼리프는 귀족 레벨의 솔샤르잖아. 카팁보다 오히려 칼리프가 더 강하잖아. 그런데 어쩌다가 그렇게 심각하게 다쳤어?"

"할아버지께서 요새 연구에 몰두하시느라 호위를 따로 두지 않으셨습니다. 왕궁에 입궐하고 퇴궐할 때도 사색을 하신다면서 홀로 걸어 다니셨고요. 그게 문제가 된 것 같습니다. 흐흑, 하라간 님. 죄송합니다. 제가 왕국의 주요 대신들의 호위에 좀 더 신경을 썼어야 했는데, 정말 죄송합니다. 흐흐흑!"

라티파가 손으로 입을 막고 흐느꼈다.

이건 라티파의 잘못이 아니었다. 하지만 라티파는 이 모든 일이 자신의 책임인양 자책했다. 최근 그녀는 토브욘 왕국이나 스벤센 왕국을 상대로 이런저런 작전을 벌였다. 그렇게 상대를 공격하다 보면 마땅히 아군도 반격을 받을 수 있다고 생각하고 미리 대비를 했어야 옳은데, 그 점에 소홀했다. 라티파가 가슴이 아픈 이유는 바로 이런 자책 때문이었다.

라티파의 눈물을 본 하라간도 반성을 하게 되었다.

'내가 너무 내 힘에 취했나? 토브욘 왕국이나 스벤센 왕국을 공략하는 데만 신경 쓰고 방어는 소홀했었나?'

어쨌거나 일은 벌어졌다.

빠르게 이번 일을 수습하고 적을 찾아내 응징하지 않으면 언제 또 이런 일이 벌어질지 알 수 없었다. 약육강식의 법칙이 적용되는 북부에서 한번 얕잡아 보이면 끝장이었다.

Chapter 2

하라간이 다시 걸음을 옮겼다.

라티파도 볼에 흐르는 눈물을 서둘러 훔치고 하라간과 발걸음을 맞췄다.

걸으면서 하라간이 물었다.

"누구의 짓인 것 같나?"

"죄송합니다, 하라간 님. 단 한 명의 암습자도 사로잡지 못해 파악이 늦어지고 있습니다. 지금 적들의 시체를 해부하여 이것저것 알아보는 중입니다."

"그냥 네 감을 물어보는 거야. 누가 이번 일을 벌인 것 같지?"

라티파는 잠시 고민을 하다가 손가락 3개를 폈다.

"이런 짓을 저지를 만한 곳은 모두 셋입니다. 첫째, 토브욘 왕국. 둘째, 스벤센 왕국. 셋째, 마이림 님의 잔당들."

세 세력 모두 가능성은 충분했다.

토브욘 왕국은 최근 하라간에게 연거푸 당했다. 토브욘의 24번째 아들 가림과 31번째 아들 카를슨이 하라간에게 죽었고, 12번째 적자 데인은 납치를 당했으며, 군나르 왕국에 굴욕적인 배상도 치르는 중이었다. 그러니 앙심을 품고 일을 저지를 법했다.

스벤센 왕국도 마찬가지.

불과 3개월 전, 스벤센 왕국은 하라간에게 마정석을 탈탈 털렸다. 그 결과 스벤센 왕국은 올해 급작스럽게 열린 2

차 성인식에서 형편없는 실적을 거두게 되었다. 만약 스벤센 왕국이 하라간의 작전을 알아차렸다면, 이보다 더 큰 공격을 퍼부어도 전혀 이상할 것이 없었다.

라티파는 마지막으로 마이림의 잔당들을 용의 선상에 올려놓았다. 최근 하라간은 베레니케를 아쿤 왕국으로 보내놓고 마이림의 잔당들을 소탕하는 중이었다. '이에 위기감을 느낀 잔당들이 마지막 발악을 하듯이 이번 일을 벌였을 가능성도 충분하다.'고 라티파는 판단했다.

하라간이 다시 물었다.

"셋 중 누가 가장 의심스럽지?"

군나르 왕국에 연거푸 망신을 당한 토브욘 왕국.

마정석 광산을 크게 한 방 털린 스벤센 왕국.

조직이 와해될 위기에 몰린 마이림의 잔당들.

라티파는 상대적으로 가능성이 적은 상대부터 하나씩 제거해 나갔다.

"스벤센 왕국일 가능성은 적습니다."

"왜?"

"거인족들은 치밀하게 위장하고 암습하는 것에 익숙하지 않습니다. 제가 만약 스벤센 왕국의 수뇌부라면 차라리 전면전을 벌였을 겁니다."

"오히려 그 점을 노리고 허를 찌를 수도 있잖아?"

라티파가 고개를 좌우로 흔들었다.

"아닙니다. 그러기엔 스벤센 왕국의 현재 상황이 좋지 않습니다. 지금 스벤센 왕국은 토레 왕국과의 국지전이 확전되는 양상입니다. 토레 왕국이 아닌 스벤센 왕국이 오히려 적극적으로 토레 왕국을 공격하고 있습니다."

"그것만으로 용의자 명단에서 뺄 수 있을까?"

"일단 셋 중 확률이 가장 떨어집니다."

라티파는 이런 말로 스벤센 왕국을 용의자 선상에서 제외해 놓았다.

하라간이 다음 용의자에 대해 물었다.

"마이림의 잔당들은 어떻지? 그들이 클레이아와 칼리프, 카팁을 노릴 가능성은 충분하잖아. 게다가 놈들은 이런 암습이 전문이라고."

라티파는 곰곰이 분석한 끝에 답을 내놓았다.

"하라간 님의 말씀이 옳습니다. 스벤센 왕국보다는 마이림 님의 잔당들이 일을 벌였을 확률이 좀 더 높습니다. 다만 마음에 걸리는 것이 있습니다."

"뭐지?"

"마이림 님의 잔당들은 게브의 압박을 받아 꼬리를 자르고 숨어 지내는 중입니다. 그런 자들이 왕궁 안팎에서 동시다발로 이런 큰일을 저지를 수 있을까 싶습니다. 이번 사건에 동원된 암습자들은 대부분 연해 3층, 혹은 해구 1층 레벨의 고위급 솔샤르들이었습니다. 그리고 동원된 자들 대부분이 현장에서 사살되었습니다. 다시 말해서 적들도 이번 일에 상당한 전력을 소모한 셈이지요. 그런데 과연 마이림 님의 잔당들에게 이 정도 전력이 남아 있을까요? 저는 그럴 가능성이 떨어진다고 판단합니다."

라티파의 분석은 그럴듯했다. 연해 3층이나 해구 1층 레벨의 솔샤르는 쉽게 구할 수 없는 귀한 신분들이었다. 세력이 대폭 줄어든 마이림의 잔당들이 이 정도 병력을 동원하기란 쉽지 않았다.

그렇다면 남은 것은 토브욘 왕국뿐.

하라간의 눈이 싸늘한 빛을 띠었다.

"결국 토브욘 왕국이 범인이다?"

라티파가 고개를 끄덕였다.

"가능성이 가장 높습니다. 게다가 최근 토브욘 왕국 수뇌부 구성에 변화가 생겼다는 첩보가 있습니다."

"변화?"

하라간이 고개를 갸웃했다.

라티파가 세부 내용을 고해 올렸다.

"아직 정확한 정보를 얻지 못해 보고 드리지 못했습니다만, 북해의 야만인들 사이에 내분이 생긴 모양입니다. 그

결과 토브욘의 다섯 번째 적자 그룬드가 국외로 탈출을 했고, 왕국을 다스리던 요나스도 실각했다는 소식입니다."

요나스는 북해의 군주 토브욘의 둘째 아들이었다. 토브욘 왕국 사람들은 '첫째 적자님께서 돌아가신 상황이니 결국 요나스 님께서 왕국의 후계자가 될 거다.' 라고 생각했다.

그 요나스가 권력 싸움에서 밀려났단다.

"요나스를 밀어낸 자가 누구야?"

"베르라는 이름이 최근 등장했습니다."

"베르?"

하라간이 눈매를 가늘게 좁혔다. 베르라는 이름을 들어 본 적은 있지만 그리 인상적이진 않던 인물이었다.

라티파가 부연 설명을 덧붙였다.

"베르는 토브욘의 열세 번째 적자입니다. 형제들 가운데 가장 조용하고 세력도 없어 그다지 눈에 띄는 인물은 아니었습니다. 그런데 최근 그가 토브욘을 대신하여 북해를 다스리는 모양입니다."

"베르. 흐으음."

하라간은 '베르' 라는 이름을 뇌에 단단히 새겨 놓았다.

Chapter 3

라티파가 표독하게 뇌까렸다.

"하라간 님, 음지에서 조용히 웅크리다가 갑자기 역사에 본모습을 드러내는 자들은 대부분 공통점이 있습니다. 그게 무엇인지 아십니까?"

"뭔데?"

"그런 자들은 등장과 함께 자신의 존재감을 강하게 알리고 싶어 합니다. 베르도 예외는 아닐 것입니다."

하라간이 맞장구를 쳤다.

"그럴듯한 추론이군. 최근 토브욘 왕국은 계속 곤혹스러운 처지였지? 우리 때문에 말이야."

"그렇습니다. 가림 왕자의 사건도 그렇고, 카팁 님께서 놈들의 타워를 방문해서 한바탕 훈계를 하신 것도 그들의 자존심을 긁었을 겁니다. 게다가 토브욘 왕국은 이번 2차 성인식에서 성과도 저조했다고 합니다."

"베르의 입장에서는 이 곤혹스러운 국면을 한 방에 뒤집어 버리고 싶었겠네? 그래야 군주인 토브욘으로부터 신임도 받을 수 있고, 대신들과 백성들로부터 인정도 받을 테니까."

"그렇습니다. 베르의 입장에서는 큰 성과 한 방이 필요했을 겁니다."

"그래. 그랬겠어. 그럴듯한 이야기야."

대화를 나누면 나눌수록 용의자가 좁혀졌다.

"베르! 베르란 말이지."

하라간은 북해의 새 권력자의 이름을 반복해서 입에 담았다. 하라간의 두 눈이 유리알처럼 투명하게 빛났다.

그러는 사이 하라간은 클레이아의 방문 앞에 도착했다.

"아이고, 하라간 님."

"으흐흐흑, 하라간 님. 클레이아 님을 잘 섬기지 못한 저희들을 죽여 주시옵소서. 으흐흑!"

방문 앞에서 대머리 환관들이 무릎을 꿇고 펑펑 울었다. 그들의 눈 밑에 그린 스모키 화장이 눈물에 젖어 흉하게 번졌다.

하라간은 대꾸도 없이 환관들을 스쳐 지나갔다.

"아이고, 하라간 님."

대머리 환관들이 부랴부랴 하라간의 뒤를 쫓았다.

리넨 재질의 천을 들추고 방 안으로 들어간 하라간은 클레이아가 누워 있는 침상으로 성큼 다가섰다.

"하라간 님을 뵙습니다."

"하라간 님을 뵙습니다."

침대 맡을 지키던 비돔의 시녀들이 황급히 무릎을 꿇었

다. 가만히 누워 있던 클레이아도 몸을 일으켜 침대에서 내려오려고 했다.

하라간이 그보다 한발 앞서 클레이아의 손을 잡았다.

"그냥 누워 있으시오. 몸은 좀 어떻소?"

"하라간 님, 저는 괜찮사옵니다. 그냥 좀 놀라기만 했을 뿐 크게 다치진 않았습니다."

클레이아의 오른쪽 어깨는 붕대가 칭칭 감겨 있었고, 왼손도 약을 바른 상태였다. 그 밖에 다른 상처는 보이지 않았다. 하라간은 클레이아의 몸을 꼼꼼히 살핀 다음 그녀의 뺨에 손을 밀착했다.

"이 정도로 그쳐서 다행이오."

하라간의 자상함에 클레이아가 크게 감격했다.

"흐흐흑, 하라간 님!"

설움이 북받친 클레이아는 하라간의 복부에 얼굴을 기대고 흐느껴 울었다.

"흑흑, 무서웠습니다. 저는 그저 예법을 배우러 갔을 뿐인데 갑자기 예법 선생들이 돌변을 하여 공격하는 통에 정말 무서웠습니다. 으흐흐흑!"

클레이아가 하라간의 허리를 꼭 끌어안았다. 그녀의 가슴이 뭉클하고 하라간의 하복부를 압박했다.

"괜찮소. 이제 그런 일은 없을 거요."

하라간은 어린아이처럼 우는 클레이아를 다독여 준 다음, 비돔의 시녀들을 돌아보았다.

"너희들, 한 치의 소홀함도 없이 잘 모셔라."

"예, 하라간 님."

"저희가 목숨을 걸고 모시겠나이다."

시녀들이 즉각 이마를 바닥에 대고 대답했다.

하라간은 클레이아를 침대에 다시 눕혀 준 다음 방에서 나왔다.

대머리 환관들이 곧바로 따라붙었다.

"하라간 님, 어디로 행차하시겠습니까?"

"저희가 뫼시겠습니다."

하라간은 여전히 환관들에게 눈길 한 번 주지 않았다.

"우선 웃전에 들를 것이다."

"니예, 곧바로 웃전에 기별을 넣겠사옵니다."

"그러실 줄 알고 가마를 이미 대령해 놓았나이다."

눈치가 빠른 대머리 환관들은 하라간의 싸늘한 태도에 놀라 가슴이 벌렁벌렁 뛰고 이마에 진땀이 삐질삐질 흘렀다.

'이거 하라간 님께서 단단히 화가 나셨구나.'

'이크! 한바탕 피바람이 불겠어.'

두 환관은 하라간의 등 뒤에서 서로 눈짓을 주고받았다.

군나르의 태도는 담담했다.

"차 한 잔 마시자꾸나."

쪼르륵.

찻물을 따르는 군나르의 표정은 평소처럼 고요했다.

하라간이 탁자 앞에 바짝 다가앉았다.

"할아버님, 다녀왔습니다."

"그래, 신혼여행은 어떻더냐? 룬드 왕국에서 대접은 제대로 해 주었겠지?"

군나르는 왕궁 안팎에서 벌어진 고위층 피습보다 하라간의 신혼 이야기를 먼저 챙겼다. 클레이아와 칼리프, 카팁을 다 합친 것보다 하라간이 훨씬 더 중요하다는 의미였다.

"나름 괜찮았습니다. 룬드 왕국의 대접도 잘 받았고요."

하라간도 군나르의 뜻을 맞춰 주었다.

군나르가 증손자 며느리의 안부를 물었다.

"새 아가도 잘 지내고? 잉그리드는 당분간 룬드 왕국에 머물러야겠지?"

"그래야 할 것 같습니다. 시노브와 오스트란드 공주가 똑똑하기는 하지만, 그래도 무게감이 떨어지거든요. 룬드 왕국에 중심을 잡으려면 잉그리드가 그곳에 남아 있어야 합니다."

"호오? 시노브와 오스트란드 공주가 똑똑해?"

군나르가 눈매를 가늘게 좁혔다.

하라간은 지금 군나르의 머릿속에 어떤 생각이 자리를 잡고 있는지 짐작이 갔다. 군나르는 분명 '시노브와 오스트란드를 장차 룬드 왕국의 권력 구도에서 끌어내리고, 그 자리에 우리 하라간의 아이를 올려 놓아야 할 텐데, 그 2명의 공주들이 똑똑하단 말인가?' 라는 생각을 하고 있을 것이다.

하라간이 빙그레 웃었다.

"할아버님, 그렇게 서두르실 필요 없습니다."

"허허허! 녀석도. 내가 뭐라고 하더냐? 허허허."

속이 빤히 읽힌 군나르가 너털웃음으로 상황을 넘겼다. 다소 민망해진 군나르는 서둘러 화제를 돌렸다.

Chapter 4

"그나저나 일이 터졌더구나. 네가 자리를 비운 사이에 불쾌한 일이 발생했어. 에잉!"

탁!

왕궁 안팎의 돌아가는 상황이 마뜩잖은지 군나르는 소리

가 나게 찻잔을 내려놓았다.

하라간이 고개를 끄덕였다.

"대충 보고는 받았습니다."

군나르가 손가락을 매의 발톱처럼 구부려 까드득 소리를 냈다.

"에잉! 이참에 무무를 갈아 치워야겠다. 그 녀석이 호위대장 자리에 너무 오래 앉아 있어서 게을러진 게야. 우리 왕실의 경비가 이토록 어이없이 뚫리다니, 이건 분명 호위대의 책임이니라."

군주의 분노에 방 안에 싸늘하게 얼어붙었다. 하라간의 귓가엔 주변에 몸을 은신한 채 군나르를 지키던 호위대원들이 침을 꿀꺽 삼키는 소리가 들리는 듯했다. 이 상황에서 하라간이 호위대의 편을 들어주면 오히려 군나르의 화를 부채질하는 셈이었다. 더군다나 하라간은 호위대의 편을 들어줄 생각도 없었다.

"할아버님, 비단 호위대장만 경질할 일이 아닙니다. 재정 대신 카팁과 왕궁 대학사 칼리프도 피습을 받았다고 들었습니다. 마땅히 수도 경비대장도 책임을 져야지요."

"오냐. 수도 경비대에도 책임을 물어야겠지. 그런데 책임을 묻는 것은 묻는 것이고, 적들에 대한 응징도 해야 하지 않겠느냐?"

응징이라는 단어를 입에 담으면서 군나르의 두 눈이 서슬 퍼런 광채를 뿌렸다. 하라간의 신혼여행 이야기로 말문을 열기는 했지만, 사실 군나르의 머릿속에는 이 생각이 가득했다. 감히 군나르 왕국에 테러를 가한 자들에 대한 응징!

어찌나 분노했던지 군나르의 등 뒤에서 지독한 독기가 아지랑이처럼 스멀스멀 뿜어져 나왔다.

"큭!"

"흐읍!"

주변에 은신한 호위대원 몇 명이 신음을 흘렸다.

대원들의 허둥거림이 못마땅했던지 군나르가 눈을 흘겼다.

"쯧쯧쯧, 부실한 것들 같으니라고."

그러면서도 군나르는 독기를 거둬들였다.

[후우!]

숨어 있던 호위대원들이 겨우 안도의 한숨을 내쉬었다.

하라간이 군나르 앞에 무릎을 꿇고 청을 올렸다.

"할아버님, 이번 일을 제게 맡겨 주소서. 제가 감히 우리 왕국에 위해를 가한 자들을 찾아내어 반드시 응징하겠습니다."

하라간이 단호한 태도가 군나르를 흡족하게 만들었다.

"오냐, 오냐. 그렇지 않아도 이번 일에 대한 일 처리를 네게 맡길 참이었느니라. 어허허허허!"

군나르가 수염을 쓰다듬으며 웃었다.

하라간은 목숨이 위태로운 칼리프부터 먼저 찾았다.

왕궁의 직속 치료사들이 칼리프와 카팁을 직접 돌보는 중이었다. 칼리프의 자식들도 심각한 부상을 입은 칼리프를 곁에서 보살피고 있었다.

"하라간 님."

하라간의 방문에 칼리프의 자식들과 치료사들이 모두 무릎을 꿇었다.

하라간은 그들의 인사를 받는 둥 마는 둥 하고 칼리프에게 다가갔다.

어깨와 가슴의 상처 외에 칼리프는 별 이상이 없어 보였다. 하지만 마정석이 일부 깨진 것이 큰 타격이 된 듯했다. 칼리프는 의식을 잃었을 뿐 아니라 스스로 숨 쉬는 것도 불가능했다. 치료사들이 칼리프의 기도에 관을 삽입하고, 시녀들이 그 관에 연신 공기를 불어 넣어 칼리프의 폐에 산소를 공급했다.

하라간이 묵묵히 칼리프의 손을 잡았다.

"칼리프······."

칼리프는 하라간의 스승이자 충성스러운 신하였다. 솔샤르의 진화를 비롯하여, 마물을 봉인하는 푸른 돌에 대한 연구 등등 하라간이 계획한 수많은 일들이 칼리프를 통해서 이루어져야 했다. 그런 중요한 신하가 크게 다치자 하라간은 속이 부글부글 끓었다.

하라간을 호위 중이던 레나도 할아버지의 위대로운 모습에 눈시울을 붉혔다.

하라간이 치료사들을 돌아보았다.

"칼리프가 언제쯤 정신을 차리겠느냐?"

"송구하옵니다, 하라간 님. 산소를 강제로 공급하여 겨우 고비는 넘겼사오나 언제 대학사의 의식이 돌아올지는 장담하기 어렵사옵니다. 솔직히 말씀드리자면 대학사가 이대로 식물인간이 될 가능성도 절반은 넘사옵니다."

수석 치료사가 동료들을 대표해서 답했다.

하라간은 아무 소리 없이 등을 돌렸다.

병실 안에 무거운 침묵이 감돌았다.

하라간은 카팁도 병문안했다. 칼리프와 달리 카팁은 목숨이 위태롭지는 않았다.

"하라간 님, 정무가 바쁘실 텐데 어찌 이곳까지 오셨습니까?"

카팁이 상체를 간신히 일으켜 하라간을 맞았다.

"하라간 님을 뵙습니다."

하라간의 두 외숙부, 메렌레와 페피가 하라간 앞에 무릎을 꿇었다. 카팁은 오른쪽 다리를 잃어 무릎을 꿇을 수 없었다.

"외조부님, 이게 어쩐 일입니까?"

하라간이 카팁에게 가까이 다가가 손을 꼭 쥐었다.

"허허허, 하라간 님. 소신은 괜찮습니다. 허허."

카팁이 억지로 웃었다.

카팁은 다리가 하나 잘리고 손가락 3개를 잃은 상태였다. 그 밖에도 얼굴에 찰과상을 입었고 가슴과 등에도 시퍼런 멍 자국이 자리했다.

군나르 왕궁은 북부에서 첫손가락에 꼽힐 정도로 의술이 발달한 곳이었다. 왕궁의 치료사들은 카팁의 팔에 침을 꽂고, 그 침을 통해 통증을 덜어 주는 마약을 아주 소량씩 공급해 주었다. 덕분에 카팁은 의식을 잃지 않았을 뿐 아니라 대화도 가능했다.

물론 상처가 중해 오래 이야기를 나눌 수는 없었다.

카팁과 몇 마디를 나눈 뒤, 하라간은 카팁을 침상에 다시 눕혀 주었다.

"외조부님, 이제 그만 쉬십시오. 그래야 빨리 회복을 하지요."

"고맙습니다, 하라간 님."

하라간의 배려에 카팁이 눈물을 글썽거렸다.

하라간이 희미하게 웃었다.

"후훗, 고맙긴요. 외조부께서 빨리 쾌차하셔야 제가 또 외조부를 잔뜩 부려 먹을 것 아닙니까. 얼른 회복하시고 저를 도와주세요."

"아아, 하라간 님. 알겠습니다. 소신이 전력을 다해 몸을 추스르겠나이다."

카팁도 하라간의 손을 꼭 쥐는 것으로 마음을 표현했다.

2명의 대신을 차례로 병문안한 하라간은 호위대와 게브의 핵심 인물들을 한자리에 모았다.

"하라간 님, 찾아 계시옵니까?"

호위대장 자리에서 물러난 무무가 딱딱하게 굳은 얼굴로 하라간을 찾았다. 무무의 뒤를 이어 신임 대장에 임명된 미탄니도 함께 하라간을 알현했다.

미탄니는 피부가 흰 땅딸보라 누가 봐도 호위대장 자리에 어울리지 않았다. 그냥 겉보기에는 푸근한 인상의 상인 같았다.

하지만 실제 미탄니는 군나르에 대한 충성심이 강하고 일체의 자비심도 없는, 날카로운 칼 같은 사람이었다.

게브의 총관과 부총관도 하라간의 부름을 받았다.

"하라간 님을 뵙습니다."

대머리에 스모키 화장을 짙게 하고, 메추리알 크기의 귀걸이를 덜렁거리며 게브의 총관이 나타났다. 차분한 인상의 부총관이 총관과 함께했다.

총관과 부총관의 뒤를 이어 몸집이 비대히고 얼굴이 주름이 잔뜩 잡힌 쌍둥이 노인들이 나타났다. 나이가 많아 일선에서 물러난 게브 3호와 4호였다.

거기에 더해서 게브의 작전 참모라 불리는 게브 5호도 참석했다.

호위대 2명.

게브 5명.

참석 인원만 보아도 하라간의 마음이 어느 쪽에 기울었는지 여실히 드러났다.

'이런!'

'후우우!'

라이벌인 환관들에게 밀린다고 생각하자 무무와 미탄니는 가슴이 무거웠다.

하라간이 원탁을 가리켰다.

"모두 자리에 앉아."

"네, 하라간 님."

마침 원탁 주변엔 의자가 7개였다. 7명의 참석자들은 각자 자리에 배석했다. 하라간은 원탁 옆 탁자에 다가가 기다란 도끼 하나를 들었다. 호리호리하고 아름다운 하라간의 외모와 무식한 도끼가 묘한 엇박자를 이루었다.

Chapter 5

하라간이 손가락을 까딱거렸다.

"들여와."

"명을 받들겠나이다."

하라간의 말이 떨어지기 무섭게 친전의 대머리 환관 2명이 낑낑거리며 늙은 양 한 마리를 끌고 왔다.

'뭐지?'

뜬금없는 양의 등장에 참석자들이 눈을 동그랗게 떴다.

환관들이 다리를 꽁꽁 묶은 양을 탁자에 올리자 하라간이 양의 목을 잡았다. 미친 듯이 버둥거리던 양이 하라간의 손이 닿기 무섭게 바짝 얼어붙었다. 늙은 양은 꼼짝도 하지 못하고 눈을 껌뻑였다.

쾅!

벼락처럼 떨어진 도끼가 단숨에 양의 목을 쳤다.

"하라간 님!"

참석자들이 깜짝 놀랐다.

양을 끌고 온 환관들도 소스라치게 놀라 두 손으로 자신의 머리를 감싸 쥐었다.

게브의 총관이 후다닥 하라간에게 다가왔다.

"하라간 님, 왜 이런 천한 일을 직접 하십니까? 이리 주소서. 소신이 대신하겠나이다."

"되었으니까 저리 가."

하라간은 게브의 총관을 뒤로 물리고는, 도끼를 손에서 내려놓았다. 대신 잘 벼린 식칼을 2개 꺼내 양의 가슴에 쭉 밀어 넣었다. 날카로운 칼날이 양의 갈비뼈 사이로 쑥 들어가 살점을 갈랐다. 이윽고 양의 가슴이 쩍 벌어지고 다리살이 뼈와 분리되었다.

놀라운 것은 그렇게 칼로 도축을 하는데 피 한 방울 흐르지 않는다는 점이었다. 양의 머리뿐 아니라 가슴에서도 피가 나오지 않았다. 하라간의 칼이 지나간 자리엔 매끄럽게 서리가 끼었다.

스걱! 스걱! 스아악!

회의실 안에 고기 써는 소리가 가득했다.

"접시."

하라간의 명이 떨어지자 대머리 환관들이 벌벌 떨면서

접시를 대령했다. 하라간은 양의 갈비와 다리 살을 골고루 잘라내 8개의 접시 위에 똑같이 나누었다.

"늙어서 기름기가 잔뜩 끼었네. 뭔 지방이 이렇게 많아?"

하라간은 양의 가슴과 다리에서 나온 지방질을 따로 분리했다.

'으헉!'

'지금 우리를 두고 하시는 말씀이신가?'

늙어서 기름이 잔뜩 끼었다는 말에 제 발이 저렸는지 게브 3호와 4호가 목을 움츠렸다.

하라간이 대머리 환관들에게 손가락을 까딱였다.

"이걸 하나씩 돌려."

"네이."

대머리 환관들이 생고기가 담긴 접시를 원탁에 쭉 돌렸다.

'이게 무슨 의미지?'

'이 생고기를 먹으라는 뜻이실까?'

참석자들은 자신의 자리 앞에 올라온 생고기를 얼떨떨한 심정으로 내려다보았다.

칼질을 마친 하라간이 식칼을 도마 위에 탁! 꽂고 원탁 앞쪽 상석에 앉았다. 하라간 앞에도 생고기가 담긴 접시가 하나 자리했다.

하라간이 눈길이 전임 호위대장 무무에게 멎었다.

"무무."

"넵, 하라간 님."

무무가 벌떡 일어나 하라간 앞에 한쪽 무릎을 꿇었다.

하라간이 나른한 표정으로 뇌까렸다.

"명예 회복을 해야지?"

무무가 그대로 엎어지며 바닥에 이마를 찧었다.

"소신에게 한 번만 기회를 주십시오. 왕궁 경비가 뚫리고 클레이아 님께서 피습을 당하시던 날, 소신은 죽음을 결심했나이다. 하라간 님께서 명하시면 검 한 자루를 들고 적진에 돌진하여 장렬히 전사할 것이옵니다."

"죽긴 왜 죽어? 살아서 명예 회복을 하라니까."

"소신이 머리가 나빠 어떻게 해야 명예를 회복할 수 있을지 알지 못하옵니다. 하라간 님께서 소신의 아둔함을 깨우쳐 주소서."

하라간이 뒷짐을 지고 일어나 무무 앞으로 다가왔다.

무무가 더욱 바짝 자세를 낮췄다.

전임 호위대장의 앞에서 걸음을 멈춘 하라간이 천천히 입술을 열었다.

"이번 사건, 누가 벌였는지 파악했나?"

"송구하옵니다. 아직 알아내지 못했사옵니다."

무무가 떨리는 음성으로 대답했다.

하라간이 그 말을 받았다.

"그래. 증거가 전혀 없다더군. 누군지 몰라도 아주 철저하게 준비했어. 가짜 마이림 사건 이후로 왕궁의 구멍이 모두 정비된 줄 알았는데 그게 아니더라고. 여전히 허술하더라고, 우리 군나르 왕궁이 말이야."

"크흐윽, 송구하옵니다."

"하라간 님, 저희의 불찰이옵니다."

이번엔 무무뿐 아니라 게브의 환관들도 모두 함께 대답했다. 싸늘한 한기가 회의장을 가득 메워 사람들로 하여금 몸서리를 치게 만들었다.

하라간이 다시 입을 열었다.

"증거가 없다고 이대로 손을 놓고 있을 수는 없잖아? 증거는 차차 찾기로 하고, 우선 응징부터 해야지."

이 말에 다들 가슴이 철렁했다.

'뭐? 증거도 찾지 못했는데 응징부터 하신다고?'

'대체 적이 누구인 줄 알고?'

하라간이 검지를 쭉 폈다.

"1차 응징 대상은 토브욘 왕국이다."

"네?"

"토브욘 왕국에 복수 작전을 개시하시겠단 말씀이십니까?"

게브의 총관과 부총관이 고개를 번쩍 쳐들고 물었다.

하라간이 피식 웃었다.

"작전? 만약 이번 일을 토브욘 놈들이 저질렀다고 치자. 그럼 우리 작전이 먹힐 것 같나? 놈들이 이미 철저하게 대비를 하고 있을 텐데? 무무가 직접 토브욘 왕국에 침투한다고 해도 요인 암살은 불가능해."

"하면, 어떤 생각이시옵니까?"

총관이 얼떨떨한 얼굴로 반문했다.

하라간이 검지를 쭉 펴서 북쪽을 가리켰다.

"몇 명 침투시켜서 복수하는 것 말고, 정공법으로 가야지. 우리 중앙군과 북부 군단, 서부 군단을 모두 움직일 생각이다. 산맥을 넘어 토브욘 왕국에 직접 쳐들어갈 생각이라고. 전쟁! 전쟁 말이야."

전쟁!

이 과격한 단어에 다들 기함했다.

"억! 전쟁을 벌이신단 말씀이십니까?"

"토브욘 왕국과 전쟁을!"

만약 하라간이 이번 사건의 배후가 토브욘 왕국이라는 증거를 확보했다면, 전쟁을 일으킬 명분은 충분했다.

하지만 증거가 없었다. 증거가 없으니 전쟁의 명분도 내세우기 불가능했다.

한데 하라간은 전쟁을 하겠단다. 다들 말문이 막혔다.

무무가 조심스럽게 여쭀다.

"소신이 이번 전쟁의 선봉에 서오리까? 하라간 님께서 명하신다면 이 한목숨 내놓고 앞장서겠나이다."

"아니. 전쟁은 내가 치른다."

"하면 소신은 무엇을 하오리까?"

"무무, 너는 게브 3호, 4호와 함께 이번 사건의 진범을 추적해라."

"네에?"

"아니, 하라간 님."

무무와 게브 3호, 4호가 동시에 눈을 동그랗게 떴다.

대대로 호위대와 게브는 앙숙이었다. 이들을 함께 묶어서 작전을 펼치면 서로 아옹다옹하느라 득보다 실이 많았다.

그런데도 하라간은 무무와 게브의 장로들을 묶어 주었다. 게브와 호위대가 라이벌 의식을 불태우며 선의의 경쟁을 하는 것은 괜찮지만, 완전히 따로 노는 것은 막아야 한다는 생각 때문이었다.

Chapter 6

'당장 이번 사건만 해도 그렇지. 정보가 빠른 게브가 미리 낌새를 채고 호위대에 연락을 주었으면 미연에 방지할 수도 있었어. 그런데 게브의 환관들은 주요 인사의 호위에 대해 전혀 신경을 쓰지 않아. 호위대에게 도움을 주기 싫은 경쟁심 때문이겠지.'

하라간은 이렇게 판단했다. 하여 이번 기회에 두 조직 사이의 폐단을 타파할 요량이었다.

하라간이 고리눈을 하고 무무를 노려보았다.

"무무, 너는 더 이상 호위대 무사가 아니야. 네가 명예 회복을 할 길은 단 하나. 이번 사건의 진범이 누구인지 밝혀내는 것만이 땅에 떨어진 너와 호위대의 명예를 다시 회복하는 길이다. 그런데 지금 네 표정은 뭐지? 네가 지금 파트너에 대한 불평을 할 처지인가?"

북해의 얼음보다 더 싸늘한 하라간의 눈빛에 무무는 몸이 오싹 얼어붙었다. 당황한 무무가 황급히 고개를 숙였다.

"송구하옵니다. 소신은 무조건 하라간 님의 명에 따를 것이옵니다."

무무가 굴복하자 하라간이 게브의 쌍둥이 장로를 돌아보

앉다.

"너희들, 늙었다고 엉덩이가 무거워진 것은 아니겠지? 설마 조금 전 내 손에 분해된 늙은 양처럼 뒤룩뒤룩 살만 찐 건가?"

"어헉! 절대 아니옵니다."

"하라간 님, 억울하옵니다. 신들은 아직 쌩쌩하옵니다."

쌍둥이 장로들이 황급히 손사래를 쳤다.

하라간이 손가락으로 무무를 가리켰다.

"그럼 너희들이 무무를 도와. 추적과 수색에는 호위대보다 게브가 더 능숙하니 분명 진범을 찾을 수 있을 거야. 만약 그 진범이 토브욘 왕국으로 밝혀지면, 그건 더없이 좋은 일이지. 만약 진범이 따로 있다고 밝혀지면, 그땐 그 진범을 상대로 2차 응징을 해 주면 돼."

'그럼 억울하게 당한 토브욘 왕국은요?'

쌍둥이 장로들은 이 질문이 목구멍까지 나왔지만, 끝내 그 이야기를 입 밖으로 내뱉지는 못했다.

"알겠사옵니다."

"저희가 무무를 도와 진범을 추적하겠나이다."

하라간이 손가락 2개를 폈다.

"기한은 두 달이다."

"네? 그건 좀 짧……."

게브 3호가 기한이 짧다고 불평하려고 들었다.

그 전에 하라간이 말을 끊었다.

"나는 토브욘 정복 전쟁을 앞으로 두 달 안에 끝마칠 생각이다. 그러니 그 전에 진범을 찾아 놔. 제 역할을 하지 못하는 늙은 양이 어찌 되었는지 잘 기억하고."

이 말에 게브 3호와 4호는 말문이 막혔다. 게브 4호가 3호에게 황급히 뇌파를 보냈다.

[형, 지금 하라간 님께서 뭐라고 하셨어? 이건 북해 녀석들과 국지전을 벌이는 정도가 아니잖아. 정복 전쟁을 벌이시겠다고?]

[으으으! 나도 그렇게 들었어. 대체 지금 상황이 어떻게 돌아가는 게야?]

[그건 그렇고, 하라간 님께서 조금 전 하신 말씀 들었어? 제 역할을 하지 못하는 늙은 양이 어찌 되는지 보았냐는 말씀 말이야.]

[으으으으, 이거 미치겠다. 푸흥!]

게브 3호와 4호가 어렇게 뇌파를 주고받는 동안, 나머지 참석자들도 해머로 뒤통수를 한 대 얻어맞은 표정이었다.

하라간이 게브 5호를 지목했다.

"5호."

"말씀하십시오, 하라간 님."

"게브의 장로들과 무무가 진범을 찾는 사이, 너는 게브의 아이들을 동원해서 증거를 조작해 놔."

"어떤 증거를 말씀하시는지……."

게브 5호가 말꼬리를 흐렸다.

하라간이 눈을 찌푸렸다.

"두뇌 회전이 빠르다는 네가 그렇게 머리가 안 돌아가나? 어떤 증거겠어? 이번 사건의 배후에 토브욘 녀석들이 있다는 증거지. 북해를 상대로 전쟁을 일으키려면 명분이 필요하니 게브에서 책임지고 그럴듯한 증거를 만들어 내."

"네넷? 아, 알겠습니다."

게브 5호가 정신 바짝 차리고 대답했다.

하라간이 손가락 하나를 폈다.

"일주일."

"네?"

"증거를 만들어 내기까지 일주일 준다. 일주일 뒤 세상에 그 증거를 공표한 뒤 곧바로 북해로 진격할 것이다."

하라간은 거침이 없었다.

게브 5호는 얼떨떨해하면서도 하라간의 그 과감함에 홀딱 반했다.

'역시 하라간 님이시다.'

하라간이 게브 5호를 다시 추궁했다.

"왜 대답이 없나?"

"아닙니다. 일주일 안에 반드시 완벽한 증거를 만들어 내겠습니다."

게브 5호가 벌떡 일어나 대답했다.

하라간이 게브의 총관과 부총관을 돌아보았다.

"총관과 부총관이 게브 5호를 지원해 줘. 장로들도 물론 지원하고. 다른 한편으론 가짜 마이림 사건과 관련된 불온한 잔당들도 모두 소탕해야 해. 게브가 앞으로 무척 바빠질 거야."

"충심을 다해 명을 받들겠나이다."

총관과 부총관이 하라간 앞에 머리를 조아렸다.

하라간이 미탄니를 쳐다보았다.

"신임 호위대장."

"넵! 미탄니, 여기 있습니다."

살벌한 분위기 속에서 정신을 차리지 못하던 미탄니가 반사적으로 벌떡 일어났다.

"호위대는 이번 작전에 동원되지 않는다. 무무를 직접 지원할 일도 없을 거야. 하지만 앞으로 호위대의 일은 더 늘어날 것이다. 왕궁뿐 아니라 주요 대신들에 대한 호위를 앞으로 네가 책임져."

"신 미탄니, 목숨을 걸고 하라간 님의 뜻을 받들겠나이다."

땅딸보 미탄니가 하라간 앞에 넙죽 엎드렸다.

드디어 이 살벌한 회의가 끝이 났다. 참석자들은 모두 그렇게 생각했다.

Chapter 7

아직 아니었다. 회의는 끝나지 않았다.

하라간이 경고를 하나 했다.

"다들 입 다무는 것 알지? 이 자리에서 오고 간 이야기들은 머릿속에만 담고 입 밖에 내지 말라고."

"알겠사옵니다."

참석자들이 한목소리로 대답했다.

그러자 하라간이 마지막 단계로 넘어갔다.

"좋아. 모두들 회의를 하느라 배고플 텐데 식사를 하자고."

와득.

자신의 말에 모범이라도 보이는 듯이 하라간이 늙은 양의 다리에서 베어 낸 생살을 입으로 가져가 크게 한입 뜯었다. 질기고, 비리며, 누린내까지 풍기는 고기를 하라간은 우적우적 무표정하게 씹었다.

군이 긴 연설을 하지 않아도 좋았다. 우렁찬 웅변으로 부하들을 설득하지 않아도 괜찮았다. 북해를 향해 전쟁을 선포하는 이 살벌한 자리에서 생고기를 씹어 먹는 하라간의 행동이 모든 것을 대변해 주었다.

원래 군나르 왕국 사람들은 생식을 하지 않았다. 사막의 무더운 기후에서 생식은 곧 배탈과 질병을 의미했다.

'전쟁을 앞두고 다 함께 금기를 범함으로써 내부의 결속력을 다지시겠단 뜻이시구나!'

무무가 하라간의 파격적인 행동을 좋게 해석했다. 왕실에 큰 죄를 지은 무무가 먼저 손으로 양의 갈빗살을 집었다. 그러곤 입에 욱여넣어 우적우적 씹었다.

'우욱!'

역한 비린내에 구역질이 절로 치밀었다. 하지만 무무는 아무런 내색도 하지 않고 생고기를 씹어 삼켰다. 그 모습이 마치 스스로 벌을 받는 것 같았다.

무무의 행동을 본 게브의 총관이 얼굴을 찌푸렸다.

'이런 젠장! 내가 무무에게 뒤질 수는 없잖아?'

결국 총관도 생고기를 먹기 시작했다.

상관이 앞장서자 부총관과 게브 5호, 심지어 장로들까지 모두 생고기를 질겅질겅 씹을 수밖에 없었다.

'오호라! 이게 우리 왕국 최고위층의 분위기구나. 그래. 호위대니 게브니 잘난 척해 봤자 뭐 있어? 다들 하라간 님이 까라고 하시면 까는 거야.'

뜻밖에 승진을 했다가 하라간의 호출을 받게 된 신임 호위대장 미탄니가 금세 이 분위기에 적응했다. 게브에 져서는 안 된다는 라이벌 의식으로 똘똘 뭉친 미탄니는 양손에 양고기를 하나씩 들고는 입안에 마구 욱여넣었다.

비린 생고기를 미친 듯이 먹는 미탄니의 행동이 게브의 환관들에게 자극이 되었다. 게브의 부총관이 생고기를 제대로 씹지도 않고 목구멍으로 넘겼다. 비위가 약한 게브 5호도 연신 헛구역질을 하면서 턱을 위아래로 움직였다.

이 자리의 그 누구도 하라간이 벌이는 의식의 유래를 알지 못했다.

과거 루잉이던 시절, 하라간은 스승 카일 백작과 함께 북부에 고립된 적이 있었다. 그때 하라간과 카일은 무의식중에 마물들과 싸우고 또 싸우며 지옥과 같은 혈로를 뚫었다. 배고픔도 모르고, 졸음도 잊으며 무조건 남쪽으로 내려가던 두 사람은 어느새 자신들의 입가에 흥건한 마물들의 피와 살점을 발견하고는 기겁했다. 그리고 그 일은 오직 루잉과 카일만의 비밀이 되었다.

그 후 시간이 흘러 카일 백작이 죽고 루잉이 그 자리를 물려받았다. 카롤 왕국의 총사령관이 된 루잉은 북방의 솔샤르들과 전쟁을 치르러 나갈 때마다 늙은 양을 손수 잡아 부하들에게 나눠 주었다. 양의 생고기를 씹으면서 그날의 악몽을 머릿속에 각인시키고 전투 의지를 극대화하겠다는 것이 루잉의 생각이었다. 이런 행동이 반복되다 보니 어느새 이것은 전쟁터로 나가는 루잉만의 독특한 의식이 되었다.

오늘 하라간은 부하들을 불러 과거의 의식을 베풀었다.

이제 전쟁이 코앞이었다.

클레이아와 카팁, 칼리프를 암습한 적들은 철저하게 꼬리를 잘랐다. 그 자리에서 사살된 암습자의 몸을 해부해 보아도 그 어떤 흔적이나 증거가 나오지 않았다. 이번 사건의 물증을 찾는 일은 그만큼 어려웠다.

반면 증거를 조작하기란 너무도 쉬웠다.

게브 5호는 불의 마녀 올가와를 증거 조작에 동원했다. 과거 마이림의 외궁 조직에서 활약하며 군나르 왕국에 큰 피해를 입힌 올가와는 토브욘 왕국에서 파견한 첩자 출신이었다. 그러다 가짜 마이림 사건 당시 마력함의 폭발에 남편 마프를 잃고 포로로 붙잡혔다.

왕궁 대학사 칼리프는 불의 마녀 올가와를 실험 대상으

로 삼아 진화에 대한 실마리를 캐내었다. 이 과정에서 올가

와는 그만 백치가 되었다.

"그러니 증거를 조작하기 더 좋지."

게브 5호는 백치 올가와에게 몇 마디 말을 외우게 만들

었다.

"토……브……욘…… 토브욘 왕국이 저실렀다."

10월 26일.

군나르가 직접 참석한 대신회의에서 올가와는 이렇게 고

백했다.

하라간이 군나르를 대신하여 올가와를 직접 추궁했다.

"토브욘 왕국에서 우리 군나르의 고위 왕족과 대신들을

암살하려 들었단 말이지? 누구냐? 토브욘 왕국의 누가 이

번 일을 지시했느냐?"

올가와가 다시 떠듬떠듬 입을 열었다.

"베……르."

"베르? 그게 누구냐?"

"위대하시고…… 또 위대하신 분의…… 모든 과업을 이으

실 분. 토브욘 왕국의…… 미래가 되실 분이 베르 님이시다."

여기까지 고백을 한 뒤, 올가와는 축 늘어졌다.

올가와의 양팔을 꽉 붙잡고 있던 게브의 환관들이 올가

와를 대전 밖으로 끌어내었다. 올가와는 지독한 고문이라

도 받은 사람처럼 질질 끌려 나갔다.

게브 5호가 하얀 양털 가죽을 대전 앞에 쫙 펼쳐 놓았다. 양털 가죽 위에는 몇 가지 무기들이 배치되어 있었다. 주로 작살과 해머 위주였다.

"이것들은 또 무엇인가?"

군나르가 물었다.

게브 5호는 무릎을 꿇고 아뢰었다.

"왕궁 대학사 칼리프를 암습한 자들의 몸에서 회수한 무기들이옵니다. 작살과 해머, 모두 북해의 야만인들이 즐겨 사용하는 것들이라 판단되옵니다."

작살은 토브욘 사람들이 북해의 물고기를 잡을 때 사용하곤 했다. 해머는 얼음을 깨는 용도로 딱 좋았다.

올가와의 고백에 이어 작살과 해머까지!

게브에서 제시한 증거는 명명백백하게 토브욘 왕국을 가리키고 있었다.

"으으음! 역시 토브욘 놈들의 짓이란 말인가?"

"내 이럴 줄 알았어. 카팁 님께서 토브욘 놈들을 명쾌하게 혼내 주실 때부터 이런 일이 발생할 줄 알았다고. 저 북해의 야만인들이 분명히 무슨 사달을 내겠구나. 특히 카팁 님을 노리고 일을 저지르겠구나 싶었다고."

"암, 그렇고말고. 원래부터 북해 놈들은 뻔뻔하기 이를 데 없었다고."

대신들이 웅성거렸다.

군나르의 표정도 딱딱하게 굳었다.

사실 군나르는 올가와의 고백이 거짓이라는 것을 알고 있었다. 하라간이 미리 귀띔해 준 덕분이었다. 오늘 아침 군나르를 알현한 하라간은 이렇게 고했다.

"할아버님, 이번 사건을 벌인 자들은 반드시 찾아내어 응징할 것입니다. 하지만 놈들을 찾아내는 데 시간이 오래 걸릴 것 같습니다. 문제는, 그렇게 우유부단하게 시간을 끌다 보면 북부의 여러 왕국들이 우리 군나르 왕국을 우습게 여긴다는 점입니다. 그래서 저는 두 가지를 동시에 진행하고자 합니다."

"두 가지?"

"네. 일단 물밑에서는 진범을 찾기 위해 노력할 것입니다. 하지만 그것만으로 그치지 않고 동시에 토브욘 왕국을 도모하고자 합니다. 일단 이번 일을 토브욘 왕국에 뒤집어 씌우는 거지요. 실제로 그들이 일을 벌였을 가능성도 가장 높고요."

"허!"

군나르는 하라간이 단호함이 대견하기도 하고, 또 우려스럽기도 했다. 하지만 그는 하라간을 믿었다. 또한 아군의 승리를 확신했다.

'어차피 토브욘 왕국은 우리의 상대가 되지 않는다. 나와 하라간, 그리고 잉그리드가 모두 키르샤야. 그러니 얼마든지 토브욘을 거꾸러뜨릴 수 있어. 그렇다면 망설일 것이 무에 있겠는가? 어차피 북부는 약육강식의 세계! 약한 것이 죄다. 약한 놈이 모든 죄를 다 뒤집어쓰는 게야.'

마침내 군나르가 전쟁을 결심했다.

군나르로부터 윤허를 받은 하라간은 서둘러 대신회의를 소집했다.

올가와의 고백.

암습자들의 몸에서 찾아낸 북해인들의 전용 무기.

이 두 가지면 충분했다. 이 정도면 증거는 차고도 넘쳤다. 잔뜩 흥분한 대신들이 토브욘 왕국에 대한 보복을 주장했다.

군나르와 하라간은 최대한 심각한 표정으로 대신들의 주장을 경청했다. 물론 속으로는 쾌재를 불렀다. 분위기가 척척 무르익었다.

Chapter 8

10월 21일.

하라간이 게브와 호위대의 수뇌부들을 불러서 늙은 양고기를 먹였다. 이때 이미 하라간은 토브욘 왕국을 공격하기로 작정했다.

10월 26일.

게브에서 두 가지 증거를 내놓았다. 올가와의 증언과 현장에서 발견된 무기들—실제로는 현장에서 발견된 것은 아니지만—이 그 증거였다.

"이런 몰지각한 것들을 보았나!"

"허어, 역시 북해의 야만인들은 답이 없구나. 답이 없어."

군나르 왕국의 대신들은 불같이 분노했다. 북해를 징치해야 한다는 여론이 조성되었다. 모든 일은 하라간의 의도대로 돌아갔다.

증거를 조작하고 전쟁의 분위를 고조시키는 닷새의 기간 동안 하라간은 그냥 놀고만 있지 않았다. 대신회의가 개최되기 나흘 전인 10월 22일, 하라간은 북부 군단장 온바와 서부 군단장 모올을 은밀히 왕궁으로 불렀다.

평생을 전쟁터에서 헌신한 두 군단장은 하라간의 밀명을 받고 다시 각자의 군단으로 복귀했다. 그날 군나르 왕국의 두 군단 주력 부대가 북상하기 시작했다.

이에 발을 맞춰 왕국의 중앙군도 움직였다. 수도 곳곳에 비축해 놓은 군량미와 군수품이 중앙군에게 지급되었다. 북부군과 서부군이 선봉에 서서 토브욘 왕국으로 쳐들어가면, 그 즉시 중앙군이 북상하여 병참 보급과 후방 병력 지원을 맡는다는 것이 하라간의 구상이었다.

세밀한 작전은 라티파가 짰다. 칼리프의 피습 이후 독이 바짝 오른 라티파는 밤잠을 물리고 전쟁 준비에 전력을 쏟았다.

넓은 방 안, 하라간이 거울을 들여다보며 중얼거렸다.

"토브욘 왕국이 진짜 배후일까?"

답은 알 수 없었다. 하지만 한 가지는 확실했다.

"만약 토브욘 왕국이 이번 사건의 진짜 배후라면 우리 군의 움직임을 파악하기 어려울 거야. 사건의 은폐를 위해 우리 왕국에 심어 두었던 조직망을 가동 중지시켰을 테니까."

원래 군나르 왕국 내부엔 토브욘 왕국에서 파견한 첩자가 수도 없이 많았다. 이 가운데 상당수가 지난 폐사원 전투에서 소모되었다. 게브의 환관들은 마이림의 외궁 조직을 추적하면서 토브욘 왕국의 첩자들을 상당수 색출해 내었다.

그래도 들키지 않고 살아남은 조직원들이 있을 것이다.

하라간은 군나르 왕궁 안팎에서 몸을 웅크리고 있던 토브욘의 조직원들이 이번 요인 암살 시도에 동원되었을 것이라고 의심했다.

"만약 토브욘 왕국이 이번 사건의 진짜 배후라면 말이지."

과연 토브욘 왕국이 진범일 가능성은 얼마나 될까?

하라간은 그 가능성을 70퍼센트로 점쳤다. 심증도 그렇고, 일의 뒤처리 방식도 토브욘 왕국을 의심하게 만들었다. 실제로 군나르 왕궁에서 일하던 시녀 가운데 일부와 환관 몇 명, 호위 무사 몇 명이 이번 사건 직후 자취를 감추었는데, 이렇게 조직적으로 공작을 펼칠 곳은 토브욘 왕국 외에는 그리 많지 않았다.

하라간이 쓴웃음을 지었다.

"쯧쯧쯧, 이거 곱씹으면 곱씹을수록 어이가 없네. 외궁 조직을 수색하면서 그렇게 토브욘의 첩자들을 솎아 내었건만, 아직도 그 뿌리를 다 뽑지 못했다니 이거 참!"

사실 음지로 숨어든 잔뿌리들을 찾아내는 것은 쉽지 않은 일이었다. 시간도 오래 걸리고 골치도 아팠다. 하라간이 눈을 가늘게 좁혔다.

"흥! 땅속에 숨어든 버러지들을 찾아낼 방도야 얼마든지 있지. 그들 스스로 튀어나오게 만들면 돼. 이번 기회에 내가 직접 나서서 토브욘 왕국과 전쟁을 벌이면 최소한 두 부류의 버러지들이 기회를 엿보다가 호기심을 참지 못하고 땅속에서 고개를 내밀 거야. 마이림의 외궁 조직, 그리고 아직 색출해 내지 못한 토브욘의 첩자들."

하라간은 게브의 총수에게 단단히 명을 내려 놓았다.

"군나르 왕국을 좀먹는 무리들이 있어. 그들이 어지러운 전쟁 통에 슬쩍 고개를 내밀거든 그 즉시 게브에서 달려들어 그 뿌리까지 박멸해."

"넵, 하라간 님."

하라간의 명은 절대적이었다. 게브의 총수는 목숨을 걸고 명을 받들겠노라고 맹세했다.

북부군과 서부군, 중앙군을 움직이는 것과 동시에 하라간은 두 가지 첩보 조직도 가동했다.

페피가 지휘하는 풀문(Full Moon: 보름달).

메네스을 앞장세운 EoM(End of the Month: 그믐).

하라간의 명을 받은 두 조직은 북부군보다 한발 앞서 토브욘 왕국 국경선을 넘었다. 카티와 실보플레는 원래 EoM 소속이지만 이번 작전에선 제외되었다. 토브욘 왕국 출신인 그들을 토브욘 공략의 선봉에 세울 수 없었기 때문이다.

10월 27일.

마침내 전쟁 통보가 이루어졌다. 군주 군나르의 직인이 찍힌 전쟁 통보문 두 통이 소형 공간 이동 포탈을 통해 두 곳에 전달되었다. 아르네 왕국 수도에 위치한 생츄어리와 토브욘 왕궁이 바로 그 대상이었다.

격렬한 감정이 담긴 군나르의 전쟁 통보문은 곧 큰 파문을 일으켰다.

"뭐? 전쟁이라고? 스벤센 왕국과 토레 왕국의 국지전만으로도 머리가 아픈데, 이번엔 토브욘 왕국과 군나르 왕국이야?"

생츄어리의 법주들은 황급히 모여 회의를 열었다.

"아 왜들 자꾸 이래? 우리가 아홉 군주님들에게 적색 왕관을 쓴 강적이 하얀 날개를 펄럭이며 북부를 공격할 거라고 경고도 해 주었잖아? 그런데 자꾸 우리 솔샤르들끼리 내분을 일으키면 어쩌자는 게야?"

법주 한 명이 귓구멍에 수북이 돋은 털을 잡아 뽑으며 불평했다.

다른 법주가 쓴웃음을 지었다.

"그렇다고 이번 전쟁을 말릴 수도 없잖아. 군나르 님께서 보낸 통보문 읽어 봤지? 만약 이 통보문에 적힌 내용이 사실이라면 이건 전쟁으로 해결할 수밖에 없다고."

"나도 읽어 봤지. 그런데 그게 사실일까? 토브욘 님이 그렇게 어수룩한 분이 아니신데, 군나르 왕국의 왕궁으로 암살자를 보내 왕족과 고위 귀족을 공격하면서 증거를 그렇게 뚜렷하게 남겼을까? 뭔가 이상하지 않아?"

군나르 왕국에서 내세운 증거는 분명 의심스러운 구석이 있었다.

"에이, 설마 이 중요한 일에 증거를 조작하기야 했겠어?"

"그렇지? 군나르 님이 스벤센 님처럼 우격다짐을 하시는 성격도 아니시고, 뭔가 확신이 있으니까 전쟁을 선포하셨겠지."

"아이고, 나는 모르겠다. 이제 동부의 4개 왕국이 모두 전쟁으로 돌입하는구나. 으으으!"

법주들은 두 손으로 머리를 감싸 쥐었다.

제5화

전쟁 발발

Chapter 1

토브욘 왕국도 발칵 뒤집혔다. 10월 27일 저녁, 타워 69층의 위치룸(Witch Room: 마녀의 방)에서 긴급회의가 열렸다.

토브욘 왕국의 2왕비이자 얼음의 마법사라 불리는 카스트렌.

타워의 현자이자 빛의 마법사라 불리는 아호.

역시 타워의 현자이자 불의 마법사라 불리는 사투.

왕국의 집정관 악셀리.

토브욘의 여덟 번째 적자 뢴로트.

마지막으로 왕국의 새 권력자로 등장한 베르가 한자리에

모였다.

예전에 위치룸에서 회의가 열릴 때면 총 9명이 참석했다. 이 9명 중 최근 토브욘의 분노를 산 요나스가 참석 자격을 박탈당했다. 그룬드는 죄를 짓고 국외로 도망쳐 버렸으니 당연히 참석이 불가능했다. 마지막으로 4현자 가운데 한 명인 중력의 마법사 카티가 하라간의 포로가 되어 불참했다.

9명 중 셋이 빠졌으니 나머지 6명이 회의를 할 수밖에.

"모두 모인 것 같으니 이제 회의를 시작할까?"

2왕비 카스트렌이 베르를 돌아보았다.

토브욘의 열세 번째 적자 베르는 다른 형제들과 달리 체격이 작고 말이 없었다. 그런 베르가 다른 형제들을 제치고 토브욘의 지목을 받은 것은 정말 의외였다.

'속을 알 수 없는 뱀 같은 녀석.'

카스트렌은 경계의 눈빛으로 베르를 바라보았다.

"그러지요, 어마마마."

베르가 카스트렌에게 깍듯하게 어마마마라고 불렀다. 비록 친어머니는 아니지만, 카스트렌은 토브욘의 부인이니 그릇된 호칭은 아니었다.

'이런 얍삽한 자식.'

베르의 아부 섞인 발언에 뢴로트가 눈썹을 찌푸렸다. 둘째 형 요나스가 실각하고 다섯째 형 그룬드가 도망쳤을 때 뢴로트는 '드디어 내게 기회가 왔구나!'라고 생각하며 무척 기뻐했다. 그런데 토브욘은 뢴로트 대신 베르에게 권력을 쥐여 주었다. 자연히 베르를 바라보는 뢴로트의 시선이 따가울 수밖에 없었다.

그 시선을 느낀 베르가 엷게 웃었다.

"형님, 무슨 할 말이 있으십니까? 형님께서 먼저 이야기를 꺼내 주시지요."

베르는 배다른 형 뢴로트에게도 깍듯하게 예의를 지켰다.

그래서 더 꼴 보기 싫었다.

'역시 넌 개자식이야.'

속으로 욕을 퍼부은 다음, 뢴로트는 억지로 얼굴을 폈다.

"하하, 이거 쟁쟁하신 분들 앞에서 제가 무슨 말을 먼저 하겠습니까? 그러지 말고 연륜이 깊은 집정관께서 먼저 화두를 꺼내 주시지요."

뢴로트가 공을 악셀리에게 넘겼다.

악셀리는 쓴웃음을 한번 지은 다음, 오늘 회의의 안건을 공표했다.

"험험! 오늘 우리가 모인 이유는 바로 군나르 왕국에서 보내온 전쟁 통보문 때문입니다."

악셀리가 허공에 두 손을 뻗어 엄지와 검지로 사각형을 만들었다. 그다음 양손을 대각선 방향으로 벌려 사각형을 쭉 늘이는 시늉을 했다.

그러자 허공에 사각 화면이 크게 나타나면서 그 위에 군나르가 친필로 작성한 통보문이 떠올랐다.

통보문은 거칠었다. 군나르의 격한 감정이 글자와 글자 사이에서 격렬하게 울분을 토해 놓고 있었다. 군나르 왕국의 왕세자빈 클레이아와 재정 대신 카팁, 대학사 칼리프가 괴한들의 암습을 받아 사경을 헤매고 있으며, 그 범인들을 잡고 보니 토브욘 왕국의 첩자 올가와였다. 또한 암습에 동원된 북해 특유의 무기도 증거로 압수했다.

이것이 군나르가 작성한 전쟁 통보문의 앞쪽에 기술된 내용이었다.

이어서 군나르는 이번 일의 배후 인물로 토브욘 왕국의 베르를 지목했다. 토브욘 왕국의 첩자 올가와가 그렇게 증언했다는 주장이었다.

통보문 후반부에 군나르는 "모든 사막과 독의 제왕이자 북부의 아홉 군주 가운데 한 명인 나 군나르는 이번 패악무도한 사태를 결코 그냥 넘기지 않을 것이며, 이를 해결할 방법은 배후자인 베르가 직접 군나르 왕국으로 투항하여 범행에 합당한 벌을 받는 길밖에 없다."라고 밝혔다.

통보문 마지막 문구는 다음과 같이 마무리되었다.

만약 나의 요구가 거부된다면, 나 군나르는 전쟁
을 통해 이번 일을 해결할 것이다.

10월 27일
군나르 왕국 군주 군나르 아르네 솔샤르 씀

통보문을 읽는 동안 사람들의 얼굴이 칠면조처럼 빠르게
변했다. 처음엔 눈동자가 커졌고, 이어서 얼굴에 피가 쏠려
시뻘겋게 달아올랐다가 후반부에는 차갑고 냉랭한 표정이
각자의 얼굴에 떠올랐다.

"미친놈."

카스트렌이 군나르를 향해 차마 입에 담지 못할 욕을 퍼
부었다. 북부의 솔샤르들은 비록 적대적 사이더라도 군주
를 모욕하는 일만큼은 가능한 자제했는데, 이번엔 예외였
다. 이런 모욕적인 전쟁 통보문을 받고도 그냥 넘기면 그건
토브욘 사람이라 할 수 없었다.

"정말 제정신이 아니군. 사막의 땅개 녀석들이 무례하고
경우가 없다는 것은 익히 알고 있었지만, 그곳의 군주마저
이럴 줄이야. 허어어! 정말 어이가 없습니다."

악셀리가 맞장구를 쳤다.

빛의 마법사 아호는 심각한 표정으로 고개를 끄덕였다.

성격이 급한 불의 마법사 사투는 두 주먹을 불끈 쥐고 이빨을 갈았다.

반면 뢴로트는 은근히 베르를 탐색했다.

'베르, 이제 어떻게 나올 것이냐? 아니, 그 전에 과연 이번 일을 네가 저지른 것이더냐?'

군나르 왕국의 왕족과 고위 귀족에 대한 암살 시도는 결코 범상한 일이 아니었다. 이런 중요한 일을 위치룸의 회의 안건에 상정하지 않고 베르의 독단으로 시도한 것이라면, 그 또한 절차상의 문제가 존재했다.

'베르, 어서 반응을 보야 봐. 네 반응을 봐야 네가 어떤 놈인지 파악할 수 있지.'

뢴로트는 베르의 표정 하나하나를 유심히 관찰했다.

의외로 베르는 낯빛 하나 변하지 않았다.

베르가 무덤덤하게 입을 열었다.

"가법군요."

"응? 뭐가?"

카스트렌이 베르를 쳐다보았다. 사람들의 시선이 모두 베르에게 쏠렸다.

베르가 말을 이었다.

"군나르 님 말입니다. 의외로 가벼워요. 통보문에 담긴 문구도 너무 감정적이고요. 자고로 군주란 어떤 상황에서도 침착하고 그 속이 신하들 앞에서 드러나지 않아야 하는 법인데, 군나르 님은 위엄이 다소 떨어지지 않나 싶네요."

악셀리가 그 말에 동의했다.

"그렇지요. 베르 님 말씀이 옳습니다. 이 말도 안 되는 통보문을 읽고 나니 군나르 님이 어째 좀 경박스러워 보입니다. 허허!"

사투도 끼어들었다.

"따지고 보니 잘된 일 같군요. 이전에 그룬드 님이 저지른 실수 때문에 우리가 사막의 땅개들에게 꼼짝 못 하고 훈계를 듣고 배상을 하지 않았습니까? 저는 그게 열 받아 미칠 것 같았는데 차라리 잘되었습니다. 이번 기회에 사막 놈들을 화끈하게 짓밟아 버려 저의 울분을 풉니다."

"그렇지. 그때 당한 모욕을 되갚아 줘야지."

카스트렌이 낮게 으르렁거렸다.

가만히 듣고 있던 아호가 손을 들었다.

사람들의 시선이 아호에게 모였다.

아호는 베르를 직시했다.

"전쟁도 좋고, 앙갚음도 좋습니다만, 그 전에 한 가지만 묻겠습니다. 베르 님, 이건 베르 님에 대한 추궁이 아니라 그냥 사실 관계를 확인하는 것이니 불쾌하게 생각하지 말아 주십시오. 이 통보문에 적힌 내용이 사실입니까?"

아호를 바라보면 사람들이 재빨리 베르에게 시선을 돌렸다.

다들 궁금했다. 통보문에 적힌 내용이 진짜 사실인지 아닌지. 특히 뢴로트는 눈매를 가늘게 좁혀 베르의 눈주름 하나하나까지 놓치지 않고 관찰했다.

베르가 담담하게 입을 열었다.

"당연히⋯⋯."

사람들이 침을 꿀꺽 삼켰다.

Chapter 2

"당연히 해야 할 일이었지요. 사막 녀석들에게 가림 왕자가 포로로 붙잡히고, 세상의 모든 빙하와 얼음의 제왕이신 위대하시고 또 위대하신 분의 명예가 실추되었으니 마땅히 그 아들 된 제가 사막 녀석들에게 본때를 보여 줘야 했지요."

"아!"

"역시!"

베르의 말에 여기저기서 탄식이 나왔다.

뢴로트도 베르의 과감한 행동에 놀랐다.

하지만 이어지는 베르의 말은 사람들의 예상과 정반대였다.

"그런데 저는 하지 못했습니다. 머릿속으로는 한번 사막 녀석들에게 본때를 보여 줘야 한다는 생각을 했는데 막상 그 일을 실천하지는 못했습니다. 그런데 누군가가 저 대신에 한발 앞서서 그 일을 해 주었네요."

"그럼 네가 주도한 일이 아니란 말이냐?"

카스트렌이 물었다.

베르가 고개를 가로저었다.

"네, 어마마마. 제가 저지른 일이 아닙니다. 머릿속으로 시도하려던 구상과는 맞는데, 아직 실천은 못 하고 있었거든요."

"그래? 그럼 누구지?"

카스트렌이 눈을 찌푸렸다.

가만히 듣고 있던 뢴로트가 핵심을 찔렀다.

"그럼 아직 멀쩡하겠네?"

"뭐가 말이냐?"

이번엔 카스트렌이 뢴로트에게 물었다.

뢴로트가 손가락으로 영상 속 군나르 왕국 지도를 가리

키며 대꾸했다.

"저기 저 군나르 왕국에 구축해 놓은 우리의 조직 말입니다. 먼저 그룬드가 저지른 실수 때문에 조직의 80 퍼센트가 망가지긴 했지만, 우리 토브욘의 첩보 조직이 아직 20 퍼센트는 남아 있지 않습니까? 그 조직이 당연히 멀쩡히 살아 있겠지요. 이번 일을 우리가 저지르지 않았다면 말입니다."

"그렇지. 그 조직이야 멀쩡히 잘 있겠지. 베르야, 내 말이 맞지?"

카스트렌이 날카로운 눈으로 베르를 쏘아보았다.

베르가 어깨를 으쓱했다.

"안타깝게도……."

"안타깝게도?"

"사막에 파견한 조직과는 얼마 전부터 연락이 끊겼습니다. 아마도 군나르 왕국의 왕궁에서 일이 터지다 보니 검열이 이만저만이 아닌가 봅니다. 조직원들이 일체의 연락을 끊고 잠수 중입니다."

대답을 하는 베르의 입가에 옅은 웃음이 걸렸다. 다른 사람은 몰라도 뢴로트는 그 희미한 웃음의 흔적을 놓치지 않았다.

카스트렌이 눈을 찌푸렸다.

"뭐야? 군나르 왕국에 심어 놓은 조직과 연락이 끊겼다? 이런 일이 터졌으니 그 조직 스스로 상황을 판단하여 잠수를 탄 모양이다? 이 말이냐?"

"그렇습니다, 어마마마."

베르는 카스트렌을 꼬박꼬박 어마마마라고 불렀다.

카스트렌은 베르의 그런 살가운 태도가 더 거북했다.

'이런 속을 알 수 없는 녀석. 네 가슴 안에 뱀을 수천 마리를 품고 있구나.'

축 늘어뜨린 카스트렌의 주먹에 힘이 꾹 들어갔다.

뢴로트는 뢴로트대로 머리를 굴렸다.

'베르, 이 교활한 녀석. 결국 네 녀석이 이번 사태의 발단을 제공했다는 뜻이냐? 아니면 넌 모르는 일이라는 거냐? 이거 나중에 일이 어떻게 흘러갈까? 전쟁이 벌어지면 당연히 우리 토브욘 왕국이 완승을 하겠지. 우리가 사막으로 쳐들어가도 승률이 50 퍼센트가 넘는데, 거꾸로 사막 녀석들이 이 추운 북해에서 얼마나 버티겠어? 분명 흥분해서 우르르 몰려왔다가 떼 몰살을 당하겠지. 그렇게 전쟁에서 이기고 나면, 그 공이 베르에게 전부 돌아가는 것 아냐? 교활한 베르가 그걸 노리고 일부러 군나르 왕국을 자극했나?'

아무리 생각해도 그런 것 같았다. 뢴로트는 가슴이 철렁했다.

'아뿔싸! 이거 큰일이구나. 베르가 그렇게 공을 세우면 이제 후계자 자리가 확실하게 굳어지는 거잖아. 백성들의 신망도 모두 베르에게 쏠리고?'

베르를 경쟁 상대로 여기는 뢴로트는 마음이 급해졌다.

'이거 전쟁이 나면 내가 선봉에 서야겠다. 일이 이렇게 된 이상 내가 베르보다 더 큰 공을 세울 수밖에 없어.'

뢴로트가 선봉을 결심하는 사이 위치룸의 회의가 종료되었다. 카스트렌이 회의가 끝났음을 알렸다.

"오늘 회의는 일단 이것으로 끝내지. 위대하시고 또 위대하신 분께는 내가 가서 회의 내용을 고할 것이니 다른 사람들은 군나르 왕국의 침공에 대비하여 병력을 준비해요."

"알겠습니다, 왕비님."

악셀리가 대답했다.

"뒤처리는 걱정 마십시오."

"타워의 마법사들도 단단히 준비시켜 놓겠습니다."

아호와 사투도 카스트렌의 당부에 호응했다.

그런데 이튿날 새벽, 예상에도 없던 위치룸 회의가 한 번 더 열렸다. 곤히 잠을 자다 호출된 악셀리가 후다닥 타워 69층에 도착했을 때는 이미 나머지 5명이 모두 모여서 허공에 뜬 영상을 확인하는 중이었다.

"죄송합니다. 제가 늦었습니다."

악셀리가 털옷의 단추를 여미며 원기둥 위로 올라왔다.

아무도 대꾸가 없었다. 다들 크리스털 화면 속 영상에 집중하느라 악셀리의 등장을 알아차리지도 못했다.

콰아앙! 콰앙!

타워의 마법 능력은 북부 왕국들 가운데 거의 최고였다. 크리스털 화면 속 영상의 화질은 너무도 선명했다. 음향 효과 또한 현장에 와 있는 것처럼 생생했다. 귀청을 찢는 폭음과 함께 벌리스터에서 쏘아진 마물 화살이 성벽을 후려쳤다.

"끄아악!"

"살려 줘."

단단하던 성벽 일부가 허물어지며 병사들의 비명이 들렸다.

악셀리는 눈이 휘둥그레졌다.

"이게 뭡니까?"

아무도 대답하지 않았다.

머쓱해진 악셀리가 다시 화면에 집중했다.

휘류류류류— 휘류류류류—

공기를 찢으며 날아든 통나무 굵기의 마물 화살 여러 발이 성벽 한쪽 면을 완전히 허물어뜨렸다. 포화가 날아온 저 멀리서 우렁찬 음성이 터졌다.

"성벽이 무너졌다. 전구운— 진격!"

Chapter 3

지휘관의 진격 명령에 병사들이 호응했다.

"진! 격!"

병사들의 폭발적인 응답에 대지가 뒤흔들렸다. 척척척척! 발걸음 소리와 함께 창과 방패로 중무장한 대군이 성을 향해 물밀 듯이 밀려들었다.

악셀리는 화면 속 병사들의 머리 위에서 나부끼는 깃발을 보았다.

"헉! 군나르 왕국!"

눈 덮인 설산의 강풍을 받아 찢어질 듯 펄럭이는 깃발은 분명 사막의 군주 군나르의 것이었다. 악셀리의 가슴이 갑자기 터질 듯이 고동쳤다.

"이건 군나르 왕국이잖소. 이게 대체 어찌 된 일이오? 이 화면이 지금 어디를 비추는 것이오?"

악셀리가 울부짖었다.

빛의 마법사 아호가 오브를 들어 크리스털 화면을 가리켰다. 화면 한 귀퉁이에 갑자기 새로운 창이 열리면서 지도

가 떠올랐다. 토브욘 왕국 남쪽 국경선을 자세히 그린 지도였다. 그 지도 한복판에서 붉은 점이 빠르게 명멸을 거듭했다.

"욘타나 성이에요. 남부의 관문이라 불리는 욘타나 성."

아호가 성의 이름을 읊어 주었다. 욘타나 성은 토브욘 왕국 남부 국경선 가운데 가장 깊숙하게 안으로 파고든 지역이었다. 욘타나 성으로부터 이곳 타워까지는 직선거리로 고작 2,400 킬로미터밖에 안 되었다.

악셀리가 입을 쩍 벌렸다.

"아니, 그 요충지가 지금 사막의 땅개 놈들에게 공격을 받는단 말이오? 대체 타워에서는 무얼 한 게요? 적이 남쪽 산맥을 침범한 즉시 전군에 경고를 알려 주는 것이 타워 마법사들의 임무 아니오?"

악셀리의 추궁에 사투가 맞받아쳤다.

"흥! 산맥에 파견 나가 있던 우리 아이들이 모두 소리 소문 없이 죽었어요. 타워의 마법들을 지켜 주는 일은 마땅히 군에서 챙겨야 할 최우선 임무 아닌가요?"

"그건!"

악셀리는 말문이 막혔다.

카스트렌이 손을 들었다.

"그만. 지금 누구의 잘잘못을 따질 때가 아니야. 어제저

녁 우리가 전쟁 통보문을 받고 준비에 나설 때, 적들은 이미 척후 부대를 보내 산맥에 매복 중인 아군 초소를 전멸시키고 마법사들의 통신망을 두절시켰어. 그리고 지금 이 시각 현재 욘타나 성이 허물어지고 있다고!"

어찌나 화가 났던지 카스트렌은 존댓말조차 쓰지 않았다.

다들 찔끔해서 목을 움츠렸다.

"으아악, 적이다. 적이 쳐들어왔다."

"막앗! 이쪽이 뚫린다. 어서 후속 병력을 남문으로 보내."

영상 속에서 토브욘 병사들의 외침이 촉박하게 계속되었다. 그 위로 갑자기 근육질의 백마가 뛰어들었다.

히이이이힝!

무너진 벽돌을 발판 삼아 높이 점프한 백마는 토브욘 병사들의 얼굴 위에 짙은 그림자를 드리웠다. 그 백마 위에서 거구의 노인이 귀청이 찢어질 듯한 포효를 터뜨렸다.

"우호호호호!"

사람의 영혼을 뒤흔드는 듯한 끔찍한 포효와 함께 노인의 팔이 허공으로 들렸다. 어마어마하게 근육이 잡힌 노인의 팔은 무려 8개였다. 그 8개의 억센 팔뚝이 수레바퀴 크기의 초대형 해머 4개를 꽉 움켜쥐고 풍차처럼 휘둘렀다.

퍼퍼퍼퍽!

끔찍한 소리와 함께 토브욘 병사들의 머리통이 수박처럼 터져 나갔다. 단숨에 병사 10여 명을 격살한 노인은 질주하는 백마 위에서 해머를 연신 휘둘렀다. 그 폭풍 같은 질주 한 번에 토브욘 병력의 허리가 끊겼다.

노인이 말머리를 낚아채 휙 방향을 틀었다. 크리스틸 화면에 노인의 얼굴이 잠깐 클로즈업되었다.

꿈에 나올까 두려운 흉악한 인상.

2미터가 훌쩍 넘는 보기 드문 거구.

8개나 되는 팔뚝.

얼굴에 가득한 흉터.

잡티 하나 없는 눈부시게 하얀 말과 피로 얼룩진 갑옷.

이런 단어들이 결합되면서 위치룸 회의 참석자들의 뇌리에 무시무시한 악명 하나가 떠올랐다.

"으헉, 설마!"

"군나르 왕국의 북부 군단장 온바?"

화면 속에서 백마가 두 발을 높이 들고 히이이힝! 울었다. 그 뒤를 이어 온바가 특유의 포효를 터뜨렸다.

"우호호호호호!"

그에 호응이라도 하듯 무너진 성벽 밖에서 말을 탄 기마대가 질풍처럼 성안으로 밀려들었다.

"우호호호호!"

얼굴에 흉악한 문신을 그린 기마대원 한 명이 말 등에서 자세를 잔뜩 낮추며 달려들어 크게 방패를 휘둘렀다.

콰앙!

"꽤액!"

방패에 얻어맞은 토브욘의 병사 한 명이 고개를 120도 가까이 홱 젖히며 뒤로 나동그라졌다. 병사의 얼굴은 이미 곤죽이 되어 형체도 알아보기 힘들었다.

뒤이어 달려든 기마대가 뒤로 넘어진 병사의 몸을 그대로 짓밟고 지나갔다.

"아아악!"

"크악!"

욘타나 성안 여기저기서 비명이 난무했다.

그 모습을 지켜보는 악셀리의 얼굴이 하얗게 질렸다.

"이런 썅!"

뢴로트가 거칠게 투구를 집어 던졌다.

"이게 대체 어떻게 된 거야? 아군 솔샤르들은 다 어디로 가고 애꿎은 병사들만 죽어 나가? 엉? 누가 말 좀 해 보라고."

"뢴로트. 말조심해라. 여기에 너보다 아랫사람은 없어."

카스트렌이 뢴로트에게 경고했다.

하지만 뢴로트는 듣지 않았다.

"아, 누가 그걸 모릅니까? 오죽 답답하면 제가 이러겠습니까? 욘타나 성 같은 요충지에 왜 솔샤르를 철수시켰습니까? 그러니까 저렇게 허무하게 뚫리지요."

뢴로트는 포악한 눈으로 베르를 노려보았다. 그는 군 지휘권을 장악한 베르가 제멋대로 병력을 움직였다고 생각했다. 베르가 욘타나 성에서 솔샤르들을 뺏기 때문에 지금 저렇게 당하는 것이라고 단단히 오해한 것이다.

베르가 고개를 가로저었다.

"형, 오해하지 말아요. 내가 설마 요충지에서 솔샤르를 철수시켰겠어요?"

"그럼 왜 솔샤르들이 없는데? 적들이 벌리스터로 마물 화살을 날릴 때 우리도 맞대응을 해야 하잖아. 빌어먹을! 저 욘타나 성에는 분명 벌리스터가 3기나 배치되어 있었다고. 그런데 눈을 씻고 찾아봐도 아군 솔샤르들이 보이지 않잖아. 이 사태를 어떻게 설명할 건데?"

잔뜩 흥분한 뢴로트가 베르의 멱살을 잡으러 달려들었다.

"뢴로트."

카스트렌이 베르의 앞을 막았다.

"크윽!"

뢴로트는 양손의 손가락을 갈고리 모양으로 구부려 허공을 꽉 움켜쥐고는 신음했다.

카스트렌의 등 뒤에서 베르가 침착하게 대꾸했다.

"뢴로트 형, 제 말을 믿어 줘요. 난 철수 명령을 내린 적이 없어요. 어마마마도 당연히 철수 명령을 내리신 적이 없고요."

"그럼 지금 내 눈에 보이는 저 화면은 뭔데? 엉?"

뢴로트가 크리스틸 화면을 손가락으로 가리키며 악을 썼다. 그 와중에도 토브욘의 병사들은 일방적인 학살을 당했다.

"우호호호호!"

온바가 특유의 포효와 함께 수레바퀴 크기의 해머를 휘둘렀다. 퍼억 소리와 함께 성탑이 붕괴했다. 성탑에 매달린 마법의 영상 송신 장치도 함께 깨졌다. 선명하게 현장의 모습을 보여 주던 크리스틸 화면이 확 꺼졌다. 이제 소리도 들리지 않았다.

위치룸에 적막이 내려앉았다. 카스트렌도, 현자들도, 집정관도, 베르도 입을 열지 않았다. 그저 뢴로트의 씩씩거리는 숨소리만 위치룸을 무겁게 짓누를 뿐이었다.

Chapter 4

철옹성이라 불리던 욘타나 성이 불과 한 시간 만에 허물어졌다. 이 한 시간 가운데 절반은 벌리스터가 성벽을 완전히 허물 때까지 걸린 시간이고, 실제로 성이 점령당하기까지는 고작 30분밖에 걸리지 않았다.

군나르 왕국 북부군이 자랑하는 솔샤르 기마대를 토브욘의 일반 병사들이 막아 내기란 불가능했다. 온바가 거대한 해머를 한 번 휘두르면 사람이 피떡이 되어 날아가고 탑이 무너져 내렸다. 온바는 눈처럼 하얀 말을 타고 욘타나 성안을 헤집고 다니며 무수히 많은 토브욘 병사들을 작살냈다. 온바의 부하들도 눈을 희번덕이며 군단장의 뒤를 받쳤다.

견디다 못한 토브욘의 병사들이 제자리에 무릎을 꿇고 두 손을 들었다.

"살려 주십시오."

"제발 목숨만 살려 주십시오."

"으흐흐흑!"

병사들은 눈물을 흘리며 목숨을 구걸했다.

온바와 그의 부하들이 항복한 적병들을 성안의 광장에 모아 놓았다. 무기를 버리고 갑옷을 벗고 광장에 무릎을 꿇은 토브욘 병사들의 수가 무려 900명이 넘었다. 싸우다 죽은 자들의 수는 그 네 배는 족히 되었다.

무릎을 꿇은 토브욘 병사들 주변을 군나르 북부군 기마대가 빙 둘러쌌다. 솔샤르들로 이루어진 기마대가 내뿜는 기세에 병사들은 절로 주눅이 들었다.

"으흐흑!"

"흐흑."

토브욘의 병사들은 연신 손등으로 눈물을 훔쳤다.

다그닥, 다그닥.

온바가 커다란 백마를 타고 다가왔다.

"충!"

기마대원들이 말 위에 앉은 채로 고개를 푹 숙였다.

온바는 항복한 적병들을 쭉 훑어본 다음 옆으로 고개를 돌렸다. 온바의 옆, 하얀 말 위에 그림처럼 아름다운 사내가 여유롭게 앉아 있었다. 하라간이었다.

"하라간 님, 적 포로들을 어찌 처리하면 좋겠습니까?"

온바가 물었다.

하라간은 투구 사이로 드러난 온바의 흉포한 눈을 물끄러미 보았다.

"어떻게 하는 게 좋겠나?"

"소장은 죽이는 것을 권하고 싶습니다."

"모두?"

"그렇습니다. 아군이 단순히 욘타나 성만 점령할 것이라면 저들을 포로로 잡아 두는 것도 괜찮습니다. 하지만 여기서 북쪽으로 더 치고 올라가시려면 포로들은 방해만 될 뿐입니다."

"그래? 그럼 광장의 사내들은 죽인다고 치고, 저쪽에 숨어 있는 부녀자들은?"

하라간이 턱으로 광장 저편을 가리켰다.

광장에 무릎을 꿇은 토브욘의 패잔병들이 900명 수준이라면, 광장을 둘러싼 건물 안에서 숨죽이고 숨어 있는 부녀자들은 그 수가 5,000명은 족히 넘을 것이다. 하라간은 온바에게 부녀자들의 처리 방법을 물었다.

온바가 잠시 망설이다가 대답했다.

"하라간 님, 이런 말씀을 드리는 것이 참으로 송구합니다만 그냥 솔직히 말씀 올리겠습니다."

"말해 봐."

"저희 북부군은 토브욘 왕국과 오랜 전투를 벌이면서 다들 성정이 거칠어졌습니다. 전쟁에서 피를 보면 인성이 마모되는 것은 어쩌면 당연한 일일 것입니다. 그래서 소장은 전쟁에서 빼앗은 적의 계집들을 병사들에게 전리품으로 주곤 하였습니다."

여기까지 말을 한 뒤 온바는 조심스레 하라간의 눈치를

보았다.

하라간의 표정은 애매모호했다.

온바가 다시 입을 열었다.

"만약 하라간 님께서 소장에게 전권을 위임하신다면 소장은 토브욘의 남자들을 모두 죽이고 토브욘의 여자들은 부하들에게 전리품으로 나눠 주겠나이다. 하지만 만약 하라간 님께서 그런 행위를 금지하신다면, 소장이 명을 내려 부하들을 단속하겠나이다."

전쟁터는 살벌한 지옥이었다. 그 지옥에서 벌어지는 일들은 하나같이 끔찍하고 무서웠다. 군나르 왕국에서 가장 많은 전투를 치르는 북부군은 그 지옥에 익숙해져 있었다. 하지만 수도에서 자란 하라간이 이런 비인간적인 풍경에 얼마나 익숙할지는 알 수 없었다.

'스벤센 왕국을 공격했을 때도 하라간 님께선 적의 부녀자들을 노예로 만들지 않고 그냥 풀어 주셨지.'

온바는 스벤센 왕국에서 기억을 떠올렸다.

사실 온바는 하라간을 두려워하기는 했으나 하라간의 무력을 직접 목격하지는 못했다. 하라간이 눈 하나 깜짝 않고 수천 명을 해치운 장면을 보았더라면 결코 이런 말을 올리지는 않았을 것이다.

하라간이 뒤를 돌아보았다.

"어떻게 하는 것이 좋겠어? 난 결정하기 어렵네."

"하라간 님."

뜻밖의 발언에 라티파를 비롯한 친위대원들이 당황했다.

이건 좋은 태도가 아니었다. 하라간은 이 정벌 전쟁의 총사령관이다. 그런 높은 위치에 있는 사람이 스스로 결정을 내리지 못하고 친위대원들의 의견을 묻는 것은 군대의 기강에 도움이 되지 않았다.

'하라간 님께서 갑자기 왜 이러시지? 이런 분이 아니신데?'

라티파가 속으로 의문을 품었다.

그사이 네페르가 불쑥 끼어들었다.

"하라간 님, 저는 아군이 부녀자들을 겁탈하는 일을 막아 주셨으면 좋겠습니다."

"막아 달라고?"

"네. 자랑스러운 우리 군나르군이 적의 부녀자를 나눠 갖고 겁탈하는 것은 좋지 않다고 생각합니다."

네페르가 모처럼 용기를 내서 하라간에게 고했다.

"네페르!"

라티파가 후다닥 네페르의 입을 막았다.

"송구합니다, 하라간 님. 감히 저희가 나설 자리가 아닌데 네페르가 아직 어려서 실수를 했습니다. 네페르의 말에 신경 쓰지 마시고 하라간 님께서 오롯이 결정하십시오. 저희는 무조건 하라간 님의 뜻에 따를 것입니다."

라티파가 서둘러 마무리를 지었다. 하지만 하라간의 우유부단해 보이는 모습이 이미 북부군에게 공개되었다. 북부군 솔샤르들 가운데 일부가 입가에 비웃음을 띠었다.

[저것 봐. 하라간 님이 비록 위대하시고 또 위대하신 분의 모든 과업을 이어받으실 분이시긴 하지만 아직 어리시네. 군대의 생리가 뭔지도 모르고 또래의 계집애들에게 휘둘리고 계시잖아.]

[쯧쯧쯧, 내 이럴 줄 알았지.]

온바 휘하의 부대장들 몇 명이 이런 불손한 뇌파를 주고받았다. 스벤센 왕국 전투 때 동원되지 않았던 자들이었다.

하라간이 빙그레 웃었다.

"이봐, 온바."

하라간의 눈이 온바에게 향했다.

그 서늘한 눈빛을 마주 본 온바는 갑자기 손이 덜덜 떨렸다. 온바는 군나르보다 하라간을 대하는 것이 훨씬 더 숨막힌다고 느꼈다.

"말씀하십시오."

온바가 고개를 푹 숙여 대답했다.

제6화
진격

Chapter 1

온바가 하라간 앞에 고개를 푹 숙였다. 사실 온바는 하라간의 눈을 마주 볼 자신이 없어 시선을 회피하기 위해 고개를 90도로 떨군 것이지만, 부하들이 보기엔 온바가 하라간에 대한 충성심을 일부러 과하게 드러내는 것처럼 여겨졌다.

[쳇! 할 수 없지. 온바 님께서 저렇게 충성하시니 우리도 따를 수밖에. 하라간 님께서 토브욘의 부녀자들을 건드리지 말라고 하면 참아야지, 뭐.]

[그래. 온바 님의 뜻을 따라야지.]

북부군 부대장들이 이런 뇌파를 주고받았다. 그들이 충

심으로 섬기는 주인은 어디까지나 온바였다. 하라간이 아니라 온바.

'훗!'

하라간이 속으로 웃었다.

과거 루잉 백작이던 시절 하라간은 병사들을 조련하고 지휘하는 일에 평생을 바쳤던 사람이었다. 그런 하라간이 북부군 부대장들의 속마음을 모를 리 없었다. 더군다나 하라간의 귀에는 부대장들이 지금 뇌파로 주고받는 뒷담화가 고스란히 들렸다.

하라간은 굳이 부대장들의 무례함을 꾸짖을 생각이 없었다. 부대장들이 군단장을 이토록 따른다는 것은 나름 좋은 일이었다. 하라간은 온바의 위신을 세워 주었다.

"항복한 적병들에 대한 처리는 그대의 뜻대로 해. 다만 이곳 욘타나 성은 앞으로 병참 보급 기지로 사용해야 하니까 성안에서 죽이지는 마. 저쪽 아래 계곡으로 끌고 가서 처리해."

"넷!"

온바가 우렁차게 대답했다.

하라간이 부녀자들이 숨어 있는 건물을 눈으로 가리켰다.

"그리고 저 부녀자들도 북부군 부대장들과 상의해서 뜻대로 처리해."

"앗! 하라간 님."

뒤에서 네페르가 울상을 지었다.

하라간은 그런 네페르를 무시했다.

가만히 지켜보던 라티파가 눈을 살짝 찌푸렸다.

'이것도 그렇게 좋진 않은데. 온바 군단장의 뜻을 100 퍼센트 따라 주면 북부군이 하라간 님보다 온바를 더 높게 생각할 수도 있어. 하라간 님께서 왜 이렇게 일을 처리하시지? 혹시 다른 의도가 있으신가?'

라티파의 예측이 맞았다. 실제로 북부군의 부대장들이 히죽히죽 웃었다.

[거 봐. 내 이럴 줄 알았다니까. 결국 우리 온바 님의 뜻대로 따를 수밖에 없지.]

[그럼, 그럼.]

부대장들 가운데 일부는 하라간을 우습게 여기기 시작했다.

반면 온바는 가슴이 철렁했다.

'하라간 님께서 도대체 왜 이러시지? 분명 무언가가 마음에 들지 않으신 게야. 우리 북부 군단이 무슨 실수라도 했나?'

온바가 머리를 한창 굴릴 때였다. 하라간이 스쳐 지나가는 말로 중얼거렸다.

"그나저나 점령이 참 쉬웠지? 적 솔샤르들이 자리에 없어서 손쉽게 성을 차지했어."

"헙!"

온바는 찬물을 뒤집어쓴 듯 전율했다.

"아뿔싸!"

북부군 부대장들도 깜짝 놀라 주변을 홱 놀아보았다.

욘타나 성은 그동안 군나르 왕국이 단 한 차례도 점령하지 못했던 철벽 중의 철벽이었다. 북부군은 그런 난공불락의 요새를 최대한 빠르게 점령해야 한다는 생각에 미친 듯이 공격했고, 의외로 수월하게 성을 함락시켜 기분이 날아갈 것 같이 좋았다. 손쉬운 승리에 취해 다들 중요한 사실을 잊고 있었던 것이다.

'이런! 적 솔샤르들이 보이지 않는다!'

온바는 서둘러 마물을 다시 불러냈다. 그의 어깨가 불룩불룩 부풀면서 성인 남자 허리 굵기의 팔뚝 6개가 추가로 돋아났다.

북부군 부대장들도 마물과 다시 결합하며 잔뜩 긴장했다.

이 중요한 요충지에 솔샤르가 없을 리 없었다. 분명 적 솔샤르들이 한자리에 숨어서 반격을 꾀할 것만 같았다.

그 순간, 항복한 병사들 사이에서 꾸부정하게 무릎을 꿇고 있던 노병이 벼락처럼 솟구쳤다.

"죽엇!"

차림이 추레하고 턱에 수염이 염소처럼 듬성듬성 돋아난 늙은 병사는 눈 깜짝할 사이에 20미터를 점프하더니, 동료 병사의 머리통을 발로 밟고 한 번 더 도약하여 하라간의 코앞까지 날아왔다. 처음 도약했을 때는 늙은 패잔병의 모습이었지만, 두 번째 도약할 때 노병은 이미 사람이 아니라 해구 1층 레벨의 마물 막레르의 형상을 하고 있었다. 막레르의 거무튀튀한 몸 주변엔 19개의 방패가 위성처럼 둥둥 떠서 빙글빙글 공전했다. 막레르의 온몸에선 24개의 뾰족한 창이 돋아나 하라간을 향해 살기를 뿌렸다.

"하라간 님, 위험합니다!"

막레르의 투창이 하라간을 향해 발사된 것과, 온바가 말 위에서 몸을 날려 하라간의 앞을 가로막은 것이 거의 동시였다. 레다가 밀레노레르로 변신해 퓨라락! 앞으로 쏘아져 나간 것도 거의 같은 시각이었다. 레다는 하라간이 탄 말 옆을 빠르게 구르며 튀어 나갔다.

하라간이 손을 뻗어 온바의 목을 잡아 젖혔다. 하라간의 앞을 가로막았던 온바가 지푸라기처럼 힘없이 옆으로 쓰러졌다.

하라간의 옆을 스쳐 지나가며 구르듯이 앞으로 튀어 나

가던 레다도 하라간의 손에 목덜미가 잡혔다.

그렇게 2명이 제지를 당하자 하라간의 앞이 무방비로 노출되었다.

"앗!"

"하라간 님!"

일견 불손한 모습을 보이던 북부군 부대장들도 태도가 달라졌다. 기습적인 공격에 깜짝 놀란 부대장들이 하라간을 향해 우르르 달려왔다.

부대장들 가운데 하라간을 겪어 보지 못한 자들은 여자보다 더 아름다운 하라간을 은근히 무시하는 마음을 품었다. 실제로 몇 명은 하라간에 대해 불손한 언사를 주고받기도 했다. 하지만 그렇다고 해서 부대장들의 충성심이 무너진 것은 아니었다. 그들은 군나르의 후계자인 하라간이 토브욘 왕국 솔샤르의 손에 죽도록 내버려 둘 생각은 없었다.

안타깝게도 부대장들과 하라간 사이의 거리는 너무 멀었다. 반면 토브욘의 노병은 어느새 하라간의 코앞 3미터 지점까지 달려든 상태였다.

허공에 몸을 붕 띄운 막레르가 몸을 휘릭 틀었다.

퓨퓨퓨퓨풋!

막레르의 몸에서 발출된 24개의 투창이 나선을 그리며 폭발하듯 터져 나갔다.

하라간이 입맛을 다셨다.

"너를 제외한 나머지 마물들은 새벽에 공격이 발동하기도 전에 낌새를 눈치채고 성벽으로 뛰어 올라오더구나. 그때 내가 남쪽 성벽 위를 한 번 쓰윽 핥아서 마물들을 모조리 흡입했는데, 너 하나가 빠져서 아쉬웠었지."

하라간이 중얼거리는 사이 적 막레르가 쏘아 낸 투창 24개가 허공 한 지점을 향해 후루룩 빨려 들어갔다. 마치 눈에 보이지 않는 무언가가 숨을 훅 들이켜 마물 투창을 빨아먹은 듯한 광경이었다. 이어서 허공에 몸을 띄운 막레르가 허리 어림을 중심으로 몸이 옆으로 'ζ' 형태로 꺾였다. 그러곤 허리가 툭 끊겨 상체와 하체가 허공에서 둘로 분리되었다가 무언가에 덥석 삼켜졌다.

우둑.

허공에서 뼈 씹는 소리가 잠깐 들렸다.

드넓은 광장에 잠시 적막이 흘렀다.

[뭐, 뭐야? 지금 무슨 일이 벌어진 거야?]

[하라간 님께서 조금 전에 뭐라고 하셨지? 자네 들었어?]

[아, 아니. 아니. 듣긴 들었는데 내용이 너무 이상해서…… 아니지. 아닐 게야. 내가 헛소리를 들은 게지.]

북부군 부대장들이 달려오다 말고 모두 그 자리에 멈춰

섰다. 그 상태에서 부대장들은 두 눈만 껌뻑거렸다.

'으으으!'

온바가 부르르 몸을 떨었다. 하라간을 바라보는 온바의 두 눈엔 숨길 수 없는 공포가 가득했다. 천하의 온바가 이런 표정을 짓는 것은 난생처음이었다.

"놓쳤던 먹이를 마저 먹게 해 주셔서……."

하라간이 앵두처럼 붉은 입술을 달싹였다.

"감사합니다."

Chapter 2

하라간의 나른한 중얼거림이 사람들의 귀에 얼음송곳처럼 때려 박혔다.

"으윽!"

온바가 비틀비틀 뒷걸음질 쳤다.

북부군 부대장들이 꽁꽁 얼어붙은 동공으로 하라간을 바라보았다.

"이봐, 온바."

하라간이 온바를 불렀다.

"네, 넷!"

온바가 뒷걸음질 치다 말고 발목을 척 붙여 대답했다.

하라간이 그런 온바를 말 위에서 내려다보며 빙글빙글 웃었다.

"스벤센 왕국에서도 쉽게 압승을 거두고, 욘타나 성에서도 또 손쉽게 이기고. 너와 네 부하들은 네가 잘나서 그런 줄 알지?"

이 말이 이토록 섬뜩하게 다가올 줄은 몰랐다.

'으헙!'

온바는 몸서리를 치는 것으로도 모자라 바지에 찔끔 오줌까지 지렸다. 수천 명의 적병들에게 둘러싸이고도 껄껄 웃었던 백전노장이 하라간 앞에서는 정신을 차리지 못했다. 온바가 무서움을 견디지 못하고 털썩 무릎을 꿇었다.

하라간이 온바에게 다시 한 번 명을 반복했다.

"적 포로들을 계곡에 끌고 가서 목을 쳐라. 그리고 적 부녀자들에 대한 처리는 북부군에게 일임할 테니 알아서 해."

이건 조금 전에 했던 말을 되풀이한 것에 지나지 않았다. 내용상 달라진 바가 하나도 없었다.

그런데 받아들이는 입장에서는 180도 다르게 들렸다.

'남자 포로는 모두 목을 벤다.'

이 명령은 명확했다. 하라간의 명대로 따르면 될 일이었다.

그런데 부녀자를 알아서 처리하라는 명령은 해석이 까다로웠다. 하라간의 본심이 어디에 있는지 자꾸 생각하게 되었다.

"온바, 왜 대답이 없나?"

하라간의 표정이 싸늘해졌다. 미소를 살짝 거뒀을 뿐인데, 광장 전체의 기온이 갑자기 10도 이상 뚝 떨어졌다. 온바를 비롯한 북부군 전체가 대형 블리자드(한파를 동반한 폭풍)에 사로잡힌 듯 몸을 움직이지 못했다.

온바가 가까스로 입술을 떼었다.

"소장 온바, 추, 충심으로 하라간 님의 명을 받들겠나이다."

꽁꽁 얼어서 달라붙었던 입을 강제로 벌린 탓에 온바의 입술에서 피가 터졌다. 토브욘 병사들을 도륙할 때는 피 한 방울도 흘리지 않았던 온바가 엉뚱한 상황에서 피를 보았다.

하라간이 말고삐를 잡아챘다.

히이이힝, 다그닥.

하라간이 등을 돌리자 친위대원들이 우르르 그 뒤를 쫓았다.

멍하게 그 뒷모습을 바라보던 온바가 겨우 정신을 차렸

다. 북부군 부대장들이 얼떨떨한 표정으로 온바 주변에 모여들었다.

온바는 비틀거리며 일어섰다.

"후우!"

꽉 막혔던 숨통이 드디어 풀렸다.

그 날, 욘타나 성 뒤편 계곡엔 피가 강이 되어 흘렀다. 무려 900명이 넘는 토브욘 병사들이 목이 잘리면서 흘린 피였다. 하얀 계곡이 시뻘겋게 물들었다. 계곡 아래로 굴러떨어진 목 없는 시체들이 켜켜이 쌓여 시체의 산을 이루었다.

사람이 사람을 죽이면 정신적인 충격이 이만저만이 아니었다. 그동안 북부군은 여자를 품어서 이 충격을 해소하곤 했다.

오늘은 달랐다. 온바를 비롯한 북부군 부대장들은 욘타나 성의 부녀자들을 모두 감금한 다음, 그녀들의 손가락 하나 건드리지 않았다.

"으흐흑, 흐흑."

"아흐흐흑."

하루아침에 남편과 자식을 잃고 포로 신세가 된 여자들이 하나둘 흐느끼기 시작했다. 그 흐느낌이 욘타나 성 전체에 유령 울음처럼 음산하게 퍼졌다.

욘타나 성이 점령당한 그 시각.

400척이 넘는 대규모 함대가 토브욘 왕국 북서쪽 해안 가에 상륙했다. 짙은 새벽안개를 뚫고 닻을 내린 함대에서는 무려 40,000명의 병력이 한꺼번에 쏟아져 나왔다. 10월 22일에 미리 출발한 군나르 서부 군단이 드디어 토브욘 왕국 북서쪽 침엽수림 지대에 도착한 것이다.

해안선 곳곳에는 목이 잘린 토브욘 경계병들의 시체가 널브러져 있었다.

다그닥, 다그닥, 다그닥.

대장선에서 하얀 백마를 타고 내려온 군단장 모올이 적 병들의 시체를 쭉 훑어보았다. 모올은 키 170 센티미터의 다부진 체격에 왼쪽 눈이 없는 애꾸였다.

"충!"

군단장이 함선에서 내리자 미리 상륙해 있던 서부 군단 병사들이 우렁차게 군례를 올렸다. 모올은 손을 슬쩍 들어 부하들에게 답을 했다.

각을 딱 잡고 대오를 맞춰 정렬한 부하들 사이에서 까만 흑마를 탄 사내가 앞으로 나왔다.

모올이 말 위에서 손을 내밀었다.

"여어, 페피."

윤기가 반드르르 흐르는 흑마를 탄 사내는 바로 페피였다. 하라간의 둘째 외숙이자 네페르의 부친인 페피.

페피는 원래 리안 강의 치수관이었다. 그러다 하라간의 특명을 받고 풀문에 가입하게 되었다. 그 후 페피는 토브욘의 적자 데인을 납치하는 데 공을 세웠고, 마정석 탈취 작전에서도 큰 활약을 펼쳤다. 그 페피가 토브욘 왕국 서쪽 해안에서 모습을 드러내었다.

"모올 군단장님, 오랜만입니다."

페피가 손을 마주 내밀어 모올과 악수했다.

"으허허, 그래 오랜만일세."

모올이 페피의 손을 꽉 잡고 반갑게 흔들었다.

'이런, 노친네가 힘도 좋지.'

모올의 악력이 어찌나 셌던지 페피는 은근히 손이 저렸다. 하지만 아픈 내색을 보이지는 않았다.

모올이 껄껄 웃었다.

"허허허, 자네가 이렇게 척후 부대를 이끌고 앞길을 정리해 주니 좋구먼. 덕분에 우리 서부 군단이 안심하고 상륙할 수 있었네."

해안가에 시체가 되어 드러누운 토브욘 경계병들은 페피를 비롯한 풀문 조직원들의 작품이었다. 하라간은 온바의 북부 군단과 함께 움직이면서 서부 군단에게는 풀문과

EoM을 붙여 주었다.

휘이이잉—

바닷가에서 불어온 날카로운 삭풍이 모올과 페피의 머리카락을 흔들며 침엽수림으로 빨려 들어갔다.

모올이 볼을 푸르르 떨었다.

"으어, 이거 상당히 춥구먼. 어서 숲으로 들어가야겠어."

페피가 바로 대답했다.

"숲에 들어가시면 한결 낫습니다. 빽빽한 나무들이 바람을 막아 주니까요."

Chapter 3

모올이 다시 물었다.

"이 숲이 얼마나 이어지지?"

"여기서부터는 계속 침엽수림입니다. 그렇게 2,000 킬로미터 이상 행군하셔야 비로소 토브욘 북부 마을로 진입할 수 있습니다."

페피가 품에서 지도를 꺼내 모올에게 보여 주었다.

모올은 굳이 지도를 볼 필요가 없었다. 하라간으로부터 전쟁을 명 받기 이전부터 모올은 이 지역 지리와 지형을 숙지하고 있었다. 그런데도 페피에게 한번 물어본 것일 뿐이다.

"허어! 2,000 킬로미터라고? 꽤나 오래 행군해야겠구면. 어쨌거나 하라간 님께서 명령하신 날짜에 맞춰서 토브욘 수도에 도착해야 하니까 서둘러야겠어. 이거 중간에 방해꾼들이라도 만나면 도착 시간이 빠듯하겠는데?"

모올이 짐짓 엄살을 부렸다. 그러면서도 모올은 2,000 킬로미터라는 이동 거리와 도착 시간을 염두에 두고 행군 속도를 계산해 내었다.

따져 보니 그렇게 시간적 여유가 있는 일정은 아니었다. 행군 도중 토브욘군과 접전이라도 붙으면 시간을 맞추기 힘들었다.

다행히 페피가 도움을 주었다.

"제가 앞장서서 방해꾼들을 미리 제거할 겁니다. 군단장 님께선 심려 말고 쭉 행군만 하십시오."

"그래. 내 자네만 믿음세. 어허허."

대화를 나누는 사이 두 사람의 눈썹과 수염에 하얗게 서리가 앉았다.

모올이 갑자기 재채기를 했다.

"에취! 에취! 어어, 이거 보통 추위가 아니구면. 털옷을 입었건만 뼛속까지 얼어붙는 것 같으이."

"빨리 숲으로 들어가시지요. 그럼 한결 나으실 겁니다."

"응. 그러자고."

모올이 손가락을 까딱거리자 4만 대군이 180도 몸을 홱 돌렸다.

"가자."

모올이 말을 몰아 앞장섰다.

그 뒤를 따라 부대장들과 병사들이 척척 걸음을 옮겼다. 병사들의 눈썹에도 하얗게 서리가 내려앉았다. 손가락 끝이나 발가락 끝은 꽝꽝 얼어서 감각이 둔해졌다.

페피가 걱정스레 입을 열었다.

"토브욘 왕국은 기온이 낮아 보급이 정말 중요합니다. 젖은 군복을 수시로 갈아입어야 하고 따뜻한 식량도 지속적으로 공급할 필요가 있습니다."

모올이 동의했다.

"그래서 내가 병력을 둘로 나눴네. 약속 시간까지 토브욘 수도에 도착하기 위해 80,000 서부 군단 가운데 절반만 데려 왔고, 나머지 절반이 보급로를 구축하면서 뒤따라 올 게야."

"잘하셨습니다. 군단장님, 그럼 저는 먼저 가서 동료들과 합류하겠습니다. 행군 중간중간에 또 찾아뵙지요."

페피가 모올에게 작별 인사를 고했다.

모올이 페피에게 손을 내밀었다.

"그래. 우리가 시간을 지체하지 않도록 자네가 앞길을 잘 좀 닦아 주게. 으허허."

"네, 군단장님."

다시 한 번 짧고 강렬하게 악수를 나눈 두 사람은 침엽수림 초입에서 빠르게 멀어졌다.

"이랴!"

흑마를 달려 숲을 가로지르는 페피의 등을 보면서 모올은 크게 고개를 끄덕였다.

"거참, 저 친구의 눈에서 불이 쏟아지는 것 같구먼."

"그랬습니까?"

어느새 다가온 서부 군단의 작전 참모가 모올에게 물었다. 모올이 대답했다.

"그래. 눈알이 번뜩거렸어. 하긴, 재정 대신 카팁 님이 암습을 받아 크게 다치셨으니 그 아들인 페피 군의 눈이 돌아갈 수밖에."

"저 사람이 카팁 님의 아들이었습니까?"

작전 참모가 의외라는 듯 되물었다.

"몰랐나?"

"네, 몰랐습니다. 어쨌거나 나쁜 소식은 아니군요. 저 사람이 눈에 불을 켜고 척후 활동을 해 줄 테니 우리는 행군 속도만 내면 되는 것 아닙니까?"

"그렇지. 대신 이렇게까지 배려를 받았는데도 제시간에 도착하지 못하면 하라간 님을 뵐 면목이 없어지겠지. 허허 허허. 나야 늙었으니까 봐주실지 모르겠네만, 작전 참모인 자네는 하라간 님 앞에 불려가 심한 매질을 당할 수도 있다 네. 으허허허!"

모올이 농을 했다.

작전 참모는 콧김을 한번 쿵! 내뿜고는 모올을 재촉했다.

"그런데 이렇게 농담이나 하고 계시면 되겠습니까? 저는 매질을 당하기 싫으니 어서 명을 내려 주시지요. 행군 속도 를 높이라는 명령 말입니다."

"으허허, 알았네. 알았어."

모올이 눈짓을 했다.

둥둥둥둥둥!

고수가 점점 더 빠르게 북을 두드렸다. 서부 군단 병사들 은 그 북소리에 맞춰 한층 더 행군 속도를 높였다.

하늘은 청명했다. 바람 때문에 나뭇가지에 쌓인 눈이 흩 날리면서 눈보라가 몰아닥치는 것처럼 느껴졌을 뿐이다.

10월의 마지막 날은 피와 함께 저물었다.

까악! 까악! 까악!

추운 지역에 서식하는 변종 까마귀 떼가 하늘을 빙글빙

글 돌면서 시체 뜯어먹을 궁리를 했다. 하얀 눈밭에는 창과 칼이 아무렇게나 꽂혀 있었다. 그 사이사이로 죽은 병사들이 엎드려 대지와 키스했다. 욘타나 성에서 30 킬로미터 북쪽의 평원.

군나르군은 눈밭에 쓰러진 적병들의 시체로부터 털옷을 회수 중이었다.

"털옷과 부츠, 장갑을 모두 챙겨라. 여기서 북쪽으로 진격하면 할수록 더 추워진다. 그러니 보온에 가장 신경 써야 한다."

말을 탄 부대장들이 부하들 사이로 돌아다니며 이렇게 소리쳤다.

군나르 북부 군단 병사들은 시체로부터 옷을 벗기고 장갑과 부츠를 회수했다. 죽은 자들은 옷마저 빼앗겨 알몸뚱이로 눈 속에 파묻혔다. 친절하게 옷까지 벗겨 주는 행동이 고마웠던지 까마귀들이 연신 까악! 까악! 울어 댔다.

한편 구릉 위에선 온바를 비롯한 작전 참모들이 모여서 하라간에게 보고 중이었다.

"아군의 피해는?"

하라간이 물었다.

참모들이 집계한 통계 자료를 온바가 대신 보고했다.

"총 70,000명을 오늘 전투에 투입하였는데, 이 가운데

2,000명가량이 중상, 950명 정도가 사망입니다."

950명 사망, 2,000명 중상.

크다면 크고 적다면 적은 피해였다.

욘타나 성을 점령할 때는 북부 군단의 피해가 거의 전무했다. 하라간이 적 솔샤르들을 싹 제거해 준 덕분이었다.

오늘은 하라간이 전투에 개입하지 않았다.

그러자 특이할 것 없는 전투 양상이 전개되었다. 양측 솔샤르들끼리는 진형 중앙에서 전면전을 펼쳤고, 진형의 양쪽 날개 위치에서는 일반 병사들끼리 접전이 벌어졌다.

피해는 주로 날개 쪽에서 발생했다. 군나르 왕국 북부 군단이 자랑하는 정예 솔샤르들은 적 솔샤르들을 일방적으로 분쇄하며 대승을 거두었다. 그리고 그 여파가 양쪽 날개까지 전파되면서 전투는 군나르 측의 압승으로 끝났다.

하라간이 물었다.

"직접 붙어 보니까 어떻던가?"

온바가 솔직히 대답했다.

"하라간 님께서도 아시다시피 소장은 토브욘 놈들과 많이 싸워 봤습니다. 그런데 오늘 맞붙은 적들은 예전보다 많이 약해진 느낌입니다."

"당연하지. 오늘은 버리는 패야."

하라간이 곧바로 그 말을 받았다.

"버리는 패란 말씀이십니까?"

온바가 되물었다.

참모들의 눈에도 다소 불편한 기색이 떠올랐다. 토브욘 왕국을 상대로 대승을 거두어서 칭찬을 받을 것으로 생각했는데 적이 버리는 패였다니, 이건 그리 유쾌한 품평이 아니었다.

Chapter 4

하라간이 검 끝으로 눈 위에 그림을 그렸다.

"여기가 욘타나 성. 그다음 우리 목적지가 피돌 성. 이곳 피돌은 토브욘 왕국 중부 곡창 지대로 올라가는 핵심 관문이야. 피돌이 점령당하면 그 피해가 이만저만이 아니지. 그래서 적들은 시간이 필요했을 거야. 피돌에 충분히 병력을 배치할 시간 말이야. 오늘 전투는 그 시간을 벌기 위한 것일 뿐. 그래서 토브욘 왕국은 정규군을 싹 빼고 지방 토후들이 보유한 병력만으로 우리를 막았어. 그렇게 급하게 끌어모으다 보니 서로 손발이 맞지 않더군. 싸우면서 그걸 느끼지 못했나?"

하라간의 지적은 송곳처럼 날카로웠다.

'그러고 보니!'

온바는 느끼는 바가 있었다.

작전 참모들도 하라간의 말에 고개를 끄덕일 수밖에 없었다. 확실히 오늘 상대한 적 솔샤르들은 힘을 한곳에 집중하지 못했다. 처음엔 '북해 놈들이 그동안 마법만 믿고 훈련을 게을리했나?'라고 생각했지만, 하라간의 설명을 듣고 보니 시간을 벌기 위해 여기저기서 끌어모은 오합지졸들이었다.

작전 참모들이 부끄러움에 고개를 푹 숙였다.

하라간이 피식 웃었다.

"그렇게 속상해할 것 없어. 전쟁터란 말이야, 워낙 변수가 많거든. 내가 생각하는 강한 군대는, 강자를 상대로 승률이 높은 곳이 강한 군대가 아니야. 쉬운 상대를 만났을 때 100 퍼센트 이겨 주는 곳이 진짜 강한 군대지."

"네? 그게 무슨 말씀이십니까?"

온바가 고개를 갸웃했다.

하라간이 설명을 덧붙였다.

"쉽게 말해서 이런 거지. 예를 들어 A라는 군단이 있다. 이 군단은 강자를 만나서 싸우면 승률 70 퍼센트, 동급을 만나서 붙어도 승률 70 퍼센트, 약자를 만나서 싸우면 승률 85 퍼센트라고 치자."

"네."

"한편 B라는 군단이 있어. 이 군단은 강자와 싸우면 승률 50퍼센트, 동급과 싸우면 70 퍼센트, 약자와 싸우면 승률 99 퍼센트. 북부 군단장은 A와 B 군단 중 어느 군단을 가지고 싶나?"

"그야 당연히 A입니다."

온바가 단순하게 대답했다.

하라간이 고개를 가로저었다.

"난 B를 갖겠어. 왜냐하면 B군단은 예측 가능한 작전을 세울 수 있거든. 강자는 적당히 회피하면서 약자만 집중적으로 공략한다든가 하는 작전 말이야. 하지만 A군단을 이끌고 전쟁터에 나갔다가 15 퍼센트의 확률로 약자에게 대패를 한다면? 그럼 정말 큰일이지."

"으으음!"

온바는 하라간의 말뜻을 비로소 알아들었다.

하라간이 검지를 세웠다.

"한 가지 더. A군단과 B군단의 지휘관들이 어떤 성격일 것 같나?"

"그건⋯⋯."

온바는 쉽게 대답하지 못했다.

하라간은 길게 기다리지 않고 바로 자신이 생각한 답을 제시했다.

"A군단의 지휘관은 임기응변에 강해. 그리고 전쟁을 앞두고 부하들을 격려하는 말솜씨도 뛰어나지. 그러니까 강자를 상대로 기대 이상의 성과를 거둘 수 있는 거야. 대신 A군단의 지휘관은 자신의 능력을 과신하여 평소 군대의 훈련을 조금 소홀히 했을 수는 있어. 그 때문에 확실히 잡아주어야 할 약자에게 가끔 깨지기도 하는 거지. B군단의 지휘관은 이와 정반대 성격이야. 그는 A군단의 지휘관처럼 말주변이 뛰어난 것도 아니고, 임기응변에도 능하지는 않지. 하지만 평소 심하다 싶을 정도로 부하들을 잘 단련시켜 놓았을 뿐이고, 비록 그 자신이 뛰어난 전술을 짜내지는 못하더라도 적의 전술에 속지 않을 만큼 꼼꼼하지. 그러니까 약자를 상대로 99퍼센트의 승률이 나오는 거야."

"아!"

결국 하라간은 온바를 B타입의 지휘관이라고 말하는 셈이었다.

하라간이 한마디를 덧붙였다.

"지휘관을 부리는 군주의 입장에서, 둘 다 쓸모가 있어. 강적을 상대로는 A군단을 내보내고 싶어진다고. 하지만 군주가 진짜 믿는 무력은 A보다는 B야. 나에게 하나만 고르라고 한다면 나는 주저 없이 B군단을 고르겠어."

이건 칭찬이었다. 단지 입에 발린 칭찬이 아니라, 냉철하게 분석한 끝에 나온 칭찬이었다. 하라간은 온바를 믿을 수 있다고 말하고 있었다.

"하라간 님!"

온바의 동공이 파르르 흔들렸다.

묵묵히 이야기를 경청하던 북부 군단 작전 참모들도 가슴이 울컥했다.

'하라간 님께서 우리를 인정해 주시는구나.'

'그래. 이 말씀이 맞아. 우리 북부군이 노력형이긴 하지.'

참모들은 어느새 하라간의 평가에 동의하기 시작했다.

하라간이 동원한 북부군은 80,000명이었다. 그 뒤를 이어 군나르 왕국 중앙군 60,000명이 북쪽으로 북상 중이었다. 중앙군은 욘타나 성에 병참 기지를 구축한 다음, 북부군에 병력과 무기, 식량을 꾸준히 올려 보낼 계획이었다.

"네가 욘타나 성에 남아서 보급 계획을 챙겨."

하라간은 이런 말로 라티파를 욘타나 성에 남겨 두었다. 라티파는 끝까지 하라간과 함께하기를 원했으나, 하라간의 명을 거역하지는 못했다.

하라간은 네페르도 라티파의 곁에 두었다. 카팁이 크게 다치고 페피마저 전쟁터에 뛰어든 와중에 페피의 딸인 네페르까지 격전지에 데려가는 것이 마음에 걸린 탓이었다.

하라간은 부상이 심한 병사 2,000명도 욘타나 성으로 돌려보냈다.

11월 5일 오후.

진격을 서두른 북부군 78,000명은 마침내 피돌 성 앞 평야에 도착했다.

"예전 이스테텐 님 이후로 처음인가?"

하얀 말 위에서 피돌 성을 올려다보면서 하라간은 이스테텐을 떠올렸다. 북부의 모든 왕국이 그러하듯이 군나르 왕국도 초대 군주로 욘 아르네를 꼽았다. 이어서 욘 아르네의 셋째 아들인 하자드가 군나르 왕국의 2대 군주였다. 당연한 말이지만, 당시 군나르 왕국의 국명은 군나르가 아니라 하자드였다.

하자드의 뒤를 이어 3대 군주에 오른 사람이 이스테텐.

그다음 군주가 바로 군나르였다.

선대 군주인 이스테텐은 다방면에서 능력이 탁월한 인물이었다. 그는 오랜 앙숙인 북해와 싸워 이곳 피돌 성을 점령하는 쾌거를 세웠다. 그 후 채 몇 달이 지나지 않아 피돌 성을 다시 빼앗기기는 했지만, 군나르 백성들은 아직도 이스테텐의 정복 전쟁을 자랑스럽게 여겼다.

피돌 성 공략

Chapter 1

군나르 군이 평원 한복판에 군진을 설치했다. 피돌 성으로부터 남쪽으로 6 킬로미터 떨어진 위치였다. 군나르를 상징하는 깃발들이 차가운 북풍에 휘날렸다.

깎아지른 계곡 정중앙에 우뚝 서서 계곡 입구를 꽉 막고 있는 피돌 성은 한눈에 보기에도 난공불락의 요새 같았다. 비스듬히 경사진 성벽은 그 높이가 무려 12 미터나 되었으며, 좌우의 절벽도 가파르기 이를 데 없어 사다리를 놓고도 기어서 올라가기 불가능해 보였다.

게다가 적들의 준비도 철저했다. 성벽 위엔 벌리스터가 12기나 올라온 상태였다. 까마득한 상공엔 토브욘 왕국이

자랑하는 마력함이 다섯 척이나 출격해서 지상을 감시 중이었다. 병사들이 군막을 치고 깃발을 세우는 동안 하라간은 뒷짐을 지고 피돌 성을 관찰했다. 탁 트인 평야라 멀리서도 성이 잘 보였다.

해가 서쪽 하늘로 뉘엿뉘엿 저물었다.

북해의 여름은 낮이 유난히 길고 겨울은 놀랄 정도로 짧았다. 지금도 오후 4시밖에 되지 않았는데 벌써 사위가 어둑해졌다. 태양은 서쪽 산등성이로 넘어가면서 마지막 붉은빛을 뿌렸다. 그 빛을 받아 피돌 성의 성벽이 피처럼 붉게 물들었다.

뚝딱, 뚝딱.

하라간의 등 뒤에선 군막을 세우기 위한 말뚝 박기가 한참이었다. 군나르의 병사들은 임시 마구간도 설치하고 말에게 여물을 먹였다.

"다들 똑바로 해라. 말뚝을 대충 박았다가 강풍에 막사가 뒤집히면 가만두지 않겠다."

군단장 온바가 병사들 사이를 돌아다니며 호랑이처럼 호령했다. 작전 참모와 부대장들, 부관들이 덩달아 바삐 움직였다.

하라간은 홀로 한가했다. 그는 피처럼 붉은 성벽을 보자 갑자기 피가 보고 싶어졌다. 마신과 결합한 이후 하라간은 참을성이 좀 줄어들었고, 식욕은 왕창 늘었다.

"배가 고프군."

살짝 벌어진 입술 사이로 하라간의 하얀 이가 드러났다. 석양을 받은 이빨이 번쩍 빛을 토했다. 그 찰나의 섬광이 사그라지면서 주변은 급속도로 암흑천지가 되었다.

해가 완전히 졌다고 해서 앞이 보이지 않는 것은 아니었다. 어둠이 찾아오자 군나르 왕국 진영엔 수천 개의 횃불이 타올랐다. 덕분에 진영 주변은 석양이 지기 전보다 더 환했다.

적진도 마찬가지였다. 피돌 성벽 위에도 이글거리는 횃불이 무수히 생겨났다. 하늘에 뜬 마력함 꽁무니에선 찬란한 빛이 쏟아져 성벽 앞쪽을 환하게 밝혔다.

피돌 성의 총사령관 유쿠는 토브욘의 정식 부인이 낳은 일곱 번째 적자였다. 토브욘은 정식 부인들로부터 13명의 적자를 두었으며, 첩들로부터 66명의 왕자를 생산했다. 딸까지 합치면 그 수를 헤아리기 힘들 정도였다.

이렇게 자식들이 많다 보니 자식들 사이에도 계층이 나뉘었다. 토브욘의 정식 부인들이 낳은 13명의 적자와 나머지 66명의 왕자들은 그 처우가 완전히 달랐다. 적자들은 다른 왕자들과 차별성을 부각하기 위해 팔에 황금 팔찌를 차고, 머리를 위로 틀어 올려 기다란 황금 막대를 꽂았다.
결국 이 황금 팔찌와 황금 막대가 적자들의 신분을 드러내
는 징표나 마찬가지였다.

13명의 적자들 사이에도 어느 사이엔가 층이 생겼는데,
그 기준은 위치룸 회의 참여 여부였다. 토브욘의 여덟 번째
적자 룐로트와 열세 번째 적자 베르는 타워 69층에서 개최
되는 위치룸 회의의 참석 멤버였다. 원래는 요나스와 그룬
드도 멤버였는데, 최근에 제명을 당했다.

룐로트와 베르를 제외한 나머지 적자들은 늘 목이 말랐
다.

'어떻게든 공을 세워야 해. 큰 공을 세워서 위대하시고
또 위대하신·분의 눈에 들어야 한다고. 그래야 위치룸의 멤
버가 될 수 있어.'

토브욘의 적자들은 모두 이 생각에 골몰했다.

유쿠도 예외가 아니었다.

"어서 오너라, 하라간. 내 너를 붙잡아 타워 69층으로
올라가는 발판으로 삼을 것이다."

밤색의 긴 머리카락을 황금 막대로 고정한 유쿠는 팔짱
을 끼고 성벽 위에 서서 군나르 진영을 노려보았다.

유쿠는 키가 훤칠하고 장작개비처럼 몸이 마른 체형이었
다. 생김새는 요나스와 비슷했는데, 그 이유는 유쿠가 요나

스와 어머니가 같기 때문이었다.

세상에 단둘밖에 없는 친형제 사이이건만 요나스와 유쿠는 별로 왕래가 없었다. 유쿠는 다른 형제들뿐 아니라 요나스도 경쟁자 중 한 명이라고 생각했다. 요나스도 권력 욕심이 많은 유쿠를 멀리했다.

유쿠가 굽어보는 가운데 군나르 진영의 횃불 숫자가 점점 더 늘었다. 유쿠가 씨익 웃었다.

"훗! 적이 많으면 많을수록 더 좋지. 그만큼 내 공적이 올라가니까 말이야."

"옳으신 말씀입니다."

유쿠의 등 뒤에서 여성의 음성이 들렸다.

유쿠가 슬쩍 뒤를 돌아보았다. 남자 못지않은 장대한 체격에 왼팔에 둥그런 방패를 차고 오른손에 긴 핼버드(창대 끝에 칼날을 매단 무기)를 든 여전사가 눈에 들어왔다.

그녀의 이름은 코소바레.

유쿠의 외가 쪽 핏줄로 어려서부터 유쿠의 호위 무사로 활약한 여인이었다. 유쿠가 아무 말 없이 다시 군나르 진영으로 시선을 돌렸다.

코소바레가 유쿠 곁에 다가와 성벽 위에 나란히 올라섰다. 강풍이 몰아치는 상황에서 드높은 성벽 위에 올라서서 균형을 잡는 것은 참으로 아찔한 일이지만 유쿠와 코소바레는 아무렇지도 않게 그 일을 해내며 전방을 바라보았다.

잠시 간의 정적을 깨고 유쿠가 입을 열었다.

"몇 명이나 될 것 같으냐?"

"사막의 땅개들 말입니까? 저 정도 규모면 100,000명은 안 되는 것 같습니다. 얼추 70,000명이나 80,000명 정도 되어 보입니다."

코소바레의 눈은 정확했다.

유쿠가 사뭇 엄살을 피웠다.

"어이쿠! 피돌 성에 배치된 아군 병력은 15,000명에 불과한걸."

"그럼 한 사람당 사막의 땅개 5명씩만 때려잡으면 되겠군요."

"뭐? 우하하하하!"

코소바레의 당찬 대답에 유쿠가 호탕하게 웃었다.

"하하하. 그래. 네 말이 맞다. 병사 한 명당 겨우 땅개 다섯 마리만 때려잡으면 그만이지. 우리 북해의 전사들에게 그건 아주 쉬운 일이지. 우하하하."

"유쿠 님, 청이 하나 있습니다."

코소바레가 정색을 하고 부탁했다.

유쿠가 코소바레를 돌아보았다.

"뭐냐?"

"저에게 몸이 날랜 전사들을 몇 명만 붙여 주십시오. 적들이 성벽을 때리는 동안 제가 소수 정예를 이끌고 적진에 침투하여 적장 하라간의 목을 따겠습니다."

평소에도 용맹하기로 소문난 코소바레였지만, 오늘따라 유난히 적극적이었다. 유쿠가 그 이유를 물었다.

"혹시 함락당한 욘타나 성에 아는 사람이 있었더냐?"

"……네."

약간의 침묵 끝에 코소바레가 고개를 끄덕였다.

Chapter 2

"누구?"

코소바레의 친척이라면 유쿠에게도 친척뻘일 수 있다. 유쿠가 집요한 눈길로 코소바레의 답을 기다렸다.

코소바레는 입술을 살짝 깨물었다가 대답했다.

"제 외종사촌들이 욘타나 성에서 복무 중이었습니다. 지금쯤 그들은 죽어서 영혼이 신인의 곁으로 올라갔을 것입니다."

사연을 고하는 내내 코소바레의 눈에선 복수의 불길이 타올랐다.

유쿠가 시원하게 허락을 해 주었다.

"그래? 그런 일이 있었구나. 좋다! 네게 30명의 솔샤르를 붙여 주마. 짐작건대 내일 아침 날이 밝는 즉시 군나르 놈들이 공성을 시작할 것이다. 그러니 지금 즉시 네가 돌격대를 이끌고 적의 후방으로 돌아가 공을 세워 보거라."

"유쿠 님, 고맙습니다. 정말 고맙습니다."

코소바레가 유쿠를 향해 허리를 직각으로 숙였다.

유쿠가 코소바레의 어깨를 두드려 주었다.

"고맙긴. 그 대신 나와 약속 하나 하자."

"무슨 약속입니까?"

유쿠가 잠시 머뭇거리다가 입을 열었다.

"무리하지 말거라."

"네?"

이건 뜻밖의 당부였다. 코소바레가 아는 유쿠는 지독할 정도로 공격적인 사람이었다. 평소 부하들에게 무리하지 말고 몸을 사리라는 말을 내뱉은 적은 결단코 없었다. 의외의 당부에 코소바레의 눈이 휘둥그레졌다.

유쿠가 민망했는지 헛기침을 했다.

"험험! 내일 아침 하라간이 후방에 남아 있을지, 아니면 공성전에 직접 뛰어들지 알 수는 없구나. 그런데 한 가지는 확실해. 하라간의 주변엔 분명 강력한 호위망이 구축되어 있을 것이다. 그 호위망을 향해 무리하게 돌격하지 말고 적당한 기회를 엿봐라. 만약 네가 이 약속을 지킬 수만 있다면 너의 출격을 허락하마."

유쿠의 말에선 코소바레를 향한 진심 어린 걱정이 묻어났다.

'유쿠 님!'

코소바레는 괜히 코끝이 시큰해졌다.

밤 8시가 되자 군나르 진영의 막사가 모두 완성되었다. 온바는 병사들에게 배식을 하고 불가에서 몸을 녹이도록 지시했다.

하라간은 진영 앞으로 산책을 나와 어둠 속에 파묻힌 피돌 성을 바라보았다.

츠츠츠츠—

하라간의 확장된 감각이 피돌 성 전체를 스캔하고 지나갔다.

"대충 15,000명에 달하는구나."

피돌 성에 주둔 중인 적 병력은 군나르군에 비해 확실히 열세였다. 하지만 이 정도의 병력이 철옹성 안에서 농성을 벌이면 십만 대군도 거뜬히 막아 낼 만했다.

"단단한 성벽을 향해 병력을 퍼붓는 것은 미련한 짓이

야. 그런 짓을 했다가는 아군 병력이 물거품처럼 날아갈 뿐이지. 그렇다고 피돌 성 주변을 빙 둘러싸고 적의 식량이 떨어질 때까지 기다릴 수도 없어. 토브욘 녀석들은 마력함으로 식량을 계속 실어 나를 수 있거든."

피돌 성에 대한 직접적인 공격은 쉽지 않았다. 어렵게 승리한다고 하더라도 여기서 큰 피해를 입으면 이후 북쪽으로 치고 올라갈 동력이 떨어졌다.

그렇다고 토브욘 왕국을 상대로 장기전을 펼칠 수도 없었다. 마력함과 공간 이동 포탈을 가진 토브욘 왕국은 식량 부족으로 항복할 가능성이 전무했다.

"적의 병력을 소모시키는 것도 해결책이 될 수 없어. 토브욘 녀석들은 공간 이동 포탈을 통해 얼마든지 추가 병력을 파병할 수 있거든. 지금 저 성에 15,000명만 배치한 것은 성의 규모상 더 많은 병력이 필요 없기 때문이지 토브욘 왕국이 병사가 부족해서 그런 것이 아니야."

하라간은 뒷짐을 지고 진영 앞 목책을 따라 서성거렸다. 그러다 진영 안쪽 중앙 막사로 눈을 돌렸다.

지금 군단장의 막사 안에서는 공성 전략을 의논하느라 열기가 뜨거웠다.

"온바가 골치가 아프겠군."

전투 경험이 풍부한 하라간도 피돌 성을 공략할 만한 뚜

렷한 돌파구가 보이지 않았다. 온바와 작전 참모들이 아무리 머리를 쥐어짜도 뾰족한 수가 나올 것 같지 않았다.

"어쩔 수 없군. 여기서 발이 묶일 수는 없으니 내가 좀 도와줄 수밖에."

결국 하라간은 한 팔 거들어 주기로 결심했다.

방법은 많았다.

검을 크게 한 번 휘둘러 공간을 동그랗게 도려내면 피돌성 전체를 이 세상에서 지워 버리는 것도 가능했다.

하지만 하라간은 가능하면 검으로 공간을 베는 일은 자제하기로 마음먹었다. 저 높은 곳에서 굽어보고 있을 대적자를 의식한 탓이었다.

"내 밑천을 자꾸 드러내 보일 필요는 없지."

검을 사용하지 않는다면, 마신의 권능을 살짝 꺼내 드는 것도 좋은 해결책이었다. 마신의 발톱 끝에 솜털처럼 돋아난 미세한 돌기, 그 돌기 표면에 빼곡하게 박힌 수만 개의 촉수, 그 촉수 가운데 단 하나만 툭 내밀어도 저런 성 따위는 그대로 짓뭉개 버리는 것이 가능했다.

혹은 촉수 끝을 가늘게 뽑아서 성벽 안쪽의 마물들만 싹 핥아 먹어도 괜찮았다. 개미핥기의 혀가 좁은 개미굴 속으로 휘릭 들어갔다가 나오면 개미 수천 마리가 그 혓바닥에 달라붙어 개미핥기의 입속으로 들어오는 것처럼, 하라간은 피돌 성의 마물들만 싹 제거할 수도 있었다. 실제로 하라간은 욘타나 성에서 이 방법으로 마물들을 미리 제거하여 군나르군의 점령을 도왔다.

"근데 한 번 써먹은 방법을 또 쓰기는 싫단 말이지. 재미가 없잖아?"

하라간이 고개를 삐딱하게 기울였다.

어둠 속의 피돌 성 성벽 위에는 수백 개의 횃불이 일렬로 늘어서서 타오르는 중이었다. 하라간은 그 불빛을 물끄러미 보았다.

"결국 네 번째 방법으로 가야 하나?"

하라간이 나직하게 중얼거렸다.

군나르 왕국은 별안간 전쟁을 선포하고 토브욘 왕국으로 쳐들어왔다. 지난 몇십 년간 웅크리고 있던 침묵의 왕국이 크게 기지개를 켜고 일어나 세상을 향해 포효를 내지른 셈이었다.

"북부의 아홉 왕국 가운데 우리 군나르 왕국은 약세로 분류되어 왔어. 할아버님께서 나를 보호하기 위해 계속 참아 오신 때문이지. 그러던 왕국이 별안간 긴 침묵을 깨고 정벌 전쟁을 시작했단 말이야? 그렇다면 분명 그럴듯한 이유가 있어야 해. 북부인들이 납득할 만한 이유를 제시하지 못하면 다들 이상하게 생각할 거야."

여기서 잠시 독백을 멈춘 뒤, 하라간은 군나르에게 뇌파를 보냈다.

[할아버님.]

[하라간? 하라간이냐?]

먼 남쪽 왕궁 안에서 책을 읽던 군나르가 반색을 했다.

[네, 할아버님. 접니다.]

[오오, 그래. 온바가 올린 보고서는 잘 보았다. 드디어 피돌 성 앞까지 진격했다며? 어허허허! 이스테텐 님 이후로 처음이구나. 정말 장하다.]

군나르가 책을 덮고 활짝 웃었다.

하라간이 함께 미소를 지었다.

[그래, 갑자기 무슨 일이냐? 공성전은 내일 아침에 시작하겠지?]

[공성전을 펼치기 까다로울 것 같습니다. 피돌 성 함락이 목적이라면 아군의 피해가 크더라도 한번 시도해 보겠는데, 그보다 위쪽까지 치고 올라가려면 여기서 병력 손실을 보면 안 될 것 같거든요. 그래서 할아버님께 부탁을 드리고자 합니다.]

[무슨 부탁?]

[할아버님의 마물을 제가 좀 빌리고 싶습니다.]

하라간의 요청에 군나르가 의아한 기색을 띠었다.

[탁소 키르샤야 얼마든지 빌려 가도 된다만, 2차 성인식
에서 너도 심해저의 마물과 결합했다고 하지 않았더냐? 예
전에 네가 복사한 마물도 심해저 레벨이고.]

하라간은 첫 번째 성인식에서 심해저 레벨의 마물을 복
사했다. 이어서 올해 열린 2차 성인식에서 다시 심해저 레
벨의 마물과 결합하여 마정석을 꽉 채웠다. 군나르는 이렇
게 알고 있었다. 군나르는 솔직히 하라간이 어떤 마물을 복
사했고 어떤 마물과 결합했는지 궁금했다. 하지만 마물의
정체에 대해서 꼬치꼬치 캐묻는 것은 솔샤르들 사이에서
절대 금기였다. 군나르도 궁금증을 애써 참으며 하라간이
스스로 밝힐 때를 기다렸다.

Chapter 3

[할아버님께서도 이미 짐작하셨겠지만 제가 복사한 마물
은 심해저 1층 레벨 이상입니다.]

하라간이 잠시 화제를 돌렸다.

하라간의 마물이 군나르의 탁소 키르샤보다 더 강하다는
것은 군나르도 짐작하던 바였다. 하지만 막상 하라간의 입
에서 이 이야기를 들으니 새삼 가슴이 뭉클했다.

[그렇더냐? 어허허. 장하다. 장해.]

군나르는 진심으로 기뻐했다.

하라간이 이야기를 이었다.

[그리고 이번 2차 성인식에서 제가 결합한 마물도 심해저 1층 레벨을 뛰어넘었습니다.]

[호오! 그게 정말이냐? 도플갱어의 능력으로 복사한 마물도 심해저 2층이고, 이번에 결합한 마물도 심해저 2층이란 말이냐?]

군나르는 "심해저 1층을 뛰어넘었다"는 말을 "심해저 2층에 도달했다"는 뜻으로 알아들었다.

하라간은 굳이 군나르의 오해를 바로잡지 않았다.

[그런데 할아버님, 제 마물을 세상에 드러내면 어떤 일이 발생하겠습니까?]

군나르는 하라간의 말뜻을 이해했다.

800년 전 신인이 결합한 마물이 심해저 1층 레벨의 키르샤였다. 그런데 막키르샤가 세상에 등장한다면 북부의 모든 질서가 붕괴될 것이다.

[으으음!]

군나르가 신음을 삼켰다.

하라간이 말을 계속했다.

[물론 언젠가는 제 진짜 모습, 즉 본체를 드러내야겠지

요. 하지만 아직은 때가 아니라고 생각합니다. 할아버님의 의견은 어떠십니까?]

[네 말이 옳다. 지금 너의 본체를 세상에 알릴 필요는 없어. 나중에 이 할아비가 무대를 만들어 주마. 네가 세상 그 누구보다 화려하게 등장할 수 있는 무대! 온 북부인들이 너의 존재를 우러러볼 수 있는 무대! 그 무대에서 네 본체를 드러내거라, 나의 자랑스러운 보배야!]

군나르가 흥분하여 이렇게 외쳤다. 하라간은 진짜 보배였다. 군나르에게 있어서 하라간은 세상 그 무엇과도, 심지어 군나르의 목숨과 군나르 왕국 전체를 다 합친 것과도 바꿀 수 없는 보배 중의 보배였다.

[그래서 요청드리는 것입니다. 지금 제 본체를 드러낼 수 없으니 할아버님의 탁소 키르샤를 빌리고자 합니다. 할아버님께서 허락해 주신다면 말입니다.]

[허허허, 아까 답하지 않았더냐. 얼마든지 탁소 키르샤를 가져다 쓰거라. 나는 괜찮으니라.]

[할아버님, 고맙습니다.]

하라간이 빈 허공을 향해 고개를 꾸벅 숙였다.

군나르가 궁금한 점을 물었다.

[그런데 가만. 탁소 키르샤를 빌려다 쓸 수 있겠느냐?]

[가능할 것 같습니다.]

하라간이 긍정적으로 대답했다.

군나르가 깜짝 놀랐다.

[아니, 그게 어떻게 가능해? 예전에야 네 가슴에 박힌 SS급 마정석이 텅 비어 있어 탁소 키르샤를 공유할 수 있었지만, 지금 네 심장을 대체한 마정석에는 다른 마물이 들어 있지 않느냐?]

군나르의 질문은 당연했다. 자고로 하나의 마정석에 두 마리 마물을 담을 수는 없는 법. 그런 무식한 짓을 했다가는 마정석 안에서 두 마물이 서로 싸우다가 마정석이 깨지고 솔샤르의 신체가 갈가리 찢어질 것이다. 역대 그 누구도 하나의 마정석에 두 마리 마물을 담은 적은 없었다. 솔샤르들 가운데 두 마리 마물을 부리는 것은 오직 욘 아르네의 피를 이어받은 도플갱어 일족만 가능했다. 그리고 도플갱어들도 하나의 마정석에 두 마리 마물을 넣는 것은 아니었다.

하라간은 이미 마물 둘을 가졌다. 그러니 군나르의 탁소 키르샤를 공유할 방법이 없는 것이다. 군나르는 바로 이 점을 지적했다.

하라간이 싱긋 웃었다.

[괜찮습니다.]

[괜찮다니, 왜?]

[제 마정석 속에 들어와 있는 두 번째 마물은 아주 특이한 녀석입니다. 이 녀석은 다른 마물들과 얼마든지 공존할 수 있는 아주 아주 특이한 존재지요.]

하라간의 대답에 군나르가 눈을 크게 떴다.

[허어! 세상에 그런 마물이 다 있어?]

심해저 2층은 인간에게 아직 공개되지 않은 미지의 영역이었다. 군나르뿐 아니라 세상 그 어떤 솔샤르도 심해저 2층에 어떤 종류의 마물이 서식하고, 그 마물들이 어떤 이능력을 가지고 있는지 알지 못했다. 심지어 마물 도감에도 심해저 2층은 언급되지 않았다.

아무도 가 보지 못한 곳이기 때문이다.

'그 미지의 세계에는 다른 마물과 공존할 수 있는 아주 너그럽고 특이한 마물도 있나 보구나. 허어, 그것참.'

군나르는 이렇게 납득해 버렸다.

[할아버님?]

하라간이 군나르를 불렀다.

군나르는 퍼뜩 정신을 차렸다.

[으응? 그래. 내가 잠시 딴생각을 했구나. 네가 가능하다고 하니 잘되었다. 이 할아비의 탁소 키르샤를 얼마든지 공유해 가거라.]

군나르가 양손을 좌우로 펼쳤다.

하라간이 공손히 아뢰었다.

[그럼 잠시 무례를 범하겠습니다.]

그 말이 떨어진 순간 군나르의 마정석 속에서 탁소 키르샤가 쑥 빠져나갔다. 마물과 결합이 끊기는 그 상실감은 죽음에 버금갈 정도로 지독했다.

"크윽!"

군나르가 휘청거리다 탁자에 엎드렸다.

"허억! 허억! 허억! 으으으, 이거 정말 지독하군. 몇 번을 겪어 보았지만 매번 나아지는 것이 없어. 정말 지독해."

군나르는 탁자 위에 침을 주르륵 흘리며 이렇게 뇌까렸다.

그사이 군나르의 탁소 키르샤는 설렘에 꼬리를 살랑살랑 흔들며 하라간의 마정석 속으로 뛰어들었다. 탁소 키르샤는 군나르보다 하라간이 훨씬 더 좋았다. 하라간과 결합할 때마다 신체가 쑥쑥 성장하고 무력이 강해지는 것을 느꼈기 때문이다. 만약 하라간이 "절대 안 돼!"라고 단호하게 거부하지 않았다면 탁소 키르샤는 군나르를 영원히 떠나 하라간의 것이 되고 싶었다.

모처럼 하라간의 부름을 받은 탁소 키르샤는 오랜만에 주인을 만난 애완견처럼 "헥헥" 소리를 내며 하라간의 마정석 속으로 다이빙했다.

첨벙!

하라간의 마정석은 충분히 넓고 에너지가 넘쳤다. 탁소 키르샤가 똬리를 틀기에 충분한 크기였다.

그렇다고 해서 이렇게 첨벙 뛰어들어 마구 돌아다닐 정도로 넓지는 않았다. 탁소 키르샤는 끝이 보이지 않는 광활한 마정석 속 공간에 당황했다.

[끼잉! 끼잉!]

탁소 키르샤가 새끼 강아지처럼 울었다.

탁소 키르샤가 뛰어든 공간 안에서 투명한 무언가가 꾸물꾸물 지나갔다.

탁소 키르샤의 수준으로는 이 투명한 존재를 가늠하는 것이 불가능했다. 그런데도 본능적인 공포는 느껴졌다. 겁을 잔뜩 집어먹은 탁소 키르샤가 200미터나 되는 몸을 둥글게 웅크렸다.

투명한 무언가가 탁소 키르샤를 툭 건드렸다.

돌기 끝에 돋아난 아주 미세한 촉수로 살짝 쓰다듬어(?)주었을 뿐인데 탁소 키르샤의 척추가 으스러질 뻔했다.

[끼야악! 끼약! 끼약!]

탁소 키르샤가 죽는다고 아우성을 쳤다.

[걔 건드리지 마.]

하라간이 마신에게 말을 걸었다.

[미안.]

마신이 고분고분 하라간의 뜻을 따랐다.

탁소 키르샤는 와들와들 떨면서 하라간의 품을 찾았다. 이 드넓은 공간을 가득 채운 미지의 존재가 너무나 무섭고 두려웠기에 탁소 키르샤는 어떻게든 하라간의 품 안에 들어가 보호를 받기 원했다.

하라간이 냉정하게 말했다.

[내 품에 숨는 것은 안 돼.]

[끼이잉!]

탁소 키르샤가 앓는 소리를 냈다.

[대신 나와 결합하여 세상에 내보내 주지.]

[끼잉? 끼잉.]

탁소 키르샤가 냉큼 고개를 끄덕였다. 탁소 키르샤는 이 무시무시한 마정석 속 공간에서 최대한 빨리 벗어나기를 원했다.

Chapter 4

하라간이 뒤를 돌아보았다.

친위대원 레다가 어둠 속에서 조각상처럼 우뚝 서서 하

라간을 호위 중이었다. 융과 테티도 각자의 무기를 들고 하라간의 뒤를 지켰다.

라티파와 네페르는 이 자리에 없었다. 그녀들은 욘타나 성에서 전체 전쟁 상황을 조율 중이었다.

뚱보 우세르도 보이지 않았다. 친위대원인 동시에 풀문 조직원이기도 한 우세르는 지금쯤 페피와 함께 토브욘 북서쪽 침엽수림에서 야영 중일 것이다.

"레다."

하라간의 부름에 레다가 즉시 반응했다.

"말씀하십시오, 하라간 님."

하라간이 턱으로 피돌 성을 가리켰다.

"나 잠시 다녀올게."

"네?"

레다가 말귀를 알아듣지 못했다.

공성전이 벌어지는 것은 내일 아침 동이 튼 이후였다. 그런데 하라간이 지금 어디를 다녀오겠다는 것인지 레다는 파악할 수가 없었다.

하라간은 친절하게 부연 설명을 하지 않았다. 등을 휙 돌리더니 뒷짐을 진 상태에서 한 발짝 앞으로 내디뎠다.

한 걸음 걸으면서 하라간의 이마 양쪽 피부가 쭉 찢어졌다. 하얀 피부를 뚫고 굵게 휘어진 뿔 2개가 양쪽으로 돋아났다.

하라간의 이마 정중앙엔 시뻘건 눈알이 생겼다. 이 제3의 눈에는 인간계의 모든 생명체를 벌벌 떨게 만들 위압감이 넘쳐흘렀다.

하라간이 다시 한 발을 내디뎠다.

하라간의 턱에서 수염이 길게 자라 땅바닥에 끌렸다. 하라간의 옆구리를 뚫고 뾰족한 무언가가 돋아났다. 자세히 보니 마치 악어의 발톱 같았다.

하라간이 세 번째 발걸음을 내디뎠을 때는 꼬리가 쭈욱 뻗었다. 황갈색 비늘이 빼곡하게 박힌 꼬리였다. 그 꼬리가 좌우로 스르릉 스릉 움직였다.

하라간이 네 번째 걸음을 옮겼을 때는 얼굴이 길쭉하게 앞으로 뻗고 입이 귀에 닿을 정도로 길게 찢어졌다. 쩍 벌어진 입 사이로 억센 이빨이 으스스하게 드러났다. 이때 이미 하라간의 두 눈도 시뻘겋게 변했다. 그러자 하라간의 얼굴에 3개의 이글거리는 불덩이가 떠오른 듯했다.

하라간은 다섯 번째 걸음으로 땅을 박찼다. 허공으로 휙 뛰어오른 하라간의 등에서 의복이 쫙 찢어지며 거대한 날개가 돋아났다. 하라간은 그 날개를 몇 번 펄럭여 눈 깜짝할 사이에 허공 30미터 높이로 올라왔다.

"하라간 님!"

레다가 깜짝 놀랐다.

"으헉!"

"저, 저, 저!"

융과 테티는 입을 쩍 벌리고 다물지 못했다.

친위대원들이 지켜보는 앞에서 하라간의 신체가 갑자기 거대하게 부풀었다. 옷이 종잇장처럼 찢어지면서 황갈색 비늘이 빼곡한 거대한 동체가 드러났다. 몸 곳곳에 돋아난 8개의 거대한 발은 억센 발톱을 자랑하며 좌우로 쫙 뻗었다.

"설마!"

"키르샤? 으허헉!"

융과 테티가 그 자리에 털썩 주저앉았다. 어찌나 놀랐던지 그들의 얼굴은 영혼이 빠져나간 사람처럼 보였다.

레다는 하라간이 키르샤라는 사실을 이미 알고 있었다. 그런데도 실제 키르샤의 모습을 보자 다리에 힘이 쫙 풀렸다. 결국 레다도 융과 테티와 마찬가지로 땅에 주저앉아 멍하니 위를 올려다보았다.

머리부터 꼬리까지 길이만 200 미터!

이마 양쪽에 돋아난 거대한 뿔은 그 어떤 철벽도 단숨에 찢어 버릴 정도로 위압적이었다. 얼굴에 박힌 3개의 눈은 화염을 품은 듯 이글이글 타올랐으며, 쩍 벌어진 아가리

사이로는 수를 헤아릴 수 없는 이빨들이 으스스하게 위용을 자랑했다. 탁소 키르샤의 8개 다리는 돌기둥처럼 거대했다. 발톱은 철판을 종잇장처럼 찢어 버릴 듯 날카로웠다. 일자로 내리뻗은 긴 수염은 그 길이가 무려 80 미터에 달했다. 좌우로 활짝 펼친 날개의 길이도 얼추 200 미터에 육박했다.

군나르의 탁소 키르샤는 어느새 두 배나 더 성장했다. 하라간과 한 번 결합할 때마다 쑥쑥 발전하는 탁소 키르샤였다.

펄럭.

탁소 키르샤가 거대한 날개가 한 번 펄럭이자 돌풍이 불었다. 탁소 키르샤는 그 돌풍을 타고 눈 깜짝할 사이에 6 킬로미터를 날아갔다.

처음에 피돌 성의 토브욘 군은 사태를 파악하지 못했다. 저 멀리 설치된 군나르 진영 상공에 붉은 횃불 3개가 둥실 떠오른다고 느꼈을 뿐이다.

"저게 뭐지?"

성벽 위에서 적진을 감시하던 초병 한 명이 3개의 붉은 횃불을 손가락으로 가리켰다.

"응? 무슨 폭죽 같은 것인가?"

동료 초병이 고개를 갸웃했다.

그러는 가운데 횃불이 갑자기 크게 확대되었다. 부와악 커진 횃불이 피돌 성 성벽을 향해 벼락처럼 날아왔다.

"고, 공격이닷!"

"적 마법사가 파이어 볼(Fire Ball) 3개로 공격을 개시한다!"

토브욘의 초병들은 갑자기 휙 날아온 불덩이를 파이어 볼이라고 생각했다. 군나르 왕국이 마법에 취약하다는 생각은 잠시 잊었다.

뎅뎅뎅뎅뎅!

초병 가운데 한 명이 급하게 종을 울렸다.

"뭐야?"

"이 밤에 공성전이 시작되었단 말인가?"

토브욘의 병력들은 황급히 성벽 위로 뛰어 올라왔다. 지형에 익숙하지 않은 군나르군이 이 깜깜한 야밤에 공격하는 것은 미친 짓이었다. 이때 싸우면 확실히 토브욘군이 유리하고 군나르군이 불리했다.

"이런 돌대가리 땅개 녀석들."

"돌아도 아주 X같이 돌았구먼. 이 밤에 성벽을 두드리다가 다 죽고 싶은가 보지?"

훈련이 잘 된 토브욘 병사들인 어느새 무기를 들고 성벽 위로 올라왔다. 토브욘의 솔샤르들은 그보다 한발 앞서 성벽 위에 도착한 상태였다. 지상에서 경고음이 울리자마자 마력함이 방향을 틀어 불빛을 환하게 비추었다. 성벽 위에 미리 준비한 벌리스터도 무모하게 달려드는 적들을 향해 마물 화살을 날릴 태세를 갖췄다.

그렇게 일사불란하게 움직이던 토브욘 병력들이 한순간 모든 동작을 딱 멈췄다.

이 일대의 시간이 잠시 정지된 것 같았다. 이건 흡사 시간의 여신이 잠시 세상을 스톱시킨 듯했다. 뚝 멈춘 시간 속에서 오직 하라간만 움직였다. 탁소 키르샤와 결합한 하라간은 날갯짓 두 번에 6킬로를 날아와 피돌 성의 단단한 성벽을 온몸으로 들이받았다.

토브욘의 초병이 파이어 볼이라 착각한 것은 다름 아닌 탁소 키르샤의 눈이었다. 시뻘겋게 타오르는 3개의 눈알이 부와아악 커지면서 피돌 성 성벽에 작렬했다.

제8화

키르샤의 신위

Chapter 1

쿠와아아아앙!

어마어마한 폭음과 함께 피돌 성 정면이 그대로 허물어
졌다. 성벽을 구성하는 두꺼운 철 벽돌이 사방으로 튀어 올
랐다. 12 미터 높이로 단단히 쌓은 성벽이 이토록 쉽게 허
물어지리라고는 그 누구도 상상하지 못했다.

붕괴한 것은 비단 성벽만이 아니었다. 성 양쪽에 떡 버티
고 있는 절벽이 함께 무너지면서 뿌연 흙먼지가 하늘 높이
솟구쳤다.

"으아아아악!"

"끄악!"

성벽 위를 지키던 토브욘 병사들은 하라간의 육탄 돌격 한 방에 피떡이 되어 날아갔다.

성벽 전면이 와르르 뒤로 밀리면서 그 여파가 성벽 뒤쪽까지 미쳤다. 성벽 후면에 설치된 돌계단들이 크게 S자를 그리며 허공에 부응 부유했다. 돌계단 위로 막 뛰어 올라오던 토브욘 병사들의 몸이 중력을 거슬러 허공으로 부응 떠올랐다. 그다음 순간, 벽돌 하나하나가 날개로 흩어지면서 와르르 낙하했다.

"크아아악!"

토브욘 병사들도 벽돌 사이로 함께 떨어지며 12미터 아래 땅바닥으로 곤두박질쳤다.

쾅! 쾅! 쾅!

땅에 직격한 병사들의 머리통이 터졌다. 팔다리가 기괴한 각도로 꺾였다. 신체 내부에서 부러진 뼈가 피부를 뚫고 삐쭉 튀어나왔다.

그 위로 붕괴한 벽돌이 우르르 쏟아졌다. 병사들의 시체는 커다란 성벽 돌에 깔려 어육이 되었다.

그나마 솔샤르들은 좀 나았다. 포르키스는 단단한 껍질 덕분에 12미터 높이에서 떨어지고도 멀쩡했다. 그 위로 우수수 떨어지는 암석 벽돌과 철 벽돌이 포르키스의 껍질에 튕겨 텅텅텅 소리를 내었다. 그 와중에 일부 포르키스는 껍질이 부서져 비명을 질렀다.

연해 1층 레벨의 마물 덴스와 결합한 솔샤르들도 재빨리 반응했다. 그들은 양팔을 석궁 형태로 변신시킨 다음, 붕괴하는 성벽에 마물 화살을 난사해 성벽의 파편에 깔려 죽는 사태를 피했다. 그러곤 인간의 범주를 벗어난 뛰어난 민첩성으로 무너지는 벽돌을 발로 밟고 뛰어내려 충격을 완화했다.

연해 1층의 포르키스와 덴스가 절반 이상 목숨을 건졌는데 연해 2층 이상의 마물들이 쉽게 죽을 리 없었다. 토브욘의 솔샤르들은 폐허 사이로 잘도 빠져나왔다.

아니, 빠져나오는 것처럼 보였다.

성벽과 절벽이 동시에 무너지면서 발생한 흙먼지가 사방을 자욱하게 가렸다. 그 흙먼지를 뚫고 거대한 뿔이 치솟았다. 양 갈래로 벌어진 뿔 사이에서 시뻘건 불덩어리 3개가 떠올랐다. 지옥 밑바닥에서 솟구치는 것 같은 불덩어리는 흙먼지 속에서 하늘 꼭대기까지 솟구쳐서 지상을 한번 굽어본 다음, 벼락처럼 낙하했다.

[으어어어어!]

[아악!]

붕괴한 성벽으로부터 벗어나 간신히 목숨을 건진 토브욘의 솔샤르들이 일제히 엉덩방아를 찧었다. 위에서 아래로 뚝 떨어지는 3개의 불덩어리는 토브욘 솔샤르들에게 하늘이 그대로 무너져 내리는 듯한 충격을 안겨 주었다.

그 불덩이들이 땅에 작렬하기 전에, 코끼리의 발을 100배 증폭시켜 놓은 듯한 거대한 발이 흙먼지를 뚫고 갑자기 나타났다.

쿠앙―

2개의 발이 하늘 높이 솟구쳤다가 지상을 강타한 충격은 강도 9의 지진이 작렬한 것 이상이었다. 지름 20 미터의 거대한 돌기둥이 지상 100 미터 높이에서 뚝 떨어져서 대지를 짓뭉개 버린 셈이나 마찬가지였다.

그 발바닥에 깔린 것은 모조리 제 형체를 잃었다. 창날도 튕겨 내는 포르키스의 껍질이 바위에 찍힌 계란 껍질처럼 와그작 작살났다. 살기 위해 미친 듯이 마물 화살을 난사하던 덴스도 그대로 몸이 터지며 납작한 어육이 되었다.

발바닥이 아니라 발톱에 찍힌 마물들은 온몸에 지름 2 미터가 넘는 구멍이 뚫렸다. 키가 2 미터가 넘는 병사는 머리끝이 살짝 남았고, 키 2 미터 미만은 몸뚱어리 자체가 사라졌다.

끼이이잉― 쿠와앙!

지축이 뒤흔들리며 성의 측면과 후면이 뫼비우스의 띠처럼 기괴하게 휘어졌다가 용수철 터지는 것처럼 한꺼번에 터져 나갔다. 벽돌 파편이 사방으로 튀었다. 성탑이 와르르 쓰러지며 사람들을 깔아뭉갰다. 지표면 위엔 거대한 2개의 발을 중심으로 동심원 모양으로 크랙(Crack: 균열)이 발생했다. 방사형으로 퍼진 크랙은 무려 수 킬로미터에 걸쳐서 전파했다.

대재앙은 여기서 끝나지 않았다.

[구어어엉!]

끔찍한 포효와 함께 시뻘건 3개의 불덩이가 다시 하늘 높이 솟구쳤다. 단숨에 100미터라는 까마득한 상공으로 올라갔던 불덩이가 다시 지상으로 낙하하면서 시뻘건 화염을 사방으로 토했다. 혜성처럼 길게 꼬리를 매단 3개의 불덩이가 흙먼지를 뚫고 다시 지상으로 떨어졌다. 토브욘의 솔샤르들은 팔로 얼굴을 막고 비명을 질렀다.

[아아아아악!]

다행히 이번엔 거대한 발이 대지를 내리찍지 않았다. 대신 20미터 상공에서 뚝 멈춘 불덩이가 갑자기 사라졌다.

탁소 키르샤가 눈을 감은 것은 아니었다. 단지 탁소 키르샤가 아가리를 위아래로 쩍 벌리면서 그 아가리에 가려서 탁소 키르샤의 붉은 눈이 잠시 자취를 감췄을 뿐이다.

흙먼지와 어둠 때문에 탁소 키르샤의 아가리는 제대로 그 형체가 가늠되지 않았다. 하지만 미지의 생명체가 거대한 입을 쩍 벌리는 것을 느낀 솔샤르들은 많았다. 무려 150도 각도로 크게 벌어진 탁소 키르샤의 입에서 녹색의 안개가 폭포수처럼 쏟아지는 것을 느낀 솔샤르들도 많았다.

쿠콰콰콰콰!

대형 폭포가 한꺼번에 대량의 물을 쏟아 놓듯이, 탁소 키르샤는 입을 한번 크게 벌려 어마어마한 양의 독액을 쏟아냈다.

20미터 높이에서 떨어진 녹색의 독액은 땅에 부딪치면서 안개처럼 흩어져 피돌 성 전체로 퍼져 나갔다.

[크흡! 독이닷!]

연해 2층의 마물 세인트가 손으로 자신의 목을 붙잡았다. 치유 능력이 뛰어난 세인트는 황급히 숨을 멈추고 자신의 몸을 치료했다.

세인트의 피부에 부글부글 녹색의 기포가 잡혔다. 그녀가 아무리 애를 써도 이 기포는 치유되지 않았다. 오히려 빠르게 온몸으로 번지며 세포를 죽이고 살을 썩게 만들었다.

[크윽, 큭!]

세인트가 무릎을 꿇었다.

쿵!

세인트 옆에서 버퍼가 앞으로 고꾸라졌다. 버퍼는 직경

30 센티미터가 넘는 불덩이를 쏘아 내는 연해 2층 레벨의 마물이었다. 피부는 강철과 같고 마법에 대한 면역력도 높아 전쟁터에서 아주 활약이 컸다.

그런 버퍼가 제대로 저항 한번 해 보지 못하고 중독되어 고꾸라졌다. 지면에 코를 처박은 버퍼는 이내 한 줌의 녹색 액체로 녹아 버렸다.

세인트도 눈이 가물가물해졌다. 눈꺼풀에 온통 물집이 잡혀 앞이 잘 보이지도 않았다. 그렇게 희뿌옇게 흐려진 그녀의 눈에 거대한 마물이 쿵! 쿵! 움직이는 모습이 보였다.

'저게…… 뭐지?'

세인트는 이런 의문을 품었다.

그 의문을 풀기도 전에 콰직! 하고 세인트의 머리통이 바스러졌다.

6 킬로미터를 날아와 온몸으로 성벽을 부수고 쳐들어온 탁소 키르샤는 두 발을 번쩍 들었다가 대지를 쾅 내리찍었다. 그 한 방에 앞을 가로막은 여러 겹의 성벽들이 모두 허물어졌다. 그다음 탁소 키르샤는 고개를 위로 쭉 들었다가 자세를 낮추며 녹색의 독액을 쫙 뿌렸다. 폭포수처럼 떨어진 독액으로부터 독 연기가 풀풀 피어올라 피돌 성의 생명체들을 빠르게 중독시켰다. 사막 지역의 2대 군주 하자드가 처음 발견하고, 3대 군주 이스테텐이 발전시켰으며, 4

대 군주 군나르가 보완한 '족 분류법' 책에서 66족의 독으로 분류된 탁소 키르샤 특유의 마물독이 드디어 세상에 첫선을 보였다.

탁소 키르샤가 뿜어낸 맹독을 연해 레벨의 하찮은 마물들이 견딜 리 없었다. 솔샤르도 되지 못한 인간 병사들이 버티기란 더더욱 불가능했다.

탁소 키르샤의 66족 독은 사신의 숨결과 같았다. 하아아아아! 하고 사방으로 사신이 입김을 불자 그 여파가 동심원을 그리며 퍼져 나갔다. 동심원 안에 들어온 모든 생명체는 피부에 녹색의 기포가 생겼다가 픽픽 쓰러졌다.

Chapter 2

토브욘의 마력함들이 황급히 대응했다.

다섯 대의 마력함은 함선 밑에 장착한 마법진으로부터 에너지를 모아 강력한 전기의 다발을 쏘았다.

쩌적! 쩌저저저적!

어둠을 뚫고 환한 번개가 작렬했다. 5기의 마력함이 동시에 전기 에너지를 방출하자 그 에너지들이 서로 반응하며 둥그런 전기의 그물을 형성했다. 이윽고 시퍼런 벼락으로 구성된 그물망이 탁소 키르샤의 온몸을 뒤덮었다.

쩌저저적! 쩌저저저적!

돌도 태워 버릴 정도로 강력한 고압 전기가 탁소 키르샤의 온몸을 훑고 지나갔다.

하지만 이따위 어설픈 공격이 탁소 키르샤에게 통할 리 없었다.

[꾸아아아앙!]

탁소 키르샤가 다시 동체를 세웠다. 지상 120미터까지 치솟은 탁소 키르샤의 눈이 날파리와 같은 마력함들을 쭉 살폈다. 그다음 키르샤는 황갈색 날개를 활짝 펴서 수평으로 부웅 휘둘렀다. 150미터 크기의 어마어마한 막이 공기를 훑으며 지나가는 효과는 엄청났다. 멀쩡하던 상공에 난류가 형성되면서 마력함들이 가로로 뒤집히고 세로로 빙글빙글 회전했다.

[으아아아악, 탈출! 탈출하라!]

[비상! 비상!]

마력함 안에서 비명이 터졌다.

그보다 한발 앞서 탁소 키르샤의 날개가 마력함 4기를 통째로 부숴 버렸다. 함선이 터지면서 강한 열을 동반한 폭발이 탁소 키르샤를 덮쳤다.

좌라라락.

탁소 키르샤의 황갈색 비늘이 일제히 일어나면서 폭발로부터 몸을 보호했다.

그보다 앞서 하라간이 숨을 살짝 내뱉었다. 주변 기온이 뚝 떨어지면서 마력함 폭발로 인한 열기가 싹 사그라졌다.

한 대 남은 마력함이 황급히 방향을 틀었다. 마력함에 탑승하고 있던 토브욘의 전사들이 그대로 마력함에서 뛰어내려 탈출을 시도했다.

그렇게 기를 쓰고 도망치려던 솔샤르들을 향해 탁소 키르샤가 날갯짓을 했다.

"우아아악!"

"살려 줘!"

솔샤르들은 상승 기류에 휘말려 하늘 높이 올라갔다.

전사들이 괴성을 지르며 하늘로 빨려 올라가는 동안, 탁소 키르샤는 꼬리를 수평으로 쓸었다.

절벽 중간으로 파고들어 절벽의 허리를 끊으며 날아간 탁소 키르샤의 꼬리는 하나 남은 마력함을 쇠꼬챙이처럼 찔러 터뜨렸다.

[꾸어어어어엉!]

탁소 키르샤가 다시 한 번 포효를 내질렀다. 8개의 발로 피돌 성의 성탑 8개를 동시에 붙잡아 짓뭉개 버리며 포효한 탁소 키르샤는 상공 100 미터 지점까지 고개를 높이 들었다가 그대로 지상으로 내리꽂으며 한 번 더 아가리를 쩍 벌렸다.

쿠콰콰콰콰콰!

녹색의 독액이 폭포수처럼 쏟아졌다. 독액으로부터 증발한 녹색의 기체가 피돌 성 전체로 다시 한 번 퍼져 나갔다. 옆으로 튄 독액이 성벽에 닿자 돌이 지글지글 타들어 가며 구멍이 뚫렸다.

암석도 녹이는 이 지독한 마물독을 생명체가 견딜 리 없었다. 사람들이 부글부글 끓으면서 기포로 변했다. 말과 소, 가축들이 한 줌의 액체로 녹아내렸다. 탁소 키르샤는 단 두 번 66족의 독액을 방출해 피돌 성의 생명체 99 퍼센트를 전멸시켰다.

이제 주변에 흩날리는 흙먼지의 색깔도 녹색으로 변했다.

쿵! 쿵! 쿵!

녹색의 안개 속에서 움직이는 탁소 키르샤의 모습은 보는 것만으로도 오줌을 지릴 만큼 공포스러웠다. 전설 속의 포악한 드래곤이 녹색의 구름 속에서 생명체를 말살시키는 듯했다.

"우왁!"

군막 밖으로 뛰쳐나온 온바가 입을 쩍 벌렸다.

피돌 성 쪽에서 커다란 붕괴음이 들렸을 때 온바와 부대 장들이 우르르 뛰쳐나왔다.

처음엔 뭐가 뭔지 잘 보이지 않았다. 성벽 붕괴와 함께 피돌 성의 횃불이 모두 꺼진 탓이었다. 이윽고 어마어마한 괴성과 함께 지축이 크게 울렸다. 온바를 비롯한 78,000명 의 군나르군 전체가 땅에서 10센티미터 정도 허공으로 붕 떴다가 다시 떨어졌다. 탁소 키르샤가 두 발로 대지를 내 리찍은 여파는 무려 6킬로미터가 떨어진 군나르 진영까지 전달되었다.

이윽고 피돌 성에서 녹색의 안개가 자욱하게 피어올랐 다.

"흡! 독이닷!"

온바가 먼저 반응했다.

부대장들이 재빨리 명령했다.

"모두 숨을 멈춰라. 바람을 피해서 숨어!"

군나르 병사들은 피돌 성에서 불어오는 바람을 피해 몸 을 엄폐하고 옷소매로 입과 코를 막았다. 그럼에도 불구하 고 숨을 살짝 들이쉰 병사 몇 명이 어지럼증을 느끼며 기절 했다. 탁소 키르샤의 독은 이 먼 곳까지 영향을 줄 정도로 지독했다.

녹색 안개에 이어 황갈색의 거대한 막이 피돌 성 상공을 가득 메우는 모습이 보였다. 거대한 날개가 한 번 휘저어지자 토브욘 왕국의 마력함 4기가 그대로 파괴되었다.

마지막 다섯 번째 마력함이 부서지고, 그 폭발로 인해 사방이 잠시 환해졌다.

[꾸아아아아앙!]

영혼을 뒤흔드는 듯한 굉음이 뒤따랐다.

이제 온바의 눈에도 보였다. 피돌 성을 뒤덮은 녹색 구름 위로 상체를 내밀고 하늘을 향해 거세게 포효하는 저 어마어마한 존재!

세상의 모든 솔샤르들이 무릎을 꿇어야 하는 저 신적 존재!

온바가 입을 쩍 벌렸다.

"키, 키르샤……."

"설마!"

"으아아, 설마가 아니야. 진짜 키르샤다. 진짜 키르샤야. 오오오오! 신인이시여!"

북부 군단의 부대장들이 그 자리에서 무릎을 꿇었다.

800년 전 신인께서 드래곤이 되셔서 하늘로 날아가신 이후, 북부에 단 한 차례도 등장하지 않았던 그 키르샤였다. 그 전설의 존재가 부대장들의 눈앞에 모습을 드러냈다.

온바가 휘청거리다가 무릎을 꿇었다.

"오오오! 키르샤시여!"

온바는 키르샤를 향해 감히 머리도 들지 못했다.

부대장들도 목청을 높였다.

"오오오오오! 나의 신이시여!"

군나르의 모든 병사가, 모든 솔샤르가 병기를 버리고 그 자리에 납죽 엎드렸다.

"우오오오오오오! 신인께서 이 땅에 재림하셨도다!"

사람들의 열렬한 부름에 화답이라도 하듯이 탁소 키르샤가 무너진 피돌 성의 잔해를 발로 밟고 서서 크게 울었다.

[꾸어어어어어엉!]

〈다음 권에 계속〉